パラドックス・メン

THE PARADOX MEN

チャールズ・L・ハーネス

中村融［訳］

BY CHARLES L. HARNESS

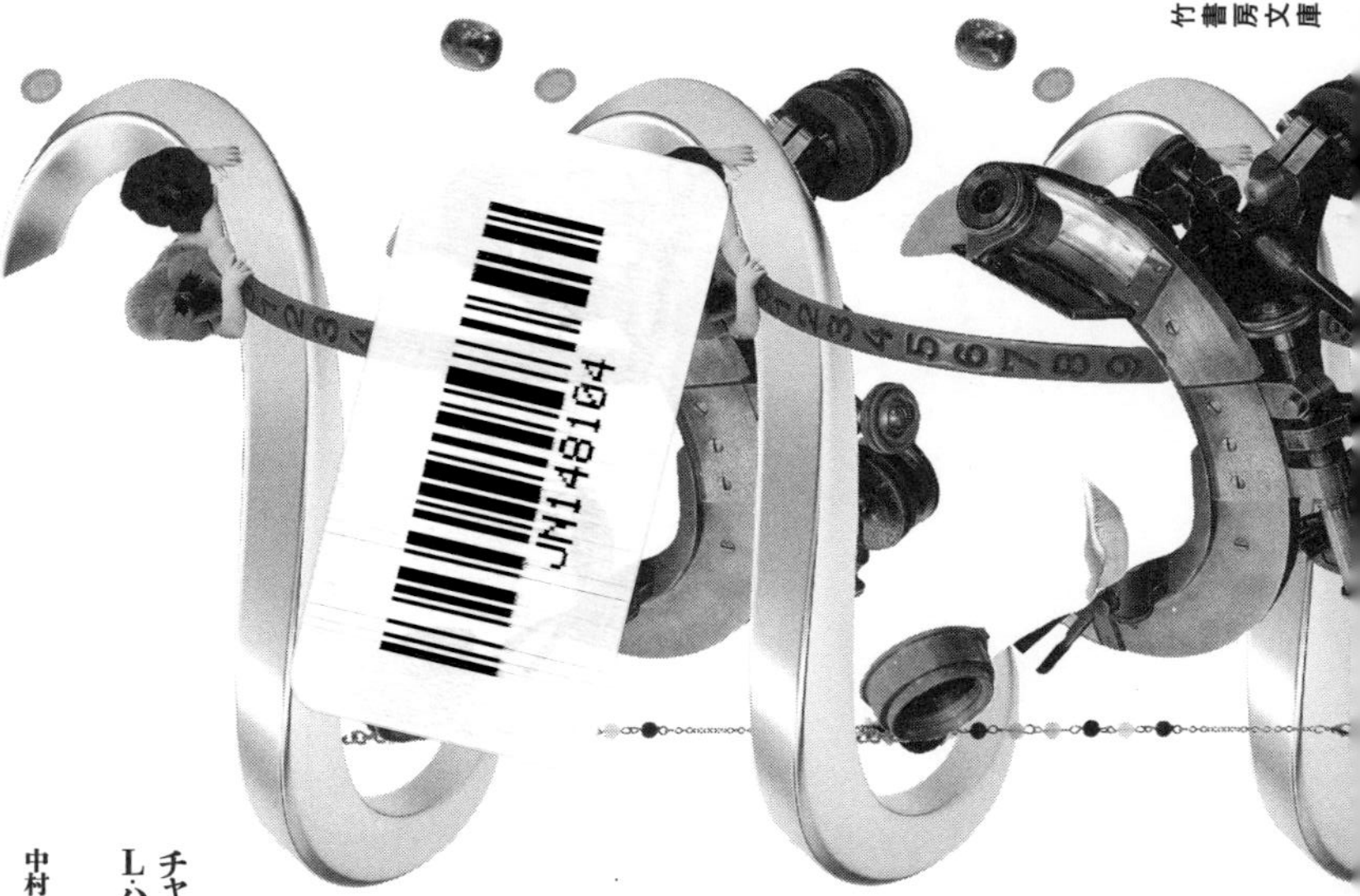

竹書房文庫

THE PARADOX MEN by CHARLES L. HARNESS

パラドックス・メン

主な登場人物

アラール……………………………………アメリカ帝国大学教授。〈盗賊〉
ケイリス・ヘイズ＝ゴーント………………アメリカ帝国宰相夫人
バーン・ヘイズ＝ゴーント…………………アメリカ帝国宰相
ジョン・ヘイヴン…………………………アメリカ帝国大学生物学教授。〈盗賊〉
マイカ・コリップス………………………アメリカ帝国大学民族学教授。〈盗賊〉
シェイ伯爵…………………………………アメリカ帝国心理学者
ターモンド…………………………………アメリカ帝国保安大臣
ゲインズ……………………………………アメリカ帝国宇宙省次官
ファナ＝マリア……………………………アメリカ帝国女帝
タルボット…………………………………トインビー学派歴史家
シマツ………………………………………東方連邦大使
メガネット・マインド……………………元サーカス芸人
キム・ケニコット・ミュール………………科学者。ケイリスの元夫。

プロローグ

自分がだれなのか、さっぱりわからない。なぜこれほど必死になって、冷たい黒ずんだ水をかき分けているのかもわからない。わからないといえば、へこみだらけの大きなピカピカ光るものが、正面十数ヤードのところで、月に照らされた波間に呑《の》まれていく理由もだ。想像を絶する速さで膨大な距離を渡るというイメージが、麻痺《まひ》した頭をさっとかすめるが、たちまち消えてしまう。

頭がズキズキと痛み、なにひとつ思いだせない。

と、目もくらむ光の矢が行く手の水面を撫《な》でていき、急速に沈みつつある残骸の壊れた横腹でぴたりと止まった。壊れた胴体の頂部に、大きな目をした小動物が見えるような気がした。そいつの毛は、ブルブル震えるわき腹にぺったりと張りついていた。

つぎの瞬間、つややかな真鍮《しんちゅう》を船縁《ふなべり》にめぐらせたボートがぐるっとまわりこんできて、みるみる姿を消そうとしている胴体に横づけした。すると、なぜわかるのかわからないが、ぐずぐずしていられないとわかった。左手に握っているものの安全を確保するため、彼は遠い川岸の明かりのほうを向くと、ゆっくりと、音を立てずに平泳ぎをはじめた……。

1　心理学者に輪縄を

仮面《マスク》をかぶった目が、部屋の薄闇をじっと透かし見た。

前方の金属ドアの向こう側にシェイ館の宝石がおさまっている——燦然《さんぜん》と輝く宝玉の山は、四百人の自由を購《あがな》うだろう。この時点でへまをすれば、大騒ぎになるのは必定《ひつじょう》。それでも、戸外の大都市では夜が明けかけているから、迅速《じんそく》に行動しなければならない。爪先立ちでドアまで行き、大きなブロンズの薔薇花飾《ロゼット》りの中心にちっぽけな音声ボックスをかかげ、お宝をいただいて、姿を消さなければならないのだ。

すらりとした黒ずくめの人影が、黄金とプラチナの綴れ織《タピストリー》りに覆われた壁に寄りかかり、一心に耳をすました。まずは自分の奇妙な心臓の鼓動に、ついで周囲の物音に。

部屋の向こう側、六メートルほど離れたところで、かすかないびきが大きくなったり小さくなったりしている。いびきの主はシェイ伯爵、帝国心理学者として知られることもあるが、その富と芸術愛好家《ディレッタンティズム》ぶりのほうがはるかに高名な人物だ。特大の胃袋が、雉《きじ》と二一二七年産のブルゴーニュをこなしていることに疑問の余地はない。

マスクの下で、アラールの唇が面白くもないのにねじれた。

背後の出入口ごしに、トランプの札が切りまぜられる音とくぐもった人声が感じとれる——シェイの身辺警護の者が部屋いっぱいに詰めているのだ。やる気のない奴隷の従僕たちではなく、電光のようにレイピア（諸刃の長剣）をふるう、百戦錬磨で報酬をたっぷりはずんでもらっている傭兵《ようへい》たちが。アラールの手が、自分自身のサーベルの柄《つか》を無意識のうちに握りしめ、息づかいが早くなった。彼のような訓練を積んだ〈盗賊〉であっても、シェイが財力にものをいわせて雇った衛士六人には太刀打《たちう》ちできない。アラールは何年も死と隣り合わせに生きてきた。今回の任務は、さいわい流血とは無縁だ。

　彼は猫のようにひっそりとブロンズのドアまですべるように進み、その途中で腰の小袋から小さな立方体を引きだした。敏感な指でロゼットの中心を探りあてる。そこに音声錠が仕込まれているのだ。立方体を冷たい金属の花心に押しあてると、カチリとかすかな音がして、蚊《か》の鳴くようなかん高い声が録音された言葉を唱えた。この数週間にわたり、ひとことずつ、一日ずつ、シェイから盗みとった言葉を。

　彼は立方体を腰の小袋にしまい、待った。

　なにも起こらない。

　長い一瞬のあいだ、アラールは身じろぎひとつしなかった。腋《わき》の下に汗が溜まりはじめ、喉がカラカラになる。

〈結社〉にあたえられた音声キーが期限切れだったのか、それとも詳細不明の変数が追加されたかのどちらかだ。

とそのとき、彼はふたつのことに気づいた。まずは廊下と衛士の部屋が不気味に静まりかえっていること。ふたつ目は、ベッドから聞こえていた、おだやかないびきがやんでいること。つぎの瞬間が、限界点に向かって果てしなくのびていく。

不正確な信号が、目に見えない警報を起動させてしまったにちがいない。狂おしいまでの憤怒《ふんぬ》に駆られて心が猛然と空まわりしていても、帝国警察官五百人の非情で抜け目のない顔がちらりと脳裏に浮かんだ。彼らはパトロール・ジェット・カーを旋回させ、この地域へ殺到してくるだろう。

サンダルがためらいがちに床を擦るかすかな音が、廊下から聞こえてきた。衛士たちはとまどっているのだ、と彼は即座に理解した。部屋にはいったら、主人を危険にさらすことにならないかと迷っているのだろう。

じきに、そのうちのひとりが声をはりあげるだろう。

衛士の控え室に通じる寝室のドアまでひと跳びし、騒々しくたたき閉めて、電子かんぬきを支《か》った。反対側の怒声に一瞬耳をすます。

「ビーム・カッターを持ってこい！」と叫ぶ声。

ドアはすぐに破られるだろう。

重い一撃を左肩に食らうと同時に、寝室にパッと明かりが灯《とも》った。彼は身をひるがえして中腰になり、自分を撃ったベッドの上の男を冷静に値踏みした。

シェイの声は、眠気と警戒心と憤りが奇妙に入りまじっていた。

「〈盗賊〉か！」彼は叫ぶと、銃を放りだした。鉛玉を撃ちだす武器では、〈盗賊〉のボディ・スクリーンには効き目がないと悟ったのだ。「そしてここには長剣もない」

ぼってりした唇をなめ、「記憶によれば」と神経質な含み笑いをして、「おまえたち〈盗賊〉は、掟《おきて》によって丸腰の人間を傷つけることを禁じられているはず。財布は香水テーブルの上にある」

遠い警察のサイレンと、寝室のドアの向こうから聞こえてくる、くぐもった罵声やうなり声にふたりとも耳をすました。

「宝石部屋をあけてもらおう」と淡々とした口調でアラール。

シェイの目が丸くなった。

「宝石だと！」彼は息を呑んだ。「きさまになどやらん！」

三つのサイレンがすぐ近くで鳴っていた。アラールが耳をそばだてるなか、そのうちのひとつがプッツリと途絶えた。帝国警官たちがパトロール・ジェット・カーから続々と出てきて、半携帯式のケイデス銃を通りに据えつけるだろう。アーマーを着用していようがいまいが、彼を蒸発させられる武器を。

寝室のドアが、ビーム・カッターと共鳴して振動しはじめていた。

アラールは無造作にベッドまで足を運び、シェイのふっくらした顔を見おろした。上向いた顔は、真っ青になって震えていた。〈盗賊〉はぎょっとするほど蛇に似た動きで、相手の左まぶたを親指と人さし指でつまんだ。

シェイはおぞましい含み笑いをもらしたかと思うと、苦しげに、いやいや頭をあげた。気がつくとベッドのへりにすわっており、つぎの瞬間にはベッドのわきに立っていた。自分を苦しめる者のほっそりした喉をつかもうとしたとたん、ナイフを眼球に突き刺されたようだった。

ややあって、愛する宝物庫の前に立ったときには、汗がだらだらと顔を流れ落ちていた。

すべてのサイレンがむせび泣きをやめていた。百以上のジェット・カーが、外で待ち伏せしているにちがいない。

そしてシェイにもそれはわかっている。

狡猾《こうかつ》そうなほくそ笑みが、心理学者の口もとをかすめた。

「これ以上わたしを傷つけるな」クスクス笑い、「宝石部屋をあけてやる」

彼はロゼットに唇をつけ、二、三の言葉をささやいた。ドアが音もなく壁に引っこんだ。

シェイがよろよろとさがり、おそるおそる目をこするのと同時に、〈盗賊〉は宝物庫のなかへ跳びこんだ。

　アラールは手際よくチーク材の引き出しをあけ、キラキラ光る中身をすくって小袋に入れた。経験不足の〈盗賊〉だったら、やめどきがわからなかっただろう。だが、アラールは、四十人分の値打ちがある美しいチョーカーに手をのばしかけたにもかかわらず、その手をさっと引っこめ、流れるような動作で小袋のひもを引き締めた。

　彼はひと跳びで入口へもどった。ちょうどそのとき、寝室のドアが目もくらむレイピアのかたまりの下で内側へ倒れた。自分自身のサーベルを鞘《さや》から抜き放ち、先頭の衛士を斬《き》り伏せたものの、勝ち目はないに等しいとわかった。これでは高さ一マイルの窓から飛びだせないうちに傷を負って、殺されるかもしれない。というのも、飛びだす前に、巻いてあるショック・コード（着陸衝撃をやわらげるためのゴム索）をなにか動かないものに結ばなければならないからだ。しかし、なにに結びつける？　シェイのベッドは骨董《こっとう》家具ではない。四隅の支柱はないのだ。と、答えがひらめいた。

　集中力と技術の奇跡的な統合のおかげで、開いている窓まで後退するあいだ、かすり傷ひとつ負わずにいた。衛士たちは、これほど大勢でたったひとりの敵を攻撃するのに慣れておらず、同時に突きかかるかわりに、てんでんばらばらに攻撃していたので、突きをひとつひとつ受け流せたのだ。しかし、いま、十中八九は偶然だろうが、ふたりの衛士が左右から突進してきた。アラールは剣を水平にした巧妙な受け流しで両方の突きに対処しようとしたが、ふたふりのレイピアの迫ってくる角度が大きすぎた。

　とはいえ、自分の剣が右側の衛士のそれと離れつつあるときには、すでに左手で胸のコード・ケースからショック・コードの輪縄を引きだしていた。そしてレイピアがわき腹に食いこむと同時に、ベッドの反対側でうずくまっているシェイの汗に濡れた禿頭《とくとう》めがけて、輪縄を左手で投げていた。

　と思うと、輪縄がシェイの首にからんだかどうかをたしかめもせずに、〈盗賊〉はうしろざまに身を投げだした。わき腹のレイピアは抜けなかった。かわりに、仰天している衛士の手からもぎとられた。レイピアをわき腹に刺したまま、アラールは窓から空中へ飛びだした。

　最初の三十メートルのどこかで、四分の一秒を数えるあいだに、わき腹にさわった。傷は浅かった。レイピアは肉を削《そ》ぎとっていたが、いまは衣服にからまっていた。彼はわき腹からレイピアをむしりとった。

　四秒目に索がしだいに張りつめてきた。シェイの首に巻きついた輪縄が締まったのだろう。あと一分近くは衛士が総出で索を素手でつかんでいるだろうが、そのなかのひとりが正気をとりもどし、レイピアで切断するにちがいない。だが、そのころには、アラールは自分で索を切り離しているだろう。

くるくるまわりながら墜落する五秒目が来て去り、ふと気がつくと、いまは真っ逆さまに落ちていた。

輪縄はからんでいなかったのだ。

面白いことに、自分がパニックにおちいってもいなければ、怖がってもいないのに気づいた。死はどのようにやってきて、自分はどのように死を迎えるのだろう、としばしば首をひねったものだ。さし迫った死に対する自分の反応を、生きて仲間の〈盗賊〉たちに伝えられそうにない。それは観察力が研ぎ澄まされるにすぎず、わきを昇っていく大きな建物の壁を構成する花崗岩《かこうがん》のブロック、その石英と長石と雲母のひと粒ひと粒を見分けられるということだ。そして第二の人生で彼の身に起きた一切合切が、痛いほど鮮明に眼前をかすめ過ぎた。一切合切が。ただし、身元に関する手がかりをのぞいて。

というのも、アラールは自分が何者なのか知らないからだ。

死の臼《うす》がまわるなか、彼はふたりの教授に発見されたときの記憶をよみがえらせた。ふたりが見つけたのは三十歳くらいの青年で、オハイオ川上流の岸辺を茫然《ぼうぜん》とさまよっていたのだった。

その遠い日々に受けた徹底的なテストの記憶がよみがえる。当時のふたりは、彼が帝国警察によって送りこまれたスパイだと確信していたし、彼に自覚はなかったが、そうであっても不思議はなかった。彼の記憶喪失は完全だった。過去の人生はなにひとつにじみ出てこず、彼が何者であったのかを本人に――あるいは、ふたりの新しい友人に――ほのめかしもしなかった。

彼の旺盛な知識欲にふたりが驚いたのを思いだす。そして最初にして最後の出席となった大学の授業の詳細と、教師が四度目の誤りを犯したあと、授業の邪魔にならないよう居眠りをはじめた顚末《てんまつ》を思い起こした。

彼の記憶喪失が偽りではない、とふたりの教授がようやく納得したあと、彼の学歴の偽造証書を購入したことを鮮明に憶《おぼ》えている。その書類で、彼は一夜にしてカルコフ大学からサバティカルの休暇をとっている天体物理学の博士となり、ふたりの教授が教鞭《きょうべん》をとる帝国大学で代理講師となったのだ。

それから夜中に長い散歩をするようになり、帝国警察に逮捕され、打擲《ちょうちゃく》されて、周囲の悲惨な状況に気づくようになった。

とうとう、ある早朝、へこみだらけの悪臭芬々《ふんぷん》たるヴァンが、むせび泣く老齢の奴隷を満載して、通りをガタガタと走っていくのを目の当《ま》たりにした。

「どこへ連れていかれるんです？」と、あとで教授たちに訊《き》いてみた。返ってきたのは「奴隷が年をとりすぎて働けなくなると、売られる」という答えだけだった。

しかし、ついに秘密を発見した。遺体安置所。発見の代償は、衛士から肩に食らった二発の銃弾だった。

思いだせるすべての夜のなかで、その夜ほど啓発的だったものはない。早朝、自分の部屋に無我夢中で這いこんだとき、ふたりの教授と第三の男——黒いかばんをさげた見知らぬ男——が待っていた。肩に激痛をもたらす探針を入れられ、白い包帯を巻かれたのを漠然と憶えている。しまいに一瞬吐き気がこみあげ、つづいて頭のてっぺんから爪先までチリチリするものが流れた——〈盗賊〉のアーマーだ。

昼は天体物理学を講じた。夜は特殊な技を習得した。爪を立ててツルツルの壁をよじ登ったり——百ヤードを八秒で走ったり——突進してくる帝国警察官三人を武装解除したり。〈盗賊結社〉の一員となった五年間で、彼は巨万の富を掠奪《りゃくだつ》し、〈結社〉はそれを使って数万人の奴隷を解放してきた。

こうしてアラールは〈盗賊〉となり、こうして身をもって〈盗賊結社〉の不愉快な金言を実証しつつある——自然死をとげる〈盗賊〉はいない、と。

いきなり背中にガツンと一撃を食らい、黒いヴェストがむしりとられた。いまや鋼鉄ワイヤなみに張りつめたショック・コードに引きもどされ、建物にたたきつけられたのだ。

落下のあいだにはじめて吸った息で、肺が破裂寸前まで満たされた。

これなら生きのびられるだろう。

落下がしだいに断続的になった。けっきょく、輪縄はシェイを捉えていたにちがいない。はるか頭上でいまくり広げられているにちがいない奮闘を思って彼は口もとをほころばせた――六人のたくましい男たちが、収入源を生かしておこうと、素手で糸のような索をつかんでいるのだ。しかし、数秒以内にそのうちのひとりが、索を切ればいいと思いつくだろう。

彼は下方に目をやった。思ったほど下まで落ちていない。四分の一秒の数え方が早すぎたのは、いまや一目瞭然だった。死を前にすると、なぜ時間はこれほど間延びするのだろう？

ぼんやりと照らされた街路が、ぐんぐん迫ってきていた。ちっぽけな明かりが下でちょこまかと動いている。おそらく射程の短い半携帯式ケイデス銃のほかに大砲をそなえた帝国警察の装甲車だろう。五条あまりの赤外線ビームが、建物のこちら側に照射されているのはまちがいない。とすれば、こちらの居場所を突き止められるのは時間の問題にすぎない。帝国警察がこちらの体に砲弾を直撃させられるかどうかは怪《あや》しいが、ショック・コードは非常に切れやすい。金属の破片が飛んできたら、簡単に切断されてしまう。

下方の明かりは、いまや恐ろしいほど大きかった。アラールはコード・ケースまで片手をあげ、減速機を作動させる用意をした。地面から百フィートほど上で、彼はギアのレヴァーを入れ、だしぬけの減速で失神しそうになった。つぎの瞬間、ふらふらと立っており、索を切り離して、みるみる射しそめている曙光《しょこう》にかろうじて照らされた通りを歩きだした。

どちらへ逃げよう？　あの角をまわったら、ケイデス銃をそなえた警察車輌《しゃりょう》が待っているだろうか？　通りはすべて封鎖されているのだろうか？

つぎの数秒間は、ひとつの過《あやま》ちも犯すわけにはいかない。

一条の光が左から彼を突き刺した。つづいて走ってくる足音。彼がぎょっとしてふり向くと、八人の屈強な奴隷のかつぐきらびやかな輿《こし》が目に飛びこんできた。奴隷たちの汗に濡れた顔が、東で深まりゆく赤みを映している。女の間延びした声が彼のもとへ流れきた。と、輿は過ぎ去った。

危機が迫っているのに、彼は笑いだしそうになった。核駆動のジェット・カーが庶民の手の届くものとなったいま、奢侈《しゃし》にふける貴族階級は、中世の輿に回帰することでしか、同じように奢侈にふけるブルジョアと自分たちを区別できないのだ。パタパタという足音が遠ざかって消えた。

そのとき、彼女の口にしたことが衝撃となって襲ってきた。

「左の角よ、〈盗賊〉」

〈結社〉が彼女を送ってきたにちがいない。だが、じつのところ選択の余地はない。

彼はゴクリと唾を飲みこみ、走って角をまわって——立ち止まった。

三挺《ちょう》のケイデス銃が、三輛の帝国警察車のなかで即座に旋回し、彼を射程におさめた。アラールは両手をあげ、左側の車輛に向かってゆっくりと歩いた。

「撃つな！」と叫び、「降伏する！」

彼は安堵《あんど》のあまり息を呑んだ。レイピアを抜いたヘイヴン博士が偽物の車輛から降りてきて、慎重に進み出ると、彼を迎えるふりをしたのだ。手錠が片手に握られていた。

「賞金は三等分だ！」と、まんなかの車輛から帝国警官が声をはりあげた。

ヘイヴン博士はふり向かなかったが、承知したしるしに片手をあげた。

「落ちつけ、坊や」と小声でアラールにいう。「こっちへ来てくれて助かった。出血しているのか？ 車のなかに外科医がいる。講義まで保《も》ちそうか？」

「そう思います。ですが、気絶した場合、宝石は小袋のなかです」

「よくやった。それで四百人が自由になれる」アラールのベルトを乱暴につかみ、「来い、クズ野郎！ 死ぬ前にたっぷりと質問に答えてもらうからな！」

数分後、〈盗賊〉の車輛は同行する二輛をまき、標識をとり替えると、大学へ向かって疾走した。

2　淑女とメガネザル

女は鏡の前にすわり、静かに黒髪をくしけずっていた。鏡台灯の輝きのもと、長い髪はつやつやと黒光りし、一部は青くきらめいている。ふさふさとした髪は美しい額縁となって彼女の顔をとり巻き、肌の白さを際立たせている。いっぽう頬と唇はほんのりとピンクに染まっている。髪が生き生きとして温かいのに負けず劣らず、おだやかで冷たい顔だった。しかし、目はちがっていた。大きくて黒く、髪と調和する生気を顔にもたらしている。それもまた鏡台灯の輝きを浴びて燦然と輝いていた。顔の表情を殺すようには、目の表情を殺せないのだ。黒い睫毛《まつげ》を伏せ、部分的に覆い隠すことしかできない。彼女はいまそうしていた。背後に立っている男のせいで。

「いちばん新しい申し出をおまえも知りたがるかもしれん」とヘイズ＝ゴーントがいった。鏡台灯のエメラルドの房をぼんやりともてあそんでいるようだが、五感を研ぎ澄まして、こちらのかすかな反応も逃さないようにしているのだ、と彼女は知っていた。「昨日シェイは、おまえに二十億の値をつけた」

数年前だったら、彼女は身震いしたかもしれない。だが、いまは……一定の長い間隔で黒髪をくしけずりつづけ、おだやかな黒い瞳で化粧鏡のなかに彼の顔を探りあてた。

アメリカ帝国宰相の顔は、地球上に類を見ない顔だった。頭頂はつるつるに剃りあげられているが、よく目立つ生え際が秀でた額をはっきりと示し、その下にある落ちくぼんだ非情そうな目は、知性をたたえている。眼球は黒く、途方もなく大きい。鷲《わし》鼻《ばな》にはかすかに起伏がある。まるでいちど折れて修復されたかのように。

頬は幅広いが、痩せていて、肉がぴったりと張りついており、傷ひとつない。ただし、突きだした顎を横切る、かろうじて目に見える一本の瘢痕《はんこん》は別だ。その男の決闘哲学を彼女は知っていた。不必要な危険を冒さず、その道の専門家によって、敵をきれいに始末するべきである。彼は勇敢だが、愚直なわけではない。

口は――彼女の判断によれば――ほかの男だったら固く結ばれているといえるかもしれない。ところが、この男の場合、なんとなく拗《す》ねているように見える。だから、彼があらゆるものを持ちながら――なにも持っていないことがわかってしまう。

だが、なにより目立つのは、その男の肩で永遠に怯《おび》えてうずくまっている、大きな目をした小柄なサルに似た生きものかもしれない。そいつは口にされた言葉をひとつ残らず理解しているらしい。魔法使いと使い魔だ、とケイリスは思った。どんなグロテスクな愛情が両者を結びつけたのだろう？

「興味がないのか？」と、にこりともせずにヘイズ＝ゴーントが尋ねた。無意識の動作で片手をあげ、身を縮こまらせている小さなペットを撫でる。

彼はけっしてほほえまない。彼女の知るかぎりでは、眉間《みけん》にしわを寄せたことが何度かあるだけ。本人が子供じみた虚栄心とみなしているらしいものから、鉄の克己心でその顔を守っているのだ。それでも、彼女にはどうしても感情を隠せない。

「当然ながら、興味はあるわ、バーン。わたくしを手放す法的な合意に達したの？」

気を悪くしたとしても、彼は顎の筋肉をわかるかわからないかくらいこわばらせただけだった。しかし、宝石をちりばめた房を土台からむしりとり、部屋の反対側に投げつけたいと思っているのだ、と彼女にはわかった。

彼女は平然と無言のまま髪をくしけずりつづけた。その無表情の目が、鏡に映った彼の目をおだやかに見つめる。

宰相がいった。

「たしか、けさ早くおまえは通りで男に声をかけたな。奴隷に輿で連れてこられるときに」

「そうだったかしら？　憶えていないわ。酔っていたのかもしれない」

「いつか」と彼はつぶやいた。「本当におまえをシェイに売ってやる。あの男は実験が好きで好きでたまらない。おまえにどんな実験をするのだろうな？」

「わたくしを売りたいのなら、売ればいい」

彼の口もとがわずかにねじれた。

「まだだ。けっきょく、おまえはわたしの妻なのだから」感情をこめずにそういったが、唇の端にせせら笑いめいたものが浮かんだ。

「わたくしが？」彼女は顔の火照《ほて》りを感じた。鏡のなかでは頬の赤みがまして、耳のほうへみるみる広がっていく。「あなたの奴隷だと思っていた」

ヘイズ＝ゴーントの目が、鏡のなかでキラッと光った。彼女の肌に赤みがさしたのに気づいたのだ。気づかれたのをケイリスはひそかに憤った。これは彼女の夫——本当の夫——に対して彼が意趣返しをする瞬間なのだから。

「同じことではないか」とヘイズ＝ゴーント。かすかなせせら笑いは、かすかなほくそ笑みへと微妙に変化していた。

思ったとおりだ——彼は得点をあげて、喜びを見つけた。彼女は会話の方向をそらそうとした。

「わざわざシェイの申し出に触れたのはなぜ？　すこしくらい富がふえたって、わたくしから得られる喜びとは雲泥の差があるのはわかっているわ。お金がふえたって、あなたの憎しみはおさまらない」

男の唇のねじれがすっと消え、鋭い口の線だけが残った。その目は鏡のなかで彼女の目とからみ合った。

「憎まねばならない者はもういない」と彼は答えた。

その言葉は真実だが、一面の真実でしかない、と彼女は知っていた。ヘイズ＝ゴーントは彼女の夫を憎まなくていい。なぜなら、彼女の夫を亡き者にしたから。もう憎まなくてもいい。だが、あいかわらず憎んでいる。彼女が愛した男の業績に対する苦い憎しみと妬《ねた》みは、以前と変わらずに強いのだ。けっしておさまることがない。だから彼女は奴隷にされたのだ。彼女はヘイズ＝ゴーントが憎んだ男の愛する者だった――彼女は死者に対する復讐《ふくしゅう》の道具なのだ。

「ずっとそうだった」彼の視線をしっかりと受け止めてケイリスはいった。

「憎まねばならない者は」ヘイズ＝ゴーントはゆっくりとくり返した。「もういない」最後の言葉を抑え気味にして、強調したのが彼女に伝わるようにする。「おまえがわたしのものだという事実からは逃れられないぞ」

彼女はわざと返事をしなかった。かわりにブラシを大儀そうに持ち替え、その動作が傲慢そうに見えるようにした。内心ではこういった。（わたくしが逃れられないとあなたは思う。あなたのもとにとどまっているのは、そうしなければならないから。あなたはなにも知らないのよ、ヘイズ＝ゴーント！）

「いつか」彼はつぶやいた。「おまえを本当にシェイに売ってやる」

「さっきもそういったわ」

「本気だと知ってほしいのだ」

「いつでも好きにすればいい」

彼の唇がまたねじれた。

「そうするとも。だが、まだだ。なにごとにも潮時というものがある」

「仰せのとおりに、バーン」

遠隔受像機《テレヴァイザー》がブーンとうなった。ヘイズ＝ゴーントが身をかがめ、〝受信〟スイッチをパチンと入れると、即座に神経質なクスクス笑いに迎えられた。閨房《けいぼう》というプライヴェートな場なので、スクリーンには手動で操作するボタンがついており、双方向で画像をやりとりするには、指先で絶えずボタンを押していなければならない。ヘイズ＝ゴーントは親指でボタンを押した。スクリーンは空白のままだった。

「あー」と通話を求めてきた者の声。つづいて咳払《せきばら》いがあり、「バーン！」シェイだった。

「これはこれは、シェイ伯爵」ヘイズ＝ゴーントはちらりとケイリスを見た。彼がスイッチに手をのばすと同時に、彼女はブラシを膝に落として、ドレッシング・ガウンのしわをのばしていた。「あいつがおまえにつけた値はすでに気前のいいものだった、ケイリス。ひょっとしたら、上乗せするために連絡してきたのかもしれんな。だが、きっぱりと断るつもりだ」

ケイリスはなにもいわなかった。回線の反対側でシェイがしわがれ声で不平を垂れていた。おそらくは、きまり悪さよりは予想外のあいさつに関するものだろう。とはいえ、ヘイズ＝ゴーントの言葉の裏にある微妙な含みが彼女にはわかった。それは、彼女にまた別の棘《とげ》を突き刺すだけではすまなかった。彼女がそこにいるのをシェイは知らされており、それゆえ、おのれの感情を抑えて話しているのだ。

「さて、それでは、シェイ」ヘイズ＝ゴーントがだしぬけにいった。「用件はなにかな？」

「夜中に不運な出会いがあってね」

「というと？」

「〈盗賊〉との出会いだ」シェイは劇的効果を狙っていったん言葉を切ったが、帝国宰相の顔は筋一本動かないのにケイリスは気づいた。反応は、肩の上にいる小動物の毛皮を何度かすばやく乱暴に撫でたことだけ。小柄なサルに似た生きものは目をきょろきょろさせて、ブルッと身震いした。いつもにもまして怯えているのだ。

「喉に傷を負った」返事が来ないのが明らかになると、シェイは言葉をつづけた。「朝からずっと主治医の手当てを受けていた」ため息をつき、「たいした傷ではない。興味深い痛みはなく、ヒリつくだけだ。もちろん、包帯を巻いているせいで、ばかにしか見えん」スクリーンが空白なのは理由があるのだ、とケイリスはひそかに面白がった――見栄っ張りなこと。

〈盗賊〉による襲撃と逃走の経緯がベラベラとまくしたてられる。言葉がなめらかに流れるのを妨げない程度までシェイの喉が回復しているのは明らかだ。すこししたら、メガネット・マインドの間で会ってもらいたいと宰相に頼んで、彼は長広舌を締めくくった。

「わかった」ヘイズ=ゴーントは同意し、ヴァイザーを消した。

「〈盗賊〉ね」とケイリスがいい、髪をまたくしけずりはじめる。

「犯罪者だ」

「〈盗賊結社〉は」とケイリスが考えこんでいった。「アメリカ帝国におけるほぼ唯一の道徳勢力よ。なんて奇妙なの! わたくしたちは教会を滅ぼし、泥棒に魂を捧げているのだわ!」

「やつらの犠牲者が信仰にめざめたという報告はめったにないが」とヘイズ=ゴーントがそっけなく返した。

「意外でもなんでもないわ」と彼女はいい返した。「自分たちの些細な損失を嘆く少数の者は、それが多くの者にもたらす救済に目をつぶっているのだから」

「〈結社〉が掠奪品をどう使うにしろ、いいか、それでもただの盗賊から成っているのだ。警察の案件にすぎん」

「警察の案件にすぎないですって！　破壊活動対策相が声明を出したのは、つい昨日のことじゃない。今後十年以内に彼らを一掃しなければ――」

「わかっている、わかっているとも」ヘイズ＝ゴーントがいらだたしげにいい、彼女の言葉をさえぎろうとした。

ケイリスはひるまずに言葉をつづけた。

「――今後十年以内に彼らを一掃しなければ、〈盗賊〉は自由人と奴隷とのあいだに存在する現在の〝恩恵的〟バランスを崩すだろう」

「まさにそのとおりだ」

「かもしれない。でも、教えてちょうだい――わたくしの夫が、本当に〈盗賊結社〉を創設したの？」

「おまえの元夫ではないのか？」

「揚げ足をとらないで。いいたいことはわかるでしょう」

「ああ」彼は同意した。「いいたいことはわかる」つかのま、その顔が――ぴくりともしないのに――おぞましいものに変容したように思えた。

男は長いあいだ無言だった。とうとうこういった。

「話せば長くなる。その大部分は、おまえもわたしと同じくらい知っているはずだ」

「あなたが思っているほどには知らないかもしれない。帝国大学の学生だったころ、あなたと彼が不倶戴天《ふぐたいてん》の敵同士だったのは知っている。彼が学内の競争でわざとあなたの上に立ち、あなたを負かそうとした——あなたがそう考えていたのも。卒業後、彼の研究はあなたの研究より一枚上手だとだれもが考えているようだった。ちょうどそのころ、決闘にまつわるなにかがあったのでしょう？」

ケイリスはいつもすこし奇妙に思うのだが、現在の文明のように冷徹なまでに科学的な文明に決闘が——致命傷をあたえる武器と厳格なしきたりをそなえて——復活していた。もちろん、多くの者によってもっともらしい説明はされてきた。公式な態度はあきらめだ。当然ながら、それを禁じる法律はあるが、人民自身がばかげた慣習をつづけたがるなら、政府になにができるだろう？　とはいえ、その法的態度の下では、決闘がひそかに励行されているのをケイリスは知っていた。多くの役人が公然と決闘を自慢し、それが貴族階級に健康で活発な精神を吹きこんでいると独善的に説明するのを耳にしたことがある。騎士道の時代がもどってきたのだ、と彼らは主張する。それでも、そのすべての下に、めったに声に出されることはないが、決闘は国家の存続に必要不可欠だという感情がある。〈盗賊結社〉は生存の基本的な道具として剣を復活させた——独裁者に対する最後の自衛手段として。

問いに返事がないので、彼女はいいつのった。

「あなたは彼に決闘を申しこんだのでしょう？　それから何カ月か姿を消した」

「わたしが先に撃ち――はずした」とヘイズ＝ゴーントがそっけなくいった。「ミュールは、いかにもあいつらしい耐えがたいほどの寛大さを発揮して、空に向けて撃った。帝国警察が監視していて、われわれは逮捕された。ミュールは保護観察処分となって釈放された。わたしは有罪判決を受けて、大きな果樹園企業に売られた。

ケイリスよ、地下の水耕栽培果樹園は、十九世紀の田園詩とは大ちがいだぞ。わたしは一年近く太陽を見なかった。何千トンもの林檎《りんご》がまわりに生《な》っているのに、ネズミも口をつけないようなゴミを食べさせられた。果実を盗もうとした数人の奴隷仲間は、ことが露顕して、死ぬまで鞭打《むちう》たれた。わたしは用心深かった。憎しみが生きる糧《かて》となった。待つことができた」

「待つ？　なにを？」

「脱走の機会を。われわれは順繰りに脱走した。慎重に計画を練り、しばしば成功した。だが、わたしの番が来る前の日に、わたしは買われ――解放された」

「なんて幸運な。だれが買ったの？」

「証書によれば、『未知の関係者』だ。しかし、ミュールでしかありえなかった。あいつは何カ月も陰謀をめぐらし、借金をし、金を貯《た》めて、最後の最後に憐《あわ》れみをかけてわたしの面目をつぶしたのだ」

小柄なサルのような生きものが、その男の声に冷ややかな凶暴さを感じとり、こわごわと上着の袖を駆けおりて、手の甲まで行った。ヘイズ＝ゴーントは人さし指を曲げてペットを撫でた。

部屋で聞こえるのは、ブラシと黒髪が出会う静かで享楽的な音だけだった。ケイリスが無言で髪を梳《す》きつづけているのだ。人間味あふれる単純な行為が、常軌を逸した怨恨《えんこん》を生みだすことに彼女は驚き呆《あき》れていた。

ヘイズ＝ゴーントが言葉をつづけた。

「とうてい耐えられなかった。そのときわたしは決意したのだ、ケニコット・ミュールを亡き者にすることに残りの人生を捧げる、と。暗殺者を雇ってもよかったが、この手でやつを殺したかった。そのいっぽうで政界入りし、とんとん拍子に出世した。わたしは人の使い方を知っていた。恐怖が結果を出す、と地下での歳月に教わったからだ。

しかし、新しいキャリアを築いても、ミュールからは逃れられなかった。わたしが国防大臣に任命された日、ミュールは水星に着陸した」

「いくらあなたでも」言葉に皮肉がまじらないよう注意してケイリスがいった。「彼が計画的に時期を合わせたと非難はしないでしょう？」

「どうしてそうなったかはどうでもいい。肝心なのは、そうなったということだ。そして、同じようなことが起こりつづけた。数年後、わたしをアメリカ帝国宰相の地位につけた選挙の前夜、ミュールは太陽への旅から帰還した」

「あれは世界にとって、たしかに刺激的なときだった」

「ミュールにとっても刺激的なときだった。あたかも旅だけでは人心を熱狂させるには足りないかのように、あいつは重大な発見を宣言した。太陽の物質を絶えず合成し、反重力メカニズム経由ですばらしい核分裂燃料に変えることで、すさまじい太陽の重力に打ち勝つ方法を見つけていたのだ。またしてもあいつは帝国社会の称賛の的となり――わが最大の政治的勝利は無視された」

その言葉にこめられた苦い思いにケイリスは驚かなかった。ヘイズ＝ゴーントが当時おぼえたにちがいない、いまでさえおぼえているにちがいない恨めしさは容易すぎるほど容易に理解できた。彼が成功した政治家となったまさにその瞬間に、ミュールは大衆のヒーローとなったのだ。その対照ぶりはうれしいものではなかった。

「しかし」と目を細くしながら彼が言葉をつづけた。「わたしの忍耐はとうとう報われた。十年ほど前のことだ。ついにミュールが、厳密に政治的な問題でわたしに異を唱えるという暴挙に出た。そのときわたしにはわかった――すみやかに彼を殺さなければならない、さもないと、永久にやつの後塵《こうじん》を拝することになる、と」

「つまり、彼を――」ケイリスはひるまずにその言葉を口にした。「――殺させたのね」

「いいや。わたし自身が、この手でやらねばならなかった」

「決闘でなかったのはたしかなの？」

「たしかだ」

「キムが政治に首を突っこんだなんて知らなかった」とケイリスがつぶやく。

「やつは政治的問題だと見ていなかった」

「どういう議論だったの？」

「こういうことだ——太陽ステーションを設置したあと、アメリカ帝国はやつの方針にしたがってミューリウムを使用するべきだとミュールは主張した」

「それなら」とケイリスは探りを入れつづけた。「その方針とやらはいったいどういうものだったの？」

「やつは産出物を使って世間一般の生活水準をあげ、奴隷を解放したがった。いっぽうわたし、アメリカ帝国宰相は、帝国の防衛のためにその物質が必要だと主張した。わたしの命令でやつは地球に帰還し、宰相公邸のわたしのもとへ出頭した。わたしたちは奥のオフィスでふたりだけになった」

「もちろん、キムは丸腰だったのね？」

「もちろんだ。そして、おまえは国家の敵だから、おまえを撃つのがわたしの義務だと告げると、あいつは笑い声をあげた」

「だから彼を撃ったのね」

「心臓を撃ちぬいた。やつは倒れた。やつの死体を片づけるよう命じるため、わたしは部屋を離れた。家事奴隷を連れてもどって来ると、やつは――あるいはやつの亡骸《なきがら》は――消えていた。共謀者が連れ去ったのだろうか？　本当にわたしはやつを殺したのだろうか？　だれにもわからない。とにかく、盗賊どもの活動はその翌日にはじまった」

「彼が最初の〈盗賊〉だったの？」

「もちろん、本当のところはわからない。わかっているのは、すべての〈盗賊〉が警察の銃弾をものともしないらしいということだけだ。わたしが撃ったとき、ミュールは同じタイプの防護スクリーンを着用していたのだろうか？　真相は藪《やぶ》のなかだろう」

「そのスクリーンとはいったいなんなの？　キムとの話に出たことはなかった」

「それもわからない。生け捕りにした数すくない〈盗賊〉にもわからないのだ。シェイの説得で彼らが明かしたところによれば、個人の脳造影パターンに電気的に基づく速度反応場であり、脳波によって維持されている。じっさいには、銃弾の衝撃を広い領域に拡散する。銃弾の運動量をフォームラバーのクッションの運動量と等しいものに変えるわけだ」

「でも、警察はスクリーンに保護された〈盗賊〉をじっさいに殺してきたんでしょう？」

「たしかに。短距離で熱線を発射する半携帯式のケイデス・ライフルがある。それから、もちろん、原子炸裂弾《さくれつだん》をそなえた通常の大砲も。スクリーンは無傷のままだが、〈盗賊〉は内臓破裂ですみやかな死をとげる。しかし、主な対抗手段はおまえも知ってのとおりだ」

「剣ね」

「まさにそのとおり。スクリーンの抵抗は飛翔体《ひしょうたい》の速度に比例するので、比較的ゆっくり動くもの、たとえばレイピアや投げナイフ、果ては棍棒《こんぼう》が相手だと防御手段にならない。レイピア云々《うんぬん》で思いだしたが、シェイと会う前に保安大臣との面会があった。おまえもいっしょに来て、ターモンドがレイピアの稽古《けいこ》をつけるのをしばらく見学するのだ」

「ご自慢の保安大臣が稽古をしなければならないとは知らなかった。帝国きっての剣士ではないの？」

「帝国随一の剣士だ。そして稽古のおかげでそうありつづけるだろう」

「あとひとつだけ訊かせて、バーン。元奴隷なのだから、あなたは奴隷制の存続よりは廃止に賛成しそうだけど」

彼は皮肉まじりに答えた。

「奴隷にされることに必死になって抗っている者は、他人を奴隷にすることでもっとも成功を味わえるのだ。歴史を読むがいい」

メガネザルが、ヘイズ＝ゴーントの肩という避難所から彼女をこわごわと見つめた。男の顔とけものの顔が、彼女にはいっしょに見えた。なにかがある……動物をしげしげと見るうちに、彼女は思った。悪夢のなかで、わたくしはあなたを知っている。あなたはうっとりさせる、ぞっとさせる。それなのに、無害そのものに思える。声に出してはこういった。

「お待ちを、いま行きます」

3　メガネット・マインド

保安大臣の色である赤と灰色のお仕着せをまとった卑屈な家事奴隷のあとについて、ふたりはフェンシング・ルームまでアーチ形の回廊を進んだ。部屋の入口で奴隷はふたたびお辞儀し、去っていった。ヘイズ＝ゴーントが椅子を示し、ふたりは目立たないようにして腰を降ろした。

ジムの中央にいたターモンドがふたりの到着に気づき、軽く会釈《えしゃく》すると、フェンシングの相手との静かな協議をただちに再開した。

鋼鉄をのみで削ったような保安大臣の顔、シルクの上着と優美なトランクスという軽装に包まれた筋骨隆々の胴体にケイリスはしぶしぶ称賛の視線を走らせた。金属的で断固とした声が、彼女のもとまで流れてくる。

「条件は理解したか？」

相手はだみ声で、「はい、閣下」と答えた。その顔は汗まみれで、目は見開かれ、どんよりしていた。

「それなら忘れるな、六十秒後まだ生きていたら、おまえは自由をつかむことになる。おまえには四万ユニタ近く払ったのだから、それなりの見返りを期待している。ベストをつくせ」

「承知しました、閣下」

ケイリスは、隣の椅子に身を固くしてすわり、腕組みしているヘイズ＝ゴーントのほうを向いた。

「率直なところを教えて、バーン。今日《こんにち》の決闘は倒錯したスポーツにすぎないと思わない？　その名誉は失われているのではなくて？」ほかの者たちの耳に届かないよう、彼女は声をひそめたままにした。

ヘイズ＝ゴーントは冷徹非情で知的な目で彼女を探った。その質問が真剣なものであるかどうかたしかめようとしたのだ。真剣だとわかった。彼をいらだたせようという試みではない。

「時がたてば物事も変わる」彼はきっぱりと答えることにした。「そう、伝統はおおかた失われてしまった。主な動機はもはや『臆病と勇敢』のそれではない」

「それなら、たんなる野蛮な儀式に堕してしまったのよ」

「そうだとしたら、〈盗賊〉のおかげだといってよかろう」

「でも、むかしはそれよりましだったの？」

「かつては多大な尊敬を集めた」彼の視線の先では、ターモンドと相手が武器を選んでいた。「決闘は古代社会に普及していたものの、近代的な私的決闘は司法決闘から生まれた。十六世紀のフランスで、それはごくありふれたものとなった。フランソワ一世が宿敵であるカール五世に挑んだ有名な決闘のあとに。そのあと、あらゆるフランス人がこう考えるようになったようだ。つまり、些細な侮辱に対しても名誉を守るのに剣を使うよう求められている、と」

「でも、それは」とケイリスはいいつのった。「大むかしのヨーロッパの話。ここはアメリカよ」

ヘイズ＝ゴーントは、戦闘の準備をするふたりの男から目を離さなかった。かたわらにいる女のことは忘れたらしく、返事はむしろひとりごとのように聞こえた。

「アメリカほど熱心に決闘が実施されたところは、世界のどこにもなかった。闘いはありとあらゆる条件のもと、考えつくかぎりの武器をもって行われた。その大部分は致命傷をあたえるものだった。帝国の成立まで、法律が決闘を禁じていたのはそれが理由だ」首をまわして彼女を見る。「復活したのは意外でもなんでもない」

「でも、いまや道徳的に立派なところをすべて失ってしまった」とケイリス。「合法化された殺人への招待状にすぎないわ」

「法律がある」と彼は答えた。「だれも決闘を強制されない」

「あの哀れな男のように」ケイリスはジムの中央のほうを指さした。その黒い瞳がキラリと光る。

「あの男のように」ヘイズ＝ゴーントは重々しくうなずいた。「さあ、静かにしろ。試合の準備がととのった」

「受けのかまえ《アン・ガルド》をして！」

突き、受け流し、フェイント、突き、受け流し……。

テンポが急速にましていく。

ターモンドの剣さばきは、うっとりするほど繊細だった。道具を体の一部とした者ならではの動き。足さばきは信じられないほど軽く、やすやすと爪先立ちでバランスをとっている――剣士のかまえとしては異常だ――いっぽう赤銅色《しゃくどういろ》の体は、部屋の淡い光を浴びて、それ自体がレイピアであるかのように、さざ波立ち、光を発する。その目はまぶたが重く、顔は無表情な仮面だ。息をしているのだとしても、ケイリスにはわからなかった。

彼女は探る目を奴隷剣士に移し、その男が絶望をかなぐり捨て、凶暴なまでの正確さで自衛に努めているのに気づいた。これまでのところ、彼の新しい所有者は、彼にかすり傷ひとつ負わせていない。ひょっとしたら、自由人だったころは、本当に危険な決闘者だったのかもしれない。とそのとき、ちっぽけな赤い滴《しずく》が魔法のように男の左胸にあらわれた。つぎの瞬間、右胸にも。

ケイリスは固唾《かたず》を呑んで、こぶしを握りしめた。ターモンドは、剣士の体を勝手に六つに分けて、そのひとつひとつに触れていた——意のままに相手を殺せると見せつけているのだ。

命運の定まった男の顎が下がり、彼の努力は技術から狂乱へと移行した。六つ目の傷が左下腹部にあらわれると、彼は絶叫して、自分をいたぶる者に体ごと飛びかかった。

はね飛ばされた長剣がガチャンと床に落ちる前に、その男は絶命していた。

ゴングが鳴り、時間切れを教えた。

それまで物思わしげな顔で黙っていたヘイズ＝ゴーントが、いま立ちあがって、二度拍手した。

「ブラヴォー、ターモンド。みごとな突きだった。体があいているなら、いっしょに来てもらいたい」

ターモンドは赤く染まった長剣を家事奴隷に渡すと、亡骸を見おろすように一礼した。

透明なプラスチック・ドームのなかで、その男はトランス状態にあるようだった。男の顔は、ケイリスからは部分的にしか見えなかった。半球の天井からぶらさがっているる、円錐形をした金属のものに隠れているからだ。そのものの最下部には、ふたつのファインダー用レンズがとりつけられている。男はレンズを一心にのぞきこんでいた。

男の頭は大きかった。頭を載せている大柄な体に比してさえ。顔は赤い瘢痕組織の忌まわしいかたまりであり、はっきりした目鼻立ちを欠いている。毛の生えていない手も同様に傷だらけで、変形している。

半円形に並ぶ見物人のなかで、ケイリスは椅子にすわったままそわそわと体を動かした。左側には無言で泰然自若《たいぜんじじゃく》としたターモンド。右側には腕組みして、ぴくりともせずに椅子にすわっているヘイズ＝ゴーント。彼がいらだちをつのらせているのは一目瞭然だった。その向こうにはシェイがいて、シェイの向こうには顔見知りの男がいる。たしか宇宙省の次官で、ゲインズという名前だったはずだ。

ヘイズ＝ゴーントが頭をわずかにシェイのほうへかたむけた。

「これはいつまでかかるのだ？」彼の毛深いペットがキーキーと声をあげ、袖を駆けおりてから、また肩へもどる。

永遠のほほえみを顔に貼りつけているシェイが、警告のしるしにぽっちゃりした手をあげた。

「辛抱だ、バーン。現在のネット検索が終わるのを待たねばならない」

「なぜです？」ターモンドが好奇心と無関心の入りまじった声で尋ねた。

心理学者は鷹揚《おうよう》な笑みを浮かべた。

「現在メガネット・マインドは、深い自己催眠の状態にある。ふつうでない外部刺激にさらせば、潜在意識の神経回路網《ニューラル・ネットワーク》が破断され、ばらばらの事実を統合するという政府にとって有用な部分に深刻な障害が出るだろう」

「ほう、事実ですか」とターモンドがうわの空でいった。「その事実とはなんです? 説明してください」

「いいだろう」丸々と太った心理学者が愛想よく答えた。「まず、この部屋にあるのは端末だけだといわせてくれ。きみには見えないものがたくさんある——論理回路、メモリ、実行中のインプット、関連するハードウェア。そのすべてがはるかな地下にある。放射線のダメージを最小にするためだ。メモリは包括的で、十の十五乗バイト。すべての図書館のすべての資料にアクセスできる。あらゆる言語で書かれた三十億冊の本と文書に。図像もそろっている。村から銀河にいたるまでの地図だ。数百のスパイ衛星からデータを得られる。マインドがいっさいを設計した。論理と記憶はひとつのスーパーチップに結合されている。もっとも、本当はチップではない。むしろグレープフルーツ大のぶよぶよした重合体で、電子顕微鏡で走査される。マインドは意図的に3Dの形を選んだ。おかげでナノ秒のうちにメモリの全容にアクセスできるのだ。データのアウトプット全体は統合されて一連の顕微鏡サイズのネットワークとなり、ヴュワーに送られて、メガネットを形成する。マインドの左右の目が、それぞれ異なるネット投影を観察しており、投影のひとつひとつは一秒四十フレームのスピードでヴュワーを通過する。

四十分の一秒は、網膜の視紅の反転率とほぼ等しく、これはメガネット・マインドに読みとれる上限を表す。もちろん、彼の思考プロセスはそれよりはるかに速い」

「なるほど、わかってきた」とヘイズ＝ゴーントがつぶやいた。「どうしてマインドは数分で百科事典を読めるのかは。だが、自己催眠にかからねばならない理由は、あいかわらずわからない」

シェイは破顔した。

「人間の精神を、たとえば、あなたのペットのそれと区別する主な特徴のひとつが、些細なことを無視する能力だ。問題を解きにかかるとき、平均的な人間は意識的な精神が無関係とみなすものをすべて自動的に除外する。

だが、拒絶されたものは本当に無関係なのだろうか？　長い経験の教えるところでは、拒絶する意識的な精神を信用するわけにはいかない。だから『ひと晩寝てから考える』といういいまわしがあるのだ。そうすれば、潜在意識的な精神が、意識的な精神の注意をなにかに無理やり向けさせる機会が得られるからだ」

「きみがいっているのは」とヘイズ＝ゴーント。「メガネット・マインドが有能なのは、潜在意識のレベルで機能し、あたえられた問題すべてに人類の知識の総体を用いるからだということにすぎん」

「まさにそのとおり！」心理学者がうれしそうに叫んだ。「ご明察だよ、バーン！」

「ヴュワーが引っこめられるようです」とターモンドがいった。

一同が期待の目で見つめるなか、半球内の男はゆっくりと背すじをのばし、なかば目のくらんだまま一同を凝視した。

「彼の顔と手に気づいたかね？」と心理学者が早口にいった。「サーカスの火事でひどい火傷《やけど》を負ったんだ。わたしが発見する前、彼は一介の芸人にすぎなかった。いまはわが奴隷コレクション全体のなかでもっとも役に立つ道具だ。しかし、見たまえ、バーン、彼はゲインズとなにかを話しあうだろう。耳をかたむけて、彼になにか訊きたいかどうか、自分で判断したまえ」

ドーム内で透明パネルがわきへ寄った。マインドがゲインズに話しかける。こちらは長身で、頰のこけた男である。

「昨日あなたは尋ねられた、ミュール駆動装置《ドライヴ》を改造して、T－22で使用することは可能か、と。可能だと考える。通常のミュール・ドライヴはミューリウムをアメリシウムとキューリウムに分裂させる作用に依っており、エネルギーの出力は一マイクログラムのミューリウムで毎秒四十億エルグに達する。

とはいえ、太陽への最初の旅でミュールがアメリシウムとキューリウムからミューリウムを合成したとき、八千万度でなら光子とエネルギー量子からもその元素を合成できることを彼は理解していなかった。その逆も真であることも。

ミューリウムの核を八千万度で分裂させれば、エネルギーは一マイクログラム当たり四千京エルグを超えるだろう。それだけのパワーがあれば、T－22はあっというまに加速して、光速を超えることができる。ただし、光の速さという理論上の限界速度があるが」

ゲインズは半信半疑のようだった。

「乗っている人間には加速が大きすぎる。十か十一Gが限界だ。腹部に耐圧パックを当てたとしても」

「それは興味深い問題だ」とマインドが認めた。「ゆっくりと冷凍するときのように、数Gをかければ細胞生命を破断させ、破壊すると思われる。いっぽう、低加速から高加速への移行なしに最初から数百万Gをかければ、急速冷凍と同じように、体細胞を保全するかもしれない。

とはいえ、アナロジーが成立するのはそこまでだ。というのも、冷凍が細胞の変化を抑制するのに対し、重力は促進するからだ。わずか一Gが植物にあたえる影響を見よ。それはある種の植物細胞を空へ向かってゆっくりと蓄積させ、茎を作りあげる。

そして別の細胞を地中へ向かってゆっくりと蓄積させ、根茎構造を作りあげる。数百万Gが、激烈だが予想できないマイクロおよびマクロ病理学的重力屈性的変容を引き起こすことに疑問の余地はない。重力屈性計画に従事している科学者たちに問いあわせるがいい。わたしには、人類が旅に出る前に、T－22の乗員としてさまざまな生物を試すといいと示唆《しさ》することしかできない」

「おそらくそのとおりだろう。八千万度でちゃんと働く転換システムをミュール・ドライヴにとりつけよう」

会話は盛りあがらずに終わった。ゲインズは一同にお辞儀して、立ち去った。シェイが得意げな顔をへイズ＝ゴーントに向けた。

「たいした男だろう、このマインドは」

「本気かね？　古い新聞記事に擬似科学的なこけおどしを少々まぜ合わせれば、わたしにだってできる。わたししか知らないことで彼になにができる？」肩の上のペットを撫で、「たとえば、このペットについて？」

マインドはじかに話しかけられたわけではなかった。それなのに、事実を述べる淡々とした口調で即座に答えた。

「閣下のペットはスラウェシメガネザルに見えます」

「見えるだと？　すでに憶測にふけっているのだな」

「はい、彼はタルシウス・スペクトルムに見えます。大きな目、大きくて敏感な耳、長くのびた足根骨をそなえており、そのおかげでメガネザルは、夜中に虫を探したり、翅《はね》の生えた虫をジャンプしてつかまえることができるのです。小さく扁平な鼻もそなえています。

構造的には、スラウェシメガネザルと同様に、進化の系統樹においてツパイやキツネザルよりは上、真猿や類人猿や人間よりは下にいるように見えます。しかし、外見は当てになりません。タルシウスはよくて樹上性の四足獣です。閣下のペットには腕があり、その点では霊長類と同じです。親指は対向しており、短い距離ならうしろ足で立って歩けます」

「目ざとい観察者にはどれもわかりきったことだ」とヘイズ＝ゴーント。「こやつが霊長類のほうへ進化した突然変異のキツネザルだといいたいのか？」

「そうではありません」

「そうではないと？　だが、地球生まれなのはたしかなのだな？」

「十中八九は」

宰相は緊張を解き、ペットの耳を漫然とつねった。

「ならば、おまえに教えてやれることがある」その声は不吉なほど冷ややかだった。

「この生きものは、外宇宙から来たことがほぼ確実な船の残骸から回収された。われわれの生物相と驚くほど類似した進化をとげた生物相が存在する生きた証拠なのだ」大儀そうにシェイのほうを向き、「わかるか？　あやつがわたしのためにできることはない。あやつはまがいものだ。この世から消したほうがいい」

「いまおっしゃられた残骸のことは知っています」とマインドが静かな声で割っては いった。「地球上ではまだ知られていない恒星間エンジンにもかかわらず——もっとも、つい先ほどわたしがゲインズに説明したT－22のためのメカニズムは例外かもしれませんが——船の地球起源を示す別の証拠があります」

「どんな証拠が？」とヘイズ＝ゴーント。

「閣下のペットです。霊長類に向かおうとしているメガネザルではなく、メガネザルの水準まで退化した人類である可能性のほうが高そうなのです」

ヘイズ＝ゴーントはなにもいわなかった。小動物のつやつやした頭を撫でると、そいつは彼の肩からこわごわとマインドのほうをのぞき見た。

「マインドはなんの話をしているんだ？」とシェイが小声でいう。

ヘイズ＝ゴーントはそれにはとりあわず、もういちどマインドを見おろした。

「そのような推論を鵜呑《うの》みにできないのはわかっているな」声のとがり具合が鋭くなっていた。

「クジラやイルカを考えてみましょう」と、あわてず騒がずにマインド。「彼らはサメと同等、あるいはそれ以上に海に適応しているように思えます。それでも、彼らが魚類ではなく哺乳類であることはわかっています。なぜなら、温血で、空気を呼吸するからです。このような進化のなごりから、彼らの祖先が乾いた陸地を征服し、そのあと水中へもどったのだとわかります。あなたのペットにも同じことがいえます。彼の祖先はかつて人間でした。ひょっとしたら、人間より高度な存在だったのかもしれません。そして地上に住んでいました——なぜなら、英語をしゃべれるからです！」

ヘイズ＝ゴーントの唇が押しあわさって、細い白い線となった。マインドは容赦なく言葉をつづけた。

「彼がしゃべるのは、あなた方ふたりきりのときだけです。そのとき彼は、行かないでくれと閣下に泣いて頼みます。彼が口にするのはそれだけです」

ヘイズ＝ゴーントは首をまわさずにケイリスに話しかけた。

「立ち聞きしたのか？」

「いいえ」と彼女は嘘をついた。

「ひょっとしたら、事実をつなぎ合わせるという非凡な能力がおまえにはあるのかもしれん」とヘイズ＝ゴーントがマインドにいった。「ならば、わたしには帝国を離れるつもりがないのに、この小さなけものが『行かないでくれ』と泣いて頼みつづける理由を教えてもらおうか」

「彼はある程度まで未来を見通せるからです」とマインドが淡々と述べた。

ヘイズ＝ゴーントは、信じるそぶりも信じないそぶりも見せなかった。親指で下唇をこすり、考えこんだ顔でマインドを見つめる。

「おまえがまがいものだという可能性は無視していない。それでも、ここしばらくわたしを悩ませてきた疑問がある。この疑問に対する回答にわたしの未来は——それどころか命さえ——かかっているのかもしれん。その疑問と回答の両方を告げられるか？」

「おっと、そこまでだ、バーン」とシェイが割ってはいった。「けっきょく——」

こんどはシェイがさえぎられた。

「帝政アメリカ政府は」とマインドが抑揚をつけていった。「六週間以内に東方連邦に奇襲を仕掛けるでしょう。宰相がお知りになりたいのは、未知の要因のために攻撃を延期しなければならないかどうかです」

ヘイズ＝ゴーントは椅子にすわったまま身を乗りだし、体をこわばらせた。シェイはいつもの微笑を浮かべていなかった。

「それが疑問だ」と宰相が認めた。「回答はいかに？」

「攻撃を延期しなければならない複数の要因はじっさいに存在します」

「たしかだな？　どんな要因だ？」

「そのひとつは、わたしにはわかりません。回答は、いまのところ手にはいらないデータに依ります」

「そのデータは手に入れる」と興味をつのらせてヘイズ＝ゴーント。「なにが必要だ？」

「ある特定の星図のある区域の完全な分析です。四年前、月《ルナ》ステーションが天の両半球のマイクロフィルム・プレートを平方秒ごとに送ってくるようになりました。これらのプレートの一枚はとりわけ興味深く、文明の未来を左右しかねないものを示していると感じます。すみやかに分析するべきです」

「どういうふうに左右するのだ？」とヘイズ＝ゴーントが語気を強める。

「わかりません」

「ほう？　なぜわからぬ？」

「彼の意識的な精神は潜在意識を探れないのだ」と豪華なローブをいじりながら、シェイが説明した。「彼の意識的な精神にできるのは、潜在意識的な精神の印象に光を当てることだけだ」

「なるほど。月のスタッフにいって、その仕事にかからせよう」

「通常の調査では役に立たないと判明するでしょう」とマインドが警告した。「必要な分析ができる天体物理学者は、太陽系内にふたりか三人しかいないと思われます」

「名前をいえ」

「エイムズはつい最近ゲインズ次官のスタッフに加わりました。ひょっとしたらゲインズを説得して借りることが――」

「彼は貸してくれる」とヘイズ＝ゴーントがあっさりといった。「ところで、おまえは『複数の要因』といったな。とすれば、星図だけが要因ではないようだ」

「不確実な要因が別にあります」とマインド。「それは閣僚ばかりか宰相の身の安全にかかわり、結果的に攻撃を延期するかどうかという疑問を左右します」

ヘイズ＝ゴーントは半球のなかの男に鋭い視線を注《そそ》いだ。マインドは、エメラルド色のバジリスクのような目でじっと見返した。宰相が咳払いし、

「その別の要因とやらは――」

マインドは落ちつき払って言葉をつづけた。

「今日の地球上でもっとも強力な生きものは――彼を人間と呼ぶのはためらわれます――ヘイズ＝ゴーント宰相閣下でも、東方連邦の独裁者でもありません」

「まさか、ケニコット・ミュールだというのではないだろうな」とヘイズ＝ゴーントが冷笑的にいった。

「わたしの頭にあるのは、アラール（翼のある、という意味）という名の帝国大学の教授です――ひょっとしたら、高邁《ウイングド》な精神にちなんだ名前かもしれません。十中八九〈盗賊〉です

が、それは些末なことです」

〈盗賊〉という言葉にターモンドが興味を示したようだった。

「なぜ彼が危険なのだ？　〈盗賊〉は掟によって自衛しかできない」

「アラールはミュータントであり、潜在的に大きな肉体的および精神的パワーをそなえていると思われます。こうした力をそなえていると本人が気づいたら、現在の政治的見解を考慮すれば、掟があろうとなかろうと、彼から安全でいられる人類は地球上にいないでしょう」

「そいつの潜在的な力とはいったいなんだ？」とシェイ。「催眠術を使うのか？　念動力《テレキネシス》か？」

「わかりません」とマインドが認め、「彼が危険だという意見を申しあげることしかできません。なぜかは別の問題です」

ヘイズ＝ゴーントは考えに没頭しているようだった。とうとう、顔をあげずに、

「ターモンド、一時間後にシェイとふたりでわたしのオフィスに来てくれないか？　国防省のエルドリッジを連れてきてくれ。ケイリス、おまえは護衛といっしょに自分の部屋へ帰るのだ。今夜の帝国宮殿での舞踏会にそなえて着替えるのに、夕方いっぱいいかかるだろう」

数分後、四人は部屋を出た。ケイリスが見おさめにふり返ると、マインドの謎めい

た、またたかない目と目が合い、心が乱れた。会見のあいだ、彼は遠いむかしにふたりで編みだした暗号を使い、さまざまな間隔で彼女に告げていた――きみは今夜自分の部屋で〈盗賊〉を迎え、追っ手から守る用意をしなければならない、と。

そしてヘイズ＝ゴーントは、それと同時刻に彼女が仮面舞踏会に出るものと思っているのだ。

4 襲撃

　グランド・ピアノの座席から、アラールは楽譜ごしに友人ふたりをのぞき見た。民族学教授のマイカ・コリップスと、生物学教授のジョン・ヘイヴン。ふたりは身を寄せあって、膨大な手稿にすっかり心を奪われていた。

　アラールの黒い、大きすぎる目がふたりの賢人をちらりと見る。それから視線はふたりを過ぎ、乱雑に積みあがった本や書類をかすめ、台に載った人間や亜人間の骸骨の列を越え、通りに面した窓ぎわでしだいに煮詰まりつつあるコーヒー沸かしを過ぎて、大学キャンパスを見渡した。そこでは大きな黒いトラックがユニペルス・エクスケルサ（ヒノキ科の常緑針葉高木）の垣根の裏で静かに停車して、遅い午後の陽射しを浴びている。止まっているだけだ。だれも降りてこない。

　心拍数がゆっくりとあがりつつあった。彼はピアノの鍵盤で特定の和音を鳴らした。ふたりの男には聞こえたはずだ。しかし、警戒したようには見えなかった。

「さて、マイカ、そこのところを読んでくれないか」とヘイヴンが民族学者にいった。

　コリップスは大柄で活発な男で、人なつっこい青い目をしていた。教室での物腰は魅力たっぷりで、そのため大講堂が講義室に割りあてられている。その彼が序文をとりあげて、音読をはじめた。

「『想像したければ、紀元前《BC》四万年前半のある午後、ネアンデルタール人の先進集団がローヌ渓谷、おおよそ現在はリヨンのあるあたりへ到達したと想像してもいい。これらの男女は、漸進《ぜんしん》する氷河によってボヘミアの狩り場から南西へ放逐されたのだが、先年の一月に凍結したライン川を渡って以来、その数を三分の一近く減らしていた。子供や高齢者はもはや集団にはいなかった。

東ヨーロッパからやってきたこの人間たちは、容姿端麗とはいえなかった。ずんぐりしてがっしりした体つき。首はないに等しく、眉弓は突きだしており、鼻は平べったい。歩くときは膝を曲げ、高等な類人猿と同様に、足の外縁を地面につけていた。

そうであっても、野蛮なエオアントロプス（ハイデルベルク人？）とはくらべものにならないほど文明化しており、彼らはいまそのエオアントロプスの領域へ侵入しつつあった。エオアントロプスの道具は削って形をととのえ、手に合うようにした粗雑な燧石《ひうちいし》のかけらだけであり、それを使って木の根を掘ったり、ときにはトナカイを待ち伏せして襲うのだった。

エオアントロプスは開けた場所で短い愚鈍な一生を送った。対照的にネアンデルタール人は、燧石で槍《やり》の穂先、ナイフ、鋸《のこぎり》を作った。そのためには燧石の核ではなく、大きな薄片を使った。洞穴に住み、火を使って料理した。霊の世界と死後の生命という観念があったにちがいない。というのも、武器や遺物とともに死者を葬ったからだ。集団のリーダーは――』」

「申しわけありません、おふた方」アラールが静かな声で割ってはいった。「心拍数が百五十五になりました」彼の指は「悲愴《ひそう》」の第二楽章を奏でつづけた。自分の奇妙な心臓が加速するという警告に応えて、はじめて部屋の反対側にある窓の外に視線をやってから、いちども楽譜から目を離していない。

「『白髪まじりで無情なリーダーは』」とコリップスが音読をつづけた。「『足を止め、谷を昇ってくる空気のにおいを嗅いだ。涸《か》れ谷《だに》を数百ヤードくだったところにトナカイの血のにおいがあり、それとは別の知らないにおいもあった。彼自身の集団を特徴づける垢《あか》と汗と糞《ふん》の入りまじった悪臭と似ているのに似ていないにおいだ』」

ヘイヴンが立ちあがり、大きなテーブルに載っている灰皿にパイプをそっと打ちつけると、気《け》だるげな虎のように小柄でしなやかな体をのばし、窓ぎわのコーヒー沸かしのほうへゆっくりと歩いた。

アラールはいま「悲愴」の最終楽章の終盤にさしかかっていた。彼はヘイヴンを注意深く見まもった。

コリップスは抑揚を微塵も変えずに朗読をつづけた。だが、民族学者が共作者を目の隅で追っていることをアラールは知っていた。

「『老人は小さな集団に向きなおり、燧石の穂先をつけた槍をふって、臭跡を嗅ぎあてたことを知らせた。ほかの男たちは槍をかかげ、わかった、黙ってついて行くという意思を示した。女たちは谷間の斜面に散らばった灌木《かんぼく》の茂みへ潜りこんだ。

男たちはトナカイのけもの道づたいに涸れ谷をくだり、数分以内に老いた雄のエオアントロプス一頭、さまざまな年齢の雌三頭、子供二頭を藪ごしにのぞき見た。枝のついた風倒木と涸れ谷の斜面に張りだした岩石の下で、全員が体を丸めて眠りこけていた。老いたエオアントロプスの頭の下にある食べかけのトナカイの死骸から、血がまだじくじくとにじみ出ていた』」

アラールは細くした目でヘイヴンを追った。小柄な生物学者は泥のように濃いコーヒーをカップに注ぎ、ポルトフリジュからクリームをすこし加えて、うわの空でかきまわした。そうしながらも部屋の暗がりから窓の外を見渡していた。

「『第六感めいたものがエオアントロプスに危険を知らせた。老いた雄は五百ポンドの体をゆすると、はじかれたようにトナカイをまたいでうずくまり、歯をむきだしながら、近視の目でむこうみずな闖入者《ちんにゆうしや》を探し求めた。彼が恐れるのは巨大な洞穴熊、ウルスス・スペラエウスだけだ。雌と子供たちは、恐怖と好奇心の入りまじった表情で彼の背後へと駆けよった。

緑の葉群を通して、侵入者たちは驚きのあまり目をみはった。殺し屋が人間のふりをしている動物だと即座に明らかになったからだ。老いたリーダーを含め、より知能の高いネアンデルタール人は怒りに満ちた視線を交わした。もはやぐずぐずせずにリーダーは藪を突きぬけ、怒号をあげて槍を高々とふりあげた。

彼はこう確信していた――この敵意も露わな生きものたちは異様であり、それゆえ耐えがたく、殺すのが早ければ早いほど、こちらは安心できるのだ、と。彼は重い槍をふりかぶり、渾身《こんしん》の力で投擲《とうてき》した。それはエオアントロプスの心臓をつらぬき、背中から半フィートも飛びだした』

窓から顔をそらしたとき、ヘイヴンは眉間にしわを寄せていた。コーヒー・カップを口もとに運ぶ。飲む寸前、唇が無言で言葉を形作った――「音響探知ビーム」と。

コリップスがその信号を捉えたのがアラールにわかった。たとえなにごともなかったかのように、コリップスが朗読をつづけても。

「『投げられた槍の背後にある野蛮な精神は、異質な人々という問題に直面して、前頭葉による検閲を受けていない単純な視床反応による解決に飛びついたのだ――まず殺し、あとで調べろ、と。

この本能的反応は、おそらく食虫目だった祖先（ザラムブドレステスだろうか？）の矮小《わいしょう》な精神組織のなごりであって、十中八九、白亜紀にまでさかのぼるのだろうが、ネアンデルタール人以前と以後のヒト科動物のあらゆる種《スピーシーズ》を特徴づけている。

その反応は依然として強い。二度の世界大戦が忌まわしい証拠である。槍を持った人間がまず理性を働かせ、つぎに投擲できたとしたら、その子孫はほんの数千年のうちに星々に到達していたかもしれない。

そして莫大《ばくだい》な量の核分裂物質が、アメリカ帝国によって太陽表面からじかに採掘されているいま、東西両半球は、それぞれの文化の優位性を競うつぎの試みを長くは先送りにできないだろう。とはいえ、今回はどちらの側も勝利や膠着《こうちゃく》状態どころか、敗北すら望めない。

戦争は終わるだろう。たんに闘う人類が残っていないから——例外があるとすれば、地下都市のいちばん端の回廊に身を寄せあい、放射線火傷をなめたり、いたるところにころがっている、よく保存された死骸（死体を腐敗させるバクテリアが残っていないのだ）を数匹のネズミと分けあっていたりする百体ほどの動物のような生きものとしてだろう。しかし、その食屍鬼《グール》たちさえ不妊であり、つぎの十年のうちに——』」

ドアにノックの音。

ヘイヴンとコリップスがすばやく視線を交わした。それからヘイヴンがコーヒーを置き、玄関広間に向かって歩いた。コリップスは部屋をさっと見まわし、サーベルの位置を確認した。それはヒト科の骸骨にまじって、変哲のない装飾品とともに革ひもからぶらさがっていた。

ヘイヴンの声が玄関から聞こえてきた。

「こんばんは——。おや、ターモンド将軍ではありませんか。なんとうれしい驚きでしょう、将軍！　すぐにわかりましたが、もちろん、わたしのことはご存じではないでしょうね。教授のヘイヴンと申します」

「はいってもかまわないかな、ヘイヴン博士？」その乾いた声には背すじが寒くなるほど恐ろしいものがあった。

「かまいませんとも！　ああ、なんたる光栄、なんたる名誉。おはいりください！　マイカ！　アラール！　保安大臣のターモンド将軍だ！」

この男の饒舌《じょうぜつ》ぶりは、いつにない不安を隠しているのだ、とアラールにはわかった。四人がヒト科標本のあたりで出会うよう、コリップスのすぐあとについていきながら、コリップスは近づくタイミングを見計らった。コリップスのすぐあとについていきながら、アラールは民族学者の手が引きつっているのを不安な思いで見てとった。たったひとりの男を、なぜこれほど恐れるのだろう？　ターモンドに対する彼の敬意は、急速にましつつあった。

アラールを射抜くような目で値踏みしたのをのぞけば、ターモンドは紹介の労を省いた。

「コリップス教授」と静かな声でいう。「わたしがノックする直前、非常に変わったものを読んでいたね。もちろん、われわれが書斎に探知ビームを照射していたのは知っているはずだ」

「そうだったのですか？　なんと奇妙な。わたしが読んでいたのは、ヘイヴン博士とわたしが書いている本の一節です——題名は『人類の自殺』。興味がおありですか？」

「あくまでもついでだが。本当は破壊活動対策大臣の案件だ。もちろん、報告はするよ、彼が最善だと考える行動をなにかしら起こすように。しかし、ここにいるのは、じつは別件だ」

　緊張が一段と高まったのをアラールは感じとった。コリップスは騒々しく息をしていた——ヘイヴンは、まったく息をしていないようだ。ターモンドの獰猛《どうもう》そうな目は、ヒト科標本といっしょにぶらさがっている多くのサーベルを見逃していない、と彼にはわかった。

「重力屈性計画とはなんだ？」将軍が唐突に尋ねた。

「破壊活動の件ではないのはたしかなのですね、将軍？」とコリップス。「その計画は、メガネット・マインド本人によって推奨されたと理解しています」

「専門外なものでね」と訪問者がおだやかにいう。「手短に要約してくれたまえ」

　ふたりの教授は目配せを交わした。コリップスが肩をすくめ、

「その計画は、生体組織に対する高速度と加速の影響を調べるものです。通例では途方もなく速い遠心機を使い、数週間かけて一Gから数百万Gまで重力勾配を大きくし

ます」

「その結果は？」とターモンド。

「結果はさまざまです。いまだに理解できません」

「たとえば？」と訪問者。

「そうですね、ある事例ではオベリア、つまり海棲《かいせい》の原始的なポリプ食生物がイソギンチャクに進化しました。いっぽう放散虫、つまり二酸化珪素《けいそ》を分泌する原生動物はナメクジアメーバに退化しました——こちらはなにも分泌しません。別の事例ではユーグレナ属、つまり葉緑素を持った最初の単細胞原生動物であると同時に、はじめて植物に似た形をとった生物は、進化の階梯《かいてい》をころげ落ちて、単純な鞭毛虫となりました」

「もっと高等な生物では？」とターモンドが尋ねる。

「さまざまです」とコリップス。くわしくは述べなかった。

将軍はものうげに片手をあげた。まるでどうでもいいと示すかのように。

「たしかその計画に従事している者は、大半が——身体障害者だな」と彼は冷ややかにいった。

「はい」とコリップス。その言葉は蚊が鳴くような声にまで小さくなった。

「きみのために働いているのか？」

「われわれは彼らの仕事を監督し、補助します」とヘイヴンが説明する。

「管理しているわけだ」と、そっけなくターモンド。

だれも返事をしなかった。ヘイヴンは上着のわき腹で汗まみれの手をぬぐった。

「名簿を見せてもらえるかな？」とターモンド。

ふたりの教授はためらった。それからコリップスがデスクまで行き、黒い本を持ってもどってきた。それをターモンドに渡すと、将軍は漫然とめくり、陰気な好奇心をたたえた目で二、三枚の写真をしげしげと見た。

「この男には脚がない。計画ではなにをしている？」

アラールの心拍は毎分百七十まで高まっていた。

コリップスが咳払いし、

「双子《ジェミニ》……」言葉がもつれた。彼は咳をして、いい直そうとした。「ジェミニ実験《ラン》です」

ターモンドは面白がっているのをあまり隠さずに彼を見た。

「というと？」

「ツパイの胎児二頭を遠心機に入れました。すさまじいGをかけ、ピコ秒でストロボ光のもとで記録しました。片方は階梯を昇り、キツネザルに似たものの胎児となりました。もう片方はトカゲのような形に退化しました。死ぬ直前には、ツノザメのように見えました」

「彼は銃を携行できないのだな」

「だれがですか？　ああ、ジェミニの科学者のことですか？」

アラールの眼前で、黒シャツ姿の帝国警官六名が音もなく部屋にはいりこんできて、ターモンドの背後に立った。

「もちろんできません」とコリップスがぶしつけにいう。「彼の貢献はまるっきり異なる分野で――」

「ならば、政府が彼の支援をつづけると期待してもらっては困る」とターモンドが言葉をはさんだ。名簿からページをちぎりとり、すぐうしろに立っている警官に手渡す。「そしてもうひとりだ」眉間にしわを寄せてつぎのページを見て、「盲目の女。工場ではまったくの役立たずだな」

「彼女の母親は」とヘイヴンがきっぱりといった。「ケニコット・ミュールと協同して〈九つの基本方程式〉を決定し、それは太陽表面にソラリオン（solar stationの略と思われる）を設置する原動力となりました。この子供は、親の七光りなしに、重力屈性計画においてもっとも聡明な頭脳のひとりです。たとえば、われわれのデータすべてをコンピュータに入力し、『人類にどのような影響をおよぼすのか？』という質問をしました」

「回答は？」

へイヴンがこぶしを握った。

「わたしは――われわれは――もっと研究しなければなりません」

「だが、いまのところはどういう見込みだ？　人類にどんな影響があるのだ？」

　教授はため息をついた。

「ジェミニ・ランとすこし似ているでしょう。コンピュータによれば、同じ種のサンプルふたつをいっしょにしなければ、影響は示せません。仮定の事例では、片方は進化し、もう片方は退化します」

「では、この娘がそれのためにコンピュータをプログラムしたのだな？」

「はい」

「じつに非科学的だ、へイヴン教授。じっさい、ばかげているもいいところだ」ターモンドは名簿のページをしげしげと見た。「この娘にできるのがせいぜいそれくらいなら、いなくても惜しくはあるまい。もっとはっきりいえば、彼女は精密な労働ができないし、母親は有名な裏切り者ミュールの協力者だった」ページをちぎりとり、うしろの若い警部補にまわす。

「その紙切れを警部補に渡して、いったいどうなさるおつもりです？」へイヴンが声を大きくして尋ねた。クロマニョン人の鎖骨のほうへ手をさりげなく動かす。サーベルから数インチのところへ。

「きみの研究スタッフを全員お払い箱にするのだ、教授」

　ヘイヴンの口が開いて閉じた。彼は立ったまま縮んだように思えた。とうとう、ためらいがちにこういった——「どういう理由でしょう？」

「理由は先ほどいった。彼らは帝国にとって役立たずだ」

「まったくそうではありません」ヘイヴンが言葉を選ぶようにしていった。「彼らが役に立つかどうかは、長い目で見た場合、人類にとって——そして、もちろん、帝国にとって有益かどうかで評価しなければ……」

「かもしれん」ターモンドが感情をまじえずにいった。「だが、その賭けに乗るつもりはない」

「では」ヘイヴンがおそるおそる尋ねた。「では、あなたのお考えでは……？」

「正確なところをいえというのか？」

「はい」

「彼らはいちばん高い値をつけた入札者に売られるだろう——おそらくは遺体安置所に」

　アラールは気がつくと青ざめた唇をなめていた。こんなことが起きるわけがない。だが、起きている。二十二人の若い男女——なかには帝国きっての聡明な頭脳もいる——が気まぐれな蛮行で抹殺《まっさつ》されようとしているのだ——いったいなぜ？

コリップスの声はささやきと変わらなかった。

「望みはなんです？」

「アラールだ」とターモンドが氷のように冷ややかな口調でいった。「アラールを渡し、ほかの者をとっておけ」

「だめだ！」ヘイヴンが叫び、紙のように白い顔でターモンドを見つめた。コリップスのほうを向くと、そこには追認の表情があった。

アラールは自分の声に耳をすました。別人の声のようだった。

「わかった、ぼくはあなたと行かなければならない」とターモンドにいう。

ヘイヴンが引きとめようと手をさっとのばした。

「だめだ、坊や！　きみはこれがどういうことか、これっぽっちもわかっていない。きみは地球上のどんな二十数人よりもはるかに価値がある。人類を愛しているのなら、いわれたとおりにしろ！」

5 投影

ターモンドが肩ごしに落ちついた声で命令をかけた。

「撃て！」

核分裂で生じた蒸気のすさまじい圧力に押しだされた六発の鉛玉が、三人の男にダメージをあたえることなくはね返り、壁のまわりを跳ねまわった。

サーベルは、もはやヒト科標本のあいだにぶらさがっていなかった。

そしてターモンドの長剣が、アラールの心臓めがけて突進していた。

〈盗賊〉は胸の前でかろうじてその突きを受け流した。警部補と明らかに精鋭ぞろいであるその部下たちは、年長の男ふたりを壁ぎわへ追いつめていた。

「アラール！」ヘイヴンが叫んだ。「ターモンドと闘うな！　落とし戸だ！　われわれが援護する！」

〈盗賊〉は教授たちに苦悶《くもん》の眼差しを投げた。ヘイヴンが壁から離れて、まだ奇跡的に傷ひとつないアラールと合流する。ふたりは即座にグランド・ピアノの大屋根に体当たりした。

足もとの床が抜けた。

アラールが最後に見た書斎の光景は、顔を切り裂かれたコリップスの体が壁の基部にころがっているというものだった。悲嘆の叫びをあげて、彼はターモンドに向かってむなしくサーベルを投げつけた。と思うと、落とし戸のふたが頭上で閉じた。

しゃにむにトンネルを走っていくと、かび臭く、謎めいた大地のにおいが鼻孔を襲ってきた。顔が蜘蛛《くも》の巣を突き破る。小さな八本脚の生きものは、もっと小さくて不器用な昆虫を糧にして生きているにちがいない――彼はそう思った。彼とヘイヴンは、断続的に配置された薄暗い照明のまわりに漠然と緑の円になって生えている藻類のわきを走りぬけた。翅《はね》のあるちっぽけな昆虫が二匹、ぎょっとして飛び去った。小規模の地下生態系。捕食するものとされるもの。彼は深い共感をおぼえた。自分と友人は、兎《うさぎ》のように、非常口となっている巣穴を逃げているところだ。背後の狼《おおかみ》たちは、あと六十秒で入口の落とし戸を破るだろう。だが、それだけ時間を稼げればいい。新手の狼たちが出口で待っていないかぎりは。走りつづけろ。選択肢はない。いまはない。ほかになにをするにも手遅れだ。手遅れもいいところだ。自分はコリップスを救えたのに――救わなければならなかったのに。

薄闇のなか、彼はヘイヴンに近寄って苦い口調で声をかけた。

「なぜターモンドと行かせてくれなかったんです？」

「マイカとわたしにとって楽な選択だったと思うのか、坊や？」教授が息も絶え絶えにいった。「いつかわかる。いま現在は、きみをもっと安全な場所へ連れていかねばならん」

「でも、マイカはどうなるんです？」とアラールが食いさがる。

「彼は死んだ。葬ってさえやれん。さあ、来るんだ」

ふたりは黙ったまま、半マイル離れたトンネルの終点まで急いだ。そこでトンネルは袋小路に通じており、出口は瓦礫《がれき》の山の裏にあった。

「最寄りの〈盗賊〉会合地点は通りを六ブロック行ったところにある。知っているな？」

アラールは無言でうなずいた。

「わたしはきみほど速く走れない」とへイヴンが言葉をつづけた。「きみはひとりで行かなければならない。とにかくそうしなければならない。質問はなしだ。さあ、行け」

〈盗賊〉は年長の男の血に染まった袖に黙って触れると、きびすを返して走りだした。

通りのまんなかを飛ぶように走った。やすやすと、リズミカルに、鼻の穴をふくらませて息をしながら。その日の仕事から帰ってきた自由人の労働者や事務員の痩せこけて疲れた顔がいたるところにあった。くすんだ色のボロをまとっているが、まだ奴隷にはなっていない歩行者や物乞いたちが、歩道に点々といた。

三百メートル上空で、十二機から十五機の武装ヘリコプターが悠然と追いかけてきた。三次元の網が周囲で閉じようとしているのを彼は感じとった。おそらく前方だけでなく、横丁でも道路は封鎖されているだろう。

まだ二ブロック進まなければならない。

三条のサーチライトが、耳に聞こえる破滅の和音のように、暗くなりかけた空から彼を突き刺した。光線を避けようとしても無駄だった。さらに、数秒以内に炸裂弾があとにつづく。至近弾があれば命はないだろう。

無意識のうちに気づいたのだが、通りからいきなり人けが絶えていた。〈盗賊〉を狩るとき、帝国警察は不注意な路上生活者におかまいなく大砲をぶっ放す。このままでは〈盗賊〉の地下ステーションへ行き着けないだろう。いまは隠れなければならない。さもなくば、おしまいだ。

目をギラギラさせて周囲を見まわすと、望みのものが見つかった。奴隷の地下層への入口だ。五十ヤード離れている。彼は死にもの狂いでそちらへ向かって突っ走った。

頭上では、と彼にはわかった。三十いくつもの細められた目が銃の照準をのぞきこみ、冷静で急がない有能さで指が引き金を絞ろうとしている……。

彼は側溝へ飛びこんだ。

砲弾が前方十フィートのところを直撃した。彼は茫然としながらも即座に立ちあがり、咳きこんだが、渦巻く土煙にまぎれて姿は見えないはずだった。煉瓦と石畳の破片が四方で降りしきっている。二条のサーチライトが、地下層の入口にいちばん近い土煙のへりをうろうろとさまよっている。もう一条は土煙の周縁をめまぐるしく飛びまわっていた。これでは奴隷層の入口にさえ行き着けない。彼はサーチライトが過ぎるのを待ち、それから最寄りの住居のドアめざして走りだした。

ドアは板が打ちつけられ、施錠されていた。彼は必死にドアをたたいた。はじめて感じた――狩られている、と。そして追いつめられたと感じたとたん、時間が遅くなり、とうとう這うようになった。自分の感覚が加速したにすぎない、と彼にはわかっていた。いくつかのことに気づいた。角を二輪で猛然とまわってくる武装車輛の重い爆音を耳が捉えている。ヘッドライトが通り全体を撫でていく。

眼前では、土煙がおさまっていて、ヘリコプターのサーチライトのうちふたつが、あたりを隈《くま》なく捜索している。三本目の光芒《こうぼう》は地下階段の入口でぴたりと止まっている。本当の障害はその光芒だけだ。それは刺激＝反応生理学の好例だ。刺激――観察者は、直径十フィートの白い円内にはいる対象物を見る。反応――対象物が円を出る前に引き金を引く。

怯えた鹿のように、彼は武装車輛の収束しつつある二条の光芒のあいだに飛びこみ、まばゆく照らされた階段へ向かって疾走した。車輛から小火器の銃弾を二発浴びたが、アーマーがやすやすと衝撃を吸収した。砲塔のコンピュータが彼に狙いをつけるには、わずか数ミリ秒で足りるだろう。だが、それだけの時間があればいいのだ。

彼はいま光を浴びている階段のあたりで、最初の踊り場に向かって猛然と降りているところだった。すべての段を飛ばそうと必死になり、じっさいに飛ばした。コンクリートの踊り場にたたきつけられ、すぐさま身を伏せると同時に、砲弾が入口を粉砕した。

即座に立ちあがり、残っている階段を奴隷都市の地下第一層まで駆けおりる。追っ手が土砂と瓦礫の山に道を切り開くには数秒かかるだろう。必要なのはその数秒だ。

彼はおそるおそる階段から出て、壁に寄りかかり、汚れた空気をありがたく吸いながら、周囲に目を配った。この階層に住んでいるのは身分の高い奴隷、つまり二十年以内の労働契約を結んで、みずからを売った者たちだ。

夜勤組が、融通のきかない班長にともなわれて、奴隷居住区を離れる時刻だった。彼らは畑や鉱山や工場など、奴隷契約で派遣を命じられたどこかへ運ばれていく。そこで自分たちが売った人生の何分の一かを働きとおすだろう。

このぞっとしない労働者の群れを突っ切れば、装甲車のうしろにある上り階段まで行き着き、〈盗賊〉の隠れ処《が》への逃走を再開できるはずだ。

ところが、静まりかえった地下街を動いている人間はひとりもいない。

狭い通りに連綿と軒《のき》を連ねている奴隷住居は、しっかりと閉ざされていた。こんなことが数分以内にできたはずがない。つまり、ターモンドは何時間もかけて準備していたわけだ。あらゆる階層がこうなっているにちがいない。それこそ、病人や手枷《てかせ》をかけられた哀れな者たちが永遠の薄闇のなかで汗水垂らしている〈地獄の一丁目〉まででも。彼ははっとしてふり返った。一台の装甲車が、暗い通りをこちらへ向かって驀《ばく》進《しん》してくる。

それでわかった――ターモンドは自分の警察部隊から動員できる小規模な機動砲科隊の大半ばかりか、国防省のエルドリッジからかなりの兵力を借りたうえで、何時間も前にすべての奴隷階層に戦略的に配置していたのだ、と。自分を殺すためだけに。自分を始末するために地下へ追いこんだのだ。

しかし、なぜ？　なぜ自分を殺すことがそれほど大事なのだ？　〈盗賊〉だからではない。政府は〈盗賊〉に対して苦い復讐心をたぎらせているが、これは革命を鎮圧する規模の兵力の動員だ。

自分はヘイズ＝ゴーントにとって、どんな危険があるというのだろう？

ヘイヴンとコリップスは、本人たちが認めていた以上に自分のことを知っていたにちがいない。もしヘイヴンとふたたびまみえる機会が万にひとつでもあるなら、訊かねばならないことがあるのはたしかだ。

通りの先の左側で、また別の装甲車が轟音《ごうおん》をあげて迫ってきていた。両方の車輌からほぼ同時にサーチライトが放たれ、彼の目をくらませた。アラールは地面に伏せ、腕を曲げて顔を埋めた。二発の砲弾が背後の鋼鉄壁で炸裂し、その衝撃で彼は通りのまんなか、迫り来る車輌のあいだに投げだされた。

上着はズタズタになり、鼻から出血していた。頭がすこしふらふらしたが、それ以外は無傷だった。とりあえず、倒れたままでいよう。

片方のサーチライトが土煙の上で躍っていた。アラールは、曇天に光線で穴をあけようとしている太陽のように頭上で輝いている光芒を見つめた。土煙がおさまりはじめると、その光も降りて迫ってきた。ようすを見ているのだ、と彼にはわかった。死骸があらわれるのを待っている——自分の死骸を。もういっぽうのサーチライトは、彼が倒れている通りの端から端まで照らしだしている。いまの砲撃が致命傷にならなかった場合にそなえているのだ。

アラールは周囲の地面をじっくりと眺めた。いまは瓦礫があり、雑にマカダム舗装された石畳を覆っている。そして土ぼこりが積もっているが、すべりこめるような穴も、くぼみも、背後に身を隠せるほど大きな障害物もない。通りはあたり一面が開けていて、遠くの車輌と建物に囲まれている形だ。立ちあがって走れば逃げられるかどうか検討したが、即座に無理だとわかった。うずくまって、祈ることしかできない。

なにを祈るというのだ？　あと数秒で告発する光の指がこちらをさし、忌まわしいゲームがつづくのだ。

長いゲームにはならないだろう。

悪臭を放つじめじめした地面に身を伏せながら、伝説にある猫の九生が自分にあって、そのひとつが煌々《こうこう》と輝く土煙から出てくればいいのに、と彼は心から願った。火ぶたを切る砲の前につぎつぎと命を使いながら、おさまりかけた土煙をよろよろと抜けていく自分の姿が目に浮かぶ。時間さえ稼げれば――

あれはなんだ？

彼は目をしばたたき、視線をこらした。見えているのは人影だ。自分のとそっくりのズタズタになった上着をまとった男が、よろめきながら靄《もや》を抜けていくのだ。何者だ？　それはどうでもいい――数秒のうちにその人物は撃ちたおされ、粉微塵にされるだろう。しかし、その男は危険に気づいていた。通りの前後に目をやり、いまや間近にいる装甲車に気づくと、入口の階段から通りと並行にのびている鋼鉄壁にそってすばやく走りだしたのだ。

アラールが茫然と見つめるなか、いまや闖入者とほぼ並んでいるいちばん遠い車輛が直射で発砲した。同時にほかの追跡車輛が、〈盗賊〉の目と鼻の先を通過して、猛然と獲物に迫った。

これでもし闖入者が、直撃から無傷であらわれ出たら……！　するとあらわれたのだ！　壁にへばりついた黒っぽい人影が、通りを走りつづける。

さらに二度の爆発がたてつづけに起きる。

その音が耳に届く前には、アラールは暗い通りを反対方向へ走っていた。

運がよければ、四十秒以内に、さっきまで最初の車輌が守っていた階段にたどり着き、〝上階〟へもどれるだろう。そこなら、おそらくはそうと知らずに命を救ってくれた男について思いめぐらす時間もあるだろう。

どこかのまぬけが階段の降り口で警察の道路封鎖をうっかりすり抜け、砲撃で舞いあがった土煙に飛びこんでしまったのだろうか？　その考えは即座に退けた。帝国警察が上の入口に水ももらさぬ監視態勢を敷いていたと信じているからだけではなく、男の顔に見憶えがあったからでもある。

そう、サーチライトがその顔をまともに照らしだしたとき、とうとう思いあたったのだ。前に何度も見たことがある。わずかにふくらんだ額、大きな黒い瞳、少女を思わせるような唇――そう、その顔をよく知っている。

自分自身の顔だったのだ。

6　帝国の避難所

一時間後アラールは——大理石の窓の下枠の上で彫像のように固まり、冷たい石の表面に鋼鉄のような指先をのばして、片膝でバランスをとりながら——目をこらした。

その女は彼と同じ年ごろで、驚くほどなめらかで光沢のある白いイヴニング・ガウンをまとっていた。青黒い長髪は、目立たない黄金のネットをからめ、幅広い帯で束ねて左胸に垂らしている。

彼女の頭はなみはずれて大きく、彼自身の頭によく似ているように思われた。大きな黒い瞳が、注意深くこちらをうかがっている。巧みにルージュの引かれた唇は、まったく表情のない青白い頬と奇妙な対照を見せている。彼女はまっすぐ立ってはおらず、左の腰をわずかにかがめているので、左の腿と膝がガウンの下でくっきりと浮きあがっていた。

全体の印象は、油断がなく、気位が高いというところだった。

アラールは、いわくいいがたい高揚感が湧きあがるのに気づいた。

彼は音を立てずに床へすべり降り、窓の横へ移動した。そこなら中庭から姿が見られない。そしてふたたび彼女に向きなおった——と同時に、なにかが彼の顔をかすめ過ぎ、耳もとで壁の羽目板に突き刺さった。

彼はぴたりと動きを止めた。

「話のわかる人でよかった」と彼女がおだやかな声でいった。「時間の節約になるわ。あなたは逃亡中の〈盗賊〉なの？」

彼女の目にキラッと光るものが見え、アラールは彼女の性格をすばやく値踏みした――冷静沈着で危険。

彼は返事をしなかった。

女がアラールのほうへすばやく数歩踏みだすと同時に、右腕をかかげた。その動きで白いガウンが体の前面へ引かれ、体の曲線を強調する。ふりあげた手には二本目のナイフがあった。それは淡い光を浴びて邪悪にきらめいた。

「正直に、さっさと答えれば、あなたにとって有利になる」と彼女がいった。

アラールはあいかわらず答えなかった。その目はいま大きく見開かれ、彼女の目をじっとのぞきこんでいる。だが、内部に黒い炎を宿した彼女の大きな瞳は、いささかもたじろがない。

短い笑い声が、意表を突いて彼女の唇からはじけた。

「わたくしをにらみ倒せると思うの？」ナイフが指の上で思わせぶりに揺れる。「さあ、いらっしゃい。あなたが〈盗賊〉なら、マスクを出して」

彼は皮肉っぽい笑みを浮かべ、肩をすくめると、マスクを引っぱりだした。

「なぜ〈盗賊〉の会合地点へ行かなかったの？　なぜここへ来たの？」彼女は腕を降ろしたが、ナイフはしっかりと握ったままだった。

アラールは目をすがめて彼女を見た。

「行こうとはした。だが、道はすべて何マイルも封鎖されていた。守りのいちばん弱いところをたどったらここへ来た、宰相宮殿へ。あなたは何者だ？」

ケイリスはその質問を聞き流した。一歩彼に近づき、やわらかな靴から黒いスカル・キャップまで穴のあくほど見つめる。それから顔に視線を走らせ、とまどい顔で、ほんのかすかなしわを眉間に寄せた。

「前に会ったことがあるのか？」とアラールが尋ねた。彼女の表情のなにかが気になったのだ。不可解にも、身内にこみあげる高揚感が強まった。

彼女はその質問も聞き流した。

「あなたをどうすればよいのかしら？」その問いは真面目なもので、真剣な答えを要求していた。

アラールはもうすこしで「帝国警察に電話しろ。どうすればいいか、やつらなら知っている」と、おどけていいそうになった。かわりに「助けてくれ」とだけいった。

「わたくしは外出しなければならない」と彼女が考えこんだ顔でいった。「でも、あなたを置いていくわけにはいかない。このあたりの部屋は、一時間とたたないうちに捜索されるでしょう」

「それなら、助けてくれるのか？」われながらまぬけな言葉だ、と彼は即座に思った。ふだんなら予想外の事態に出くわしても完璧に自制心を保っていられる——ところが、この女を前にすると心が乱れることもあるのだとわかって、彼は動揺した。心の平衡をとりもどすため、すばやく「あなたに同行するわけにはいかないだろうか？」とつけ加える。

「わたくしは舞踏会に出席しなければならない」と彼女が説明した。

「舞踏会だって？」彼女の助けをいまは事実として受け入れて、〈盗賊〉はすばやくその可能性を検討した。「同行してもかまわないだろう？　エスコート役を務めてもいい」

彼女は好奇心も露わにアラールをしげしげと見た。ルージュを引いた唇がわずかに開いていて、白い歯をかすかにのぞかせている。

「これは仮面舞踏会なの」

「こんなふうな？」彼は〈盗賊〉の仮面《マスク》を冷静に着けた。

彼女の目が、わかるかわからないくらい丸くなった。

「お誘いをお受けするわ」

もし一時間足らず前に、当たり前のことが当たり前でなくなっていなかったら、そういう言葉は夢想の産物だと承知のうえでちょっともてあそび、いつコーヒー沸かしのホイッスルが鳴って、目をさますことになるのだろう、と首をひねっていたかもしれない。

彼は皮肉っぽくお辞儀をした。

「欣快《きんかい》のいたりです」

彼女はユーモアのかけらもなく言葉をつづけた。

「もちろん、あなたは機会がありしだい、饗宴《きょうえん》の間《ま》から立ち去るつもりね。いわせてもらえば、それはとても危険よ。あなたはこの近辺にいると知られているし、宮殿の構内には警官がひしめいている」

「では？」

「しばらく舞踏会場と集会室をうろうろしてちょうだい。そうしたら、わたくしたちであなたを逃がすお膳立てをしてみるわ」

「わたくしたちとは？」彼は疑っているふりをして尋ねた。

彼女はこれを聞いてほほえんだ。片方の口角がほんのわずかにねじれただけだが、彼にとっては著しく刺激的なものとなった。

「もちろん、〈結社〉よ。ほかにだれがいて？」彼女はちらっと目を伏せて、小さな側卓の上にナイフを置いた。その睫毛は——と彼は気づいた——髪と同様に長くて黒く、ふつうではない頰の青白さを強調している。アラールは精いっぱいの努力をしないと、彼女の言葉に集中できなかった。彼女はこちらをじらしているのだろうか？

「そうか！　あなたが宮殿の壁のなかにいる麗しき〈盗賊〉のスパイなのか！」彼自身の口が、彼女の笑みをそっくり真似していた。

「とんでもない」彼女は急に用心深くなり、微笑がちらついて消えた。「わたくしのいうとおりにする？」

選択の余地はなく、彼はうなずいた。

「ひとつ教えてくれ。重力屈性計画にまつわる事件について、ニュースキャスターたちはどういっている？」

彼女ははじめてためらった。だが、落ちつきを失うようすはなかった。

「ヘイヴン博士が逃走した、と」

彼は息を呑んだ。

「それでスタッフは？」

「売られたそうよ」

彼はがっくりと壁にもたれた。汗がいらだたしい細流となって脚を伝い落ちていることにしだいに気づく。腋の下はずぶ濡れで、顔と前腕は、汗と垢の入りまじった悪臭を放つものでヒリヒリしていた。

「お気の毒に、〈盗賊〉」

アラールは彼女を見て、本心でいっているのだとわかった。

「それなら、終わったんだ」彼は重々しい口調でいい、彼女の鏡台まで歩くと、鏡をのぞきこんだ。「シャワーを浴びて、脱毛しないと。それに服もいる。そろえてもらえるかな？　それとサーベルも忘れずに」

「なにもかも用意できるわ。バスルームはあちらよ」


十五分後、彼女はアラールの右腕をとり、ふたりは幅広の階段に向かって落ちついた足どりで廊下を歩いていった。その階段は美しい弧を描いて宏壮な接見の間に通じていた。アラールはそわそわとマスクをいじり、冷たい大理石の壁に並ぶ豪奢なタピストリーや絵画に目を向けた。

選びぬかれた逸品ぞろいだ。しかし、その趣味は装飾会社に借りたもの、という印象がつきまとった——これらの部屋で絢爛《けんらん》豪華だが不安定な日々を過ごす人々は、ルノワールの繊細きわまりない陽光や、ヴァン・ゴッホの激しい色彩の炸裂を鑑賞する力をとっくに失ってしまったのだという印象が。

「マスクはそのままで」と連れがささやいた。「なかなかすてきよ」

ふたりはいま階段を降りていた。情景の全体像はつかめなかった——ばらばらの断片が見えるだけだ。この情景は、経験するとは予想もしていなかったスケールで存在している。どっしりした黄金の階段手すり。足首まで沈むように思える毛足のカーペット。精緻な彫刻のほどこされたカララ大理石の手すり子。いたるところで光っている、つややかな雪花石膏《アラバスター》。わっと押しよせてくる接見の間の光景。無数の未知の男女。

見慣れぬものばかりだが、ずっと前から知っているような気がした。ここは自分の居場所だという気がしたのだ。

ときおり、色あざやかな制服をまとった受付主任が、館内放送のマイクを通して新来の者たちの名前を告知した。頭の海のあちこちに、アラールと女を見あげる目があった。

ふと気がつくと、ふたりは階段を降りきっていて、受付主任が深々とお辞儀しながら、こういっていた。

「こんばんは、マダム」

「こんばんは、ジュールズ」

ジュールズが申しわけなさそうに好奇の目をアラールに向け、

「畏《おそ》れいりますが、お名前を——」

〈盗賊〉は冷ややかな声でぼそりといった。

「ホールマーク博士だ」

ジュールズはもういちどお辞儀した。

「恐縮です」マイクをとりあげ、よどみなく声をはりあげる。「ホールマーク博士。エスコートするのはマダム・ヘイズ＝ゴーント！」

ケイリスは、愕然《がくぜん》とした〈盗賊〉が向けてきた眼差しにはとり合わず、「マスクをずっとつけてなくてもいいのよ」と教えた。「疑わしげな顔をしている人が見えたときだけでいいの。いらっしゃい。ある男たちのグループに紹介するから。議論に加われば、あなたに注意を払う人はいないでしょう。あなたをドナン上院議員に預けていくわ。声は大きいけれど、無害な人よ」

ドナン上院議員が樽《たる》のような胸を印象的に反りかえらせ、

「吾輩《わがはい》は無料で新聞を出しておるのです、ホールマーク博士」とアラールにいった。「吾輩はいいたいことをいう。活字にしたいものを活字にする。さしものヘイズ＝ゴーントも、吾輩を取り締まるのには二の足を踏むと思っております。吾輩は人をいらいらさせるのです。読みたかろうが、読みたくなかろうが、人は吾輩の新聞を読むのですよ」

アラールは興味津々で彼を見た。上院議員について耳にした話では、〈虐げられた者たちの擁護者〉という印象はなかったからだ。

「とおっしゃいますと？」彼は礼儀正しくいった。

上院議員が言葉をつづけた。

「こういうことです、奴隷がかつて人間であった、われわれ自身とまったく同じような人間であったかのようにあつかえ、と。彼らには権利があります。粗末にあつかえば、死なれてしまいます。吾輩の印刷所にいる奴隷たちは、騒音がひどいとこぼしていたものです。吾輩が悩みをとりのぞいてやりました」

「その話はいちど聞いたことがあります、上院議員。じつに人道的です。彼らの鼓膜を除去したのでしたね？」

「そのとおり。いまや不平はなにひとつありません。おや！　国際銀行家のパーキンズじいさんがいる。やあ、パーク！　こちらはホールマーク教授だよ」

アラールがお辞儀し、パーキンズが苦々しげに会釈した。

ドナンが笑い声をあげ、

「上院奴隷委員会で彼の統一奴隷法を葬ってやったのです。パークじいさんは非現実的でしてね」

「おおかたの見るところ、あなたの提案なさった奴隷法はじつにすばらしいものでした、ミスター・パーキンズ」とアラールが丁重にいった。「罪の宣告と債務者の身売りに関する条項が、ぼくにはとりわけ興味深かった」

「堅実な条項でしたよ。街から浮浪者が一掃されたでしょう」

ドナンが含み笑いして、

「そりゃあ一掃されただろうよ。パークは帝国のクレジットの八十パーセントを意のままにできる。哀れな男に分割払いの裏で二ユニタをとらせ、ズドン——パーク自身は数千ユニタの値打ちのある奴隷を手に入れる、ただ同然で」

金融業者が口をへの字にした。

「それは大げさというものです、上院議員。なにしろ、法的な料金だけでも……」彼はぶつぶついいながら去っていった。

ドナンはたいそう愉快そうだった。

「今夜ここにはありとあらゆる人間がおりますぞ、教授。ああ、興味深いもののお出ましだ。女帝フアナ＝マリアが電動椅子に乗っておられる。左右にはべっているのは東方連邦のシマツ大使と、トインビー学派歴史家のタルボットだ」

アラールは大いに興味をそそられて、近づいてくる三人組を目で追った。

女帝陛下……ありえない。だが、状況をすべて鑑みれば、当然でもある。

前世紀を通じて、条約、相互防衛協約、同盟から成る西半球のゆるやかな体制が、恐怖によって不格好な連合体にまとめあげられた。結果として非常事態（甚大な被害をもたらしたモスクワ近郊の軍事施設における失敗を含め）がつぎつぎと生じ、ホロコーストというさし迫った危険の下に古くからの不信は埋められたので、あともどりの効かない最後の一歩が踏みだされた。〈危機〉と呼ばれるこの時期に、西半球のあらゆる国が、かつてのアメリカ合衆国を盟主にいだく形で団結したのだ。ラテン諸国は、新たな超大国のために表看板となる皇族を提案した。帝政アメリカだって？　はじめのうち、ワシントンは哄笑《こうしょう》した。そのいっぽうで、いいじゃないかという声もあった。どんな古代エジプトの王朝にも匹敵するほど存続している裕福で権力の大きな家系が、周期的な暗殺で正当化され、長いあいだ合衆国を支配してきたのだ。あとは彼らを公式に貴族に叙すだけの話だった。

三人組が近づいてくると、アラールは深々とお辞儀してグループに加わり、西半球の名目上の支配者を興味津々に眺めた。女帝は老女だった。小柄で、体はねじれていたが、その目はキラキラと輝き、その顔は深いしわにもかかわらず、表情ゆたかで魅力的だった。

噂によれば、ヘイズ＝ゴーントが帝室の車に爆弾を仕掛けさせ、それが皇帝と三人の息子の命を奪ったのだという。その爆弾のせいで女帝も何年間か寝たきりとなり、結果としてヘイズ＝ゴーントの宰相就任を拒否できなかった。電動椅子に乗って動きまわれるようになったときには、帝国の手綱はチャタム＝ペレス家からバーン・ヘイズ＝ゴーントの堅い掌中《しょうちゅう》へと完全に渡っていた。

「みなさん、こんばんは」とファナ＝マリアがいった。「今宵《こよい》のわれらは幸運に恵まれています」

「陛下がお出ましになれば、われらはつねに幸運です、マーム」とドナンが心からの敬意をこめていった。

「まあ、ばかをいわないで、ハーバート。非常に重要で危険な〈盗賊〉、大学のアラール教授が――想像できまして？――厳重な警察の罠を逃れて、宮殿構内まで追われてきたのです。いまこの瞬間にも宮殿内にいるかもしれません。

ターモンド将軍は内心でははらわたを煮えくりかえらせていて、敷地のまわりに水ももらさぬ警備態勢を敷きました。いまは宮殿全体を捜索させているところ。彼がわれらの保護をみずから買って出ているのです。わくわくしませんか？」その声はそっけなく、嘲《あざけ》りのひびきがあるように思えた。

「それは心強い」とドナンが正直な気持ちをいった。「あのならず者どもは、つい先週、吾輩の個人的な金庫を掠奪しおったのです。中身をとりもどすために、四十人を解放するはめとなりました。そろそろ首謀者を捕らえてもらわねば」

アラールはマスクの裏で居心地悪げに唾を飲みこみ、こっそりと周囲を見まわした。ターモンドはまだ影も形もないが、訓練された目には私服の帝国警官と見分けられる数人の男たちが、人ごみのなかをゆっくりと慎重に移動していた。数ヤード離れたところにいるそのうちのひとりが、静かにこちらをうかがっている。ようやくその男は先へ進んだ。

「〈盗賊〉に関してご自分でなにか手を打たれたらいかがでしょう、陛下」とドナンが語気を強めた。「やつらは陛下の帝国をめちゃめちゃにしております」

ファナ＝マリアは笑みを浮かべた。

「本当ですか？　しかし、本当だとして――疑わしいと思いますが――どうだというのです？　どんな手を打てばいいのですか？　わたくしは自分が楽しいと思うことをします。父は政治家にして兵士でした。〈危機〉のあいだにふたつのアメリカをひとつに融合させたことに、父は満足していました。われらの文明があと数百年生きながらえたら、父はまちがいなく歴史を作った者という地位を認められるでしょう。

しかし、わたくしが楽しいと思うのは、見て、理解することだけ。わたくしは純粋に歴史の学徒であり――アマチュアのトインビー派学者です。わたくしは、帝国という自分の船が沈没するのを見まもります。もしわたくしが父でしたら、帆に継ぎを当て、ロープを修繕して、もっと開けた海へ乗りだすでしょう。しかし、わたくしはわたくしでしかありませんから、見まもり、予言することで満足しなければなりません」

「滅びを予言なさるのですか、陛下？」とシマツが目を細くして訊いた。

「滅びとは、なんの？」とファアナ＝マリアが訊きかえす。「魂は不滅であり、老いた女にとって重要なのはそれだけです。わたくしの宰相が、ほかのあらゆるものを滅ぼすつもりでいるかどうかは……」彼女はか細い肩をすくめた。

シマツが一礼してから、ぼそりといった。

「あなた方の新しい超極秘の爆弾が、われわれの諜報員のいうとおり高性能であるとしたら、われわれには防ぐすべがありません。そして防ぐすべがないのなら、可能なかぎり、われわれ自身の攻撃でヘイズ＝ゴーントの攻撃を迎え撃たねばなりません。そしてわれわれには、あなた方の帝国に対して有利な点がふたつあります。

あなた方は兵力のバランスで圧倒的に勝っていると確信しきっているので、自分たちに使用されるかもしれない兵器を評価しようとしたことがない。しかも、われわれが礼儀正しく待ち、あなた方に時機を選ばせると決めてかかっておられる。こういってもよろしいかと思います、陛下、並びに紳士諸兄、帝国は高名な〝狼の群れ〟ではなく、軽々しく信じやすい子供たちによって運営されているのだ、と」

ドナンが呵々大笑《かかたいしょう》した。

「これは手厳しい！」と叫び、「軽々しく信じやすい子供とは！」

シマツは片腕にかけていた熊皮のケープをとりあげ、話はこれで終わりだというかのようにはおった。

「いまは面白がっておられる。しかし、予定時刻《ゼロ・アワー》が迫ったら、せいぜい衝撃にそなえることとです」彼は深々とお辞儀して、去っていった。

その男はきわめて恐ろしい警告を発したのだ、とアラールにはわかった。

「いまのは奇妙な偶然の一致ではなくて？」とファナ＝マリア。「ほんの数分前、タルボット博士はこうおっしゃられていました——いまこの瞬間の帝国は、ＢＣ六一四年のアッシリア帝国と同じ立場にある、と。ひょっとしたらシマツは、自分がなにをいっているか、わきまえていたのかもしれません」

「ＢＣ六一四年になにがあったんです、タルボット博士？」とアラールが尋ねる。

「世界一の文明が瓦解した」と考えこんだ顔でヤギ髭《ひげ》を撫でながら、トインビー派学者は答えた。「たいへんな話でね。二千年にわたり、アッシリア人たちは、彼らの知る世界を支配しようと奮闘してきた。ＢＣ六一四年には、アッシリアの気風は、エルサレムからリュディアへいたる地域に浸透していた。四年後、アッシリア人の都市はひとつも残っていなかった。破壊が徹底的だったので、二百年後クセノフォンに率いられたギリシア軍がニネヴェとカラの廃墟を通りかかったとき、どんな民族が住んでいたのかを教えられる者はいなかった」

「それはまた悲惨な話ですね、タルボット博士」とアラールがいったん同意し、「しかし、アッシリアとアメリカ帝国のあいだにどんな類似点があるのでしょう?」

「絶対確実な指標がある。トインビー学派の用語では、『自己決定の失敗』、『社会集団における分裂』、『宗教における分裂』と呼ばれる。この過程はすべて『苦難のとき』、『世界国家』、『世界平和』という局面をたどる。逆説的だが、あとのふたつからわかるのは、あらゆる文明が死に向かうのは、最強に見えるときだということだ」

ドナンが疑わしげにうめき声をあげた。

「融合核はけさの五〇六時に閉じました。帝国が破滅への坂をくだりつつあるとお考えなのは、あなた方トインビー派だけです」

タルボット博士は破顔した。

「われわれトインビー派はあなたに同意します。それでも、われわれは大衆に自分たちの意見を押しつけようとはしません。それにはふたつの理由があって、第一にトインビー派は歴史を研究するだけであり――作りはしないから。第二に、雪崩《なだれ》を止められる者はいないからです」

ドナンはあいかわらず納得していなかった。

「あなた方インテリは、いつも古代に起きたことで頭をいっぱいにしておられる。いまここは――二一七七年六月六日、アメリカ帝国ですぞ。われわれは世界に呪《まじな》いをかけたのです」

タルボット博士がため息をつき、

「おっしゃるとおりならいいのですが、上院議員」

ファナ＝マリアがいった。

「口をはさんでよろしいかしら……」

一同がお辞儀した。

「この八カ月というもの、トインビー派がたったひとつの計画に身を捧げてきたと聞けば、上院議員も興味を惹かれるかもしれません——つまり、すべての文明は不可避的に同じ社会学的パターンをなぞるという最重要仮説の再検討です。そうですね、タルボット博士？」

「おっしゃるとおりです、陛下。ほかの人間と同様、われわれは自説の正しさを願っております。しかし、内心では、まちがいが明らかになればいい、とかなり本気で思っているのです。われわれはどんな藁《わら》にもすがります。過去を吟味し、世界国家のあとに滅亡がつづかなかった例がないかを調べます。

われわれが探すのは、宗教的な階層化にもかかわらず存続した文明の例です。奴隷制の歴史を見て、奴隷を生みだす社会が報いを免れたかどうかを調べるのです。

われわれは自分たちの苦難のとき——〈危機〉——をポエニ戦争と比較します。この戦争は頑健なローマの農民階級を奴隷の身分に落としました。そして奴隷制という問題をめぐってわれわれの北アメリカ人の祖先が闘った南北戦争を研究します。ペロポネソス戦争が、かつては誇り高い兵士だった者たちを農奴に変えたあと、スパルタ帝国がどれくらいのあいだ存続したのかを考えます。

われわれが過去に求めるのは、帝国学校で少年少女に教えられる先祖崇拝と、年長の者たちが帰依《きえ》していた一神教とのあいだで分裂した忠誠の義務との比較です。分裂した宗教がペリクレス時代のギリシア人、ローマ帝国、芽生えたばかりのスカンディナヴィア人の社会、アイルランドのケルト人、ネストリウス派キリスト教徒にしたことをわれわれは知っています。

われわれは現在の政治的分裂――〈盗賊〉対政府――を、立法府に代表を出していない少数派との激しい対立と比較します。このような分裂は最終的にはオスマン帝国、オーストリア＝ハンガリー二重帝国、後期インド社会をはじめとするさまざまな文明を抹消しました。

しかし、これまでのところ、そのパターンに例外は見つかっておりません」

「あなたは奴隷制度について何度か触れましたな、まるでそれが帝国の土台を掘り崩しておるかのように」とドナンが異を唱えた。「どうしてまたそんな結論になるのです？」

「帝国における奴隷制の勃興《ぼっこう》は、アッシリア、スパルタ、ローマをはじめとする奴隷を所有した帝国と正確な相似をなしています」とタルボットが注意深く答えた。「支配階級が世代ごとに勢力を大きくするいっぽうで、農民階級が貧困化しない文化はありえません。ついにはこの虐げられた者たちは、自分自身の体のほかに資産というものが残らなくなります。

彼らは拘束力のある契約のもとで、より裕福な同胞に呑みこまれます。生産物が自分のものでないのですから、多くの子孫の境遇をよくしてやる手段がなく、恒久的な奴隷階級が生まれます。帝国の現在の人口は十五億あまり。その三分の一が奴隷です」

「それはそうだが」とドナンがいったん同意し、「じつは彼らの境遇はそれほど厳しいものではありませんぞ。食べるものにはこと欠かず、眠る場所もある――大多数の自由人にはないものが」

「もちろん、それは」とファアナ＝マリアがそっけない口調で、「自由企業制と奴隷制の双方にとって大きな長所です。飢えた子供にパンを買うために、父親はいつでもいちばん高い値をつけた競《せ》り手に自分を売ることができます。しかしながら、話がそれていますね。トインビー22はあるのでしょうか？」

「そう願っております、陛下。しかし、もちろん、一介の歴史家に保証はできません」

「22になるものがあるとすれば」と女帝は言葉をつづけた。「いったいどこが、たとえば、われらが現在のトインビー21と異なるのでしょう？」

「トインビー22は、幸運にもわれわれの現在の自殺衝動に挑戦する、とわれわれは考えております」とタルボット博士があっさりといった。

「それは興味深い。その問題をすこし敷衍《ふえん》するために、過去をすこしだけふり返りましょう。エジプト社会はイムホテプによって、中国は孔子によって、アンデスはビラコチャによって、シュメールはギルガメシュによって、イスラムはムハンマドによって生みだされました。同様の例は枚挙にいとまがありません。特定の人物が22を招来するのでしょうか？」

碩学《せきがく》の目が称賛できらめいた。

「陛下は学識ゆたかであらせられる。しかしながら、答えは明瞭ではありません。仰せのとおり、ある特定の人物によって『生みだされた』文明もあります。しかしながら、文明の多くはそうではありません。多くは明らかに集団の努力によるものです」

「ならば、集団に話をもどしましょう」と老女。「ある特定の集団をどう評価するのですか、タルボット博士？　どんな文化的サンプルをとりあげ、それぞれにどのような重要度をあたえるのか、どうやって決定するのです？」

「歴史家は、重要度に応じて分けた小宇宙の構成要素を統合したものとしてしかみずからの社会を評価できません」とタルボットは認め、ふたたびヤギ髭を引っぱった。

「歴史家にできるのは、それが文明にとって不変のパターンのどの段階まで到達したかを蓋然性《がいぜんせい》で示すことくらいです。とはいえ、わたしのように、集団をつぎからつぎへと研究すれば、つまりもっとも高貴な家系から——お許しください、陛下——テキサスやアリゾナの荒野にいる逃亡奴隷の集団にいたるまで——」

「〈盗賊〉を研究したことはありますか、タルボット博士?」とアラールが口をはさんだ。

7　狼の群れ

トインビー派学者は、マスクをつけた男に好奇の目を向けた。

「もちろん、〈盗賊〉たちは近づきがたい。しかし、〈結社〉はケニコット・ミュールに盲従する輩《やから》にすぎず、わたしは生前の彼を何年もよく知っていました。帝国が死と隣り合わせにあることを彼はずっと理解していました」

「でも、月や水星や太陽の小さな入植地についてはどうでしょう？」とアラールが食いさがった。「そこで見られる楽観主義の高まりは、ここ地球上であなたが見つけた宿命論を丸ごと打ち消すほどのものであるはずです」

「われわれの月《ルナ》観測ステーションに関していえば、そうなることを期待します」とタルボットは同意した。「それを月の要塞とは別の独立した社会とみなせばの話ですが。二百メートル反射鏡に流れこみつづけている知識の洪水のおかげで、そこの数百人の士気は高いはずです。

水星ステーションは、もちろん太陽ステーションの純粋な派生物であり、それらと一蓮托生《いちれんたくしょう》です。あなたのいわんとするところは興味深い。なぜなら、スタッフのひとりを太陽のソラリオンへ二十日間派遣する許可を、たまたまトインビー派がエルドリッジ国防大臣からもらったところで、わたしが選ばれていくことになったからです」

「じつに喜ばしい！」と女帝が声をはりあげた。「なにが見つかると思っていますの？」

「われわれの文明の理想的な姿です」とタルボットが重々しく答えた。「すべての見せかけや不正はあっさりと捨てられます。われわれの今日の文明相は、ご存じのとおり、われわれがトインビー21と呼ぶ段階です。もちろん、それは枝葉末節の要因を排除して複雑きわまる状況を類型化しようとする試みです。しかし、ソラリオンはほかに類を見ないものです。純粋にわれわれ自身の時代からもっとも直接的に生まれたものなのです。とりわけ、ソラリオン9でトインビー21の純化されたエッセンスが見つかるものと期待しています――つまり、自殺したくてたまらない三十人の狂人が」

興味深い、と〈盗賊〉は思った。しかし、自分個人に関するかぎりは机上の空論だ。ソラリオンを訪問しようとは夢にも思わない。

「議論を一歩進めてもよろしいでしょうか？」と彼はいった。「ごくかぎられた区域の場合、最小限のサンプルはなんでしょう？　たとえば――宇宙船でしょうか？」

「コンピュータで算出しました」とタルボット。「外挿《エクストラポレーション》によれば、三人が最小であり、それは重大な社会的変化を見せます」

「なにに変化するのですか？」とアラールが食いさがる。

「ひとりは退化し、ひとりは進化します」

「三人目は？」

「三人目は死にます」

アラールは最後の数語をうわの空で耳にしただけだった。なぜなら、心拍がぎょっとするほど加速していたからだ。シェイとターモンド、そしてヘイズ＝ゴーントと思《おぼ》しい男がすぐわきを通りかかっていた。彼は背中を向け、壁のほうへ身をすくめた。

三人は彼には目もくれず、オーケストラ・ピットのほうへ足早に歩いていった。アラールは、指揮者になにかいっているターモンドを目の隅に捉えた。音楽が止まった。

「お楽しみのところ誠に申しわけありません、みなさん」と宰相のゆたかなバリトンがスピーカーから流れてきた。「非常に危険な帝国の敵が、いまこの瞬間、舞踏会場にいると信じられます。よって、警察が闖入者を逮捕できるよう、すでにマスクをはずしていない殿方全員にマスクをはずすようお願いしなければなりません。だからといって、祝宴に水をさすわけにはいきません！　どうか、舞踏をつづけてください！」宰相が指揮者にうなずくと、大編成のオーケストラが「テワンテペクのタヤ」を大音量で奏ではじめた。

興奮したざわめきがいたるところで湧きあがるなか、着飾った男性たちがマスクをはずし、部屋を見まわしはじめた。カップルたちが、しだいにダンス・フロアへふたたび吸いこまれていく。アラールは壁にそってすべるように移動しながら、手をマスクへ持っていき、ゆっくりと降ろした。彼の奇妙な心臓がますます速く打ちはじめたのだ。

いくつかのものが、彼の注意を惹こうと騒ぎたてていた。タピストリーのかかった壁の影になった部分に寄りかかっているのに、踊り手たちはいま彼に注目していた。帝国警察の礼刀を佩《は》いた灰色ずくめの男数人が、彼の左右数フィートのところに空中から忽然《こつぜん》とあらわれたように思えたのだ。

彼らは静かに立っているだけで、くるくる踊りまわる者たちに心を奪われているようだった。さらにふたりが、前方十二フィートほどのところで大きな柱に控え目に寄りかかった。アラールの茶色い〈盗賊〉のマスクは、ここでは雄牛の前でふられる赤い布なみに目立っていた。これを着用するとは、頭がどうかしていたにちがいない。

乾いた舌を口のなかで動かす。佩いているのは不慣れな長剣。体は疲れきっている――気力だけで持ちこたえているのだ。たとえ左右に目を配り、庭園に通じる出口を見つけられたとしても、無傷で脱出できるとはとうてい思えない。

「マスクをはずしていただけますか？」

ターモンドだった――目の前に立ち、レイピアの柄頭に手をかけている。

長い、忌まわしい一瞬、〈盗賊〉は脚の力が抜けて、大理石の板石にへたりこむだろうと思った。そうはならなかったが、唇をなめるという反射行動を避けられなかった。

保安大臣の獰猛そうな目は、なにひとつ見逃さなかった。口もとをかすかにねじらせ、

「マスクをはずしていただけますか？」と静かな声でくり返す。

その男は柱の陰から近づいてきたにちがいない。そして代名詞となっている――そして恐れられている――猫のように音を立てない跳躍を行ったにちがいない。彼はゆっくりとレイピアを抜こうとしていた。〈盗賊〉の荒い息づかいに官能的ともいえる喜びをおぼえているようだ。

「マスクをとらなければならないのですか《フォティル・セロワニエ・ル・マスク》？　なぜ《プルクワ》？」アラールはしゃがれ声で尋ねた。「あなたは何者です《ケット・ヴ》？」

一抹の疑念の色がターモンドの顔をよぎった。しかし、いまやレイピアは抜かれていた。舞踏会場の抑えた明かりのなかでさえ、切っ先がギラリと光った。

「宰相はまだあなたと懇談なさりたいでしょう」とターモンドが言葉をつづけた。「そうしていただけないのなら、あなたを殺します。懇談は無駄話と変わらないでしょうし、あなたは途中で途方に暮れるかもしれない。ですから、わたしはあなたを

殺します。いま、ここで」

アラールはようやく深呼吸した。

いまや周囲でほかの鋼鉄も光を放っていた。壁にそった灰色ずくめの男たちも長剣を抜いており、こちらへすべるようにやって来るところだ。二、三組のカップルが踊るのをやめて、彼に近づいてくる殺し屋たちをうっとりと見つめていた。

ターモンドの姿が一瞬ぼやける。と思うと、ターモンドが一歩近づいていた。人間がこれほど速く動くことは、単純にありえない。哀れなコリップス――ひとかどの剣士――が、ジャイルズ・ターモンドの魔法のような剣術の前に数秒しか保たなかった理由は、いまや明らかだった。それでもターモンドは攻撃を控えている。なぜだ？　先ほどのインチキ外交官のフランス語のせいで、百パーセントの確信が持てなくなったにちがいない。マスクがはずされるまで、ターモンドに彼を殺すつもりはないのは歴然としている。

「あなたはわたしを侮辱しています《ヴ・マンシュルテ》、同志《タワリシチ》」とアラールは歯切れよくいった。「もう《ジュ・》いちど尋ねます《ヴ・ドゥマンド・アンコール》、なぜわたしがそのマスクをはずすことになるのですか《プルクワ・ドワ・ジュ・デプラセ・ル・マスク》？　あなたは《ケ・テ》何者ですか《・ヴ》？　あなたの正体を明かしなさい《ジュ・ドゥマンド・ヴォートル・イダンティテ》。もし決闘を望んでいるのでしたら《シ・ヴ・デジレ・アン・デュエル》、わたしの介添人たちが《メ・スゴン》――」

ターモンドはためらい、

「マスクをはずす必要があるのです《イル・フォ・デプラセ・ル・マスク》」と、そっけなくいった。「なぜなら、この舞踏《パルスク イリ・ヤ・》会には国家の敵がいるからです《アン・エネミ・ド・レタ・オ・バル》。それをお知らせするのがわたしの義務です《セ・モン・ドゥヴォワール・ド・ラプランドル》。という《アロー》わけで《ル》、閣下《ムッシュー》、お願いですから《シル・ヴ・プレ》、マスクを《ル・マスク》——」

いまや保安大臣は、アラールが本当に訪問中の高官であり、宰相の告知を理解していないという百万にひとつの可能性を退けていた。いまの彼は、マスクをはずそうが、はずすまいが、〈盗賊〉を殺すかまえだった。

アラールの精神が、時間にとらわれない例の奇妙に超然とした感覚でただよいはじめた。心拍数は百七十で安定している、と彼は気づいた。あと一、二秒でターモンドの長剣に串刺しにされ、分厚いタピストリーに縫いとめられて、虫けらのようにもがくだろう。それは〈盗賊〉の死に方ではない。

「マダム、紳士方《ムッシュー》！」彼は心からの謝意でお辞儀をした。ケイリスが、左右の腕を宰相とシマツ大使にとられて、柱をまわりこんできていたのだ。ターモンドの長剣が、アラールの心臓の数インチ前で揺らいだ。

「マダム」と〈盗賊〉がよどみなく言葉をつづけた。「この男性にわたしの身元を《ヴレヴ・ゼクスプリケ・ア・》説明してくださいませんか《セ・トム・モ・ニデンティテ》？」

ケイリスは名状しがたいものを宿した目を見開いた。何年ものあいだ恐れてきたこの瞬間が、とうとうやってきたのだ。もし〈盗賊〉の命を救えば、二重生活がすぐに露顕するにちがいない。そうなったら、自分の身になにが起きるのだろう？　ヘイズ＝ゴーントは自分をシェイに売るだろうか？

　彼女はおだやかな声でいった。

「たいへんな過ちを犯しましたね、ターモンド将軍。こちらはカルコフ大学のホールマーク博士です」

　アラールは一礼した。ターモンドはゆっくりと武器を鞘におさめた。彼が納得していないのは、はた目にも明らかだった。

　シマツも疑いの目でアラールをうかがっていた。口を開こうとして、思いとどまり、とうとうなにもいわなかった。

　ヘイズ＝ゴーントが厳しい目つきで〈盗賊〉を見据えた。

「光栄に存じます。しかし、礼節の問題として、さしつかえなければ――」

「なんですと《コマン》、ムッシュー」アラールは肩をすくめた。「わたしは英語を話しません《ジュ・ヌ・パルル・パ・ラングレ》。どうか《ヴィエ》、マダム、通訳していただけませんか《ヴレヴ・トラデュイール》？」

　ケイリスがわざとらしい笑い声をあげて、宰相のほうを向いた。

「このかわいそうな方は、事情がわかっておられないのです。これからわたくしと踊ってもらいます。わたくしが彼からマスクをもらいますわ。あなたは本当にもっと注意するべきですよ、ターモンド将軍」

あまり遠くまで行かないうちに、彼女はしゃべっていた。

「いまはあなたが逃げられるかどうか怪しいわ」と早口にいう。「でも、望みがあるとしたら、わたくしのいうとおりにすることね。いますぐそのマスクをはずして」

彼はマスクをはずし、上着のポケットにしまった。ケイリスが彼を慎重に連れて歩いたので、宰相のグループには顔を向けずにすんだ。

アラールはいま彼女の腰に腕をまわしており、ふたりはゆるやかな渦を描きながら部屋を横切った。彼女とこれほど間近になり、その体が絶えず自分の体に触れているとあって、バルコニーのときと同様に、記憶がよみがえりそうでじれったい思いをした――ただし、こんどは二倍、いや、そのまた二倍の強さになっている。

アラールは彼女よりそれほど背が高くないので、いちど彼女のこめかみのあたりで鼻孔がつややかな黒髪に埋もれた。そのにおいさえ、いらいらするほど嗅ぎ慣れたものだった。幻となった過去のどこかで、自分はこの女性を知っていたのだろうか？知るすべはない。彼女のほうはこちらを見知っているそぶりも見せていない。

「なにを考えているにしろ」とアラールは不安そうに促した。「さっさとやってくれ。ぼくらと別れたとき、ぼくが英語をしゃべることをシマツがヘイズ＝ゴーントに教えていた。ターモンドにはその言葉さえあればいい」

ふたりはいま右往左往する人ごみを抜けて、暗がりになった噴水回廊にいた。

「わたくしはこれ以上は行けません、アラール」女が早口にいった。「この回廊の端に廃棄物斜溝《シュート》があります。そこから宮殿の地下にある焼却炉坑のひとつまで落ちていけます。焼却炉はいつなんどき点火されるともかぎりませんが、一か八かやってみなければなりません。焼却炉に隣接した大きな地下室で友人たちが見つかるでしょう。怖いですか？」

「すこしだけ。しかし、その『友人たち』とはだれなんです？」

「〈盗賊〉です。彼らは風変わりな宇宙船を建造しています」

「T－22ですか？　でも、それは帝国のプロジェクトです。刑務所の独房よりも厳重に警備されているはず。宇宙省のゲインズ次官本人が、責任者を務めています」

「帝国警官二名がやってきます」彼女はすばやく言葉を返した。「彼らはもうあなたの正体に疑問をいだいていません。あなたは急いで逃げなければなりません」

「まだです。向こうはぼくを追いつめたと思っている。だから、応援を待つでしょう。ところで、あなたはどうなります？　こんなことはヘイズ＝ゴーントのお気に召さないでしょう」彼はケイリスの両肩に手をかけた。未知で危険な未来に結ばれて、ふたりは一瞬ものもいわずに見つめあった。

「彼は怖くありません。怖いのは心理学者のシェイです。彼は人の傷つけ方を知っていますから、なんであれ知りたいことをしゃべらせてしまいます。ときどき思うのですが、彼は人が苦しむところを見るためだけに拷問《ごうもん》をしているようです。彼はわたくしを――そのために――買いたがっています。けれど、いまのところはヘイズ＝ゴーントの意向で、わたくしに指一本触れられません。なにをするにしろ、シェイを避けることです」

「わかりました、彼には近寄らないようにします。でも、なぜぼくのためにこんなことをしてくれるんです？」

「あなたを見ると、むかし知っていただれかを思いだすから」と女はゆっくりといった。背後に目をやり、「お願いだから、急いで！」

アラールの指が、なごり惜しげに彼女の肩を強く握った。

「いったいだれを思いだすんです？」と彼はしゃがれ声で叫んだ。

「逃げて！」

逃げるしかなかった。

数秒のうちにシュートの扉の前にいて、死にもの狂いで指をその上に走らせていた。把手《とって》はなかった。足音がすぐうしろに迫ってくる。把手がないのは当然だった――そのしろものは、蝶番《ちょうつがい》で内側へ開くのだ。

彼は狭い暗黒へ飛びこみ、ぐるぐると渦を巻きながら、飛ぶような勢いで落ちていった。もしこの速さで堅いものの山にぶつかったら、確実に両脚が折れるだろう。

膝と肘を外側へ向けて降下速度を落とそうとしているさなかに、暗闇から飛びだして、不潔でぐにゃぐにゃしたもののなかへ突っこんだ。傷ついたのは尊厳だけだった。ほこりが濛々《もうもう》と舞いあがりはじめるより早く、彼は立ちあがっていた。

あたりは漆黒《しっこく》の闇に包まれており、例外は彼の牢獄となった焼却炉の片側から射しこんでいる一条の光だけ。どうやら投入扉に設けられた操作係用ののぞき穴のようだ。彼はよろよろとのぞき穴まで歩いていき、目をしばたたいて、外を見た。

広大な部屋は人けがなかった。

扉を慎重に揺すり、鉄の掛け金を試してみる。

外側から施錠されていた。

〈盗賊〉は袖で額をぬぐい、サーベルを抜くと、錠の機構をこじあけてみようとした。びくともしなかった。

武器をしまうと同時に、鋼鉄が鋼鉄に擦れる静かなきしみが、焼却炉という狭い監禁場所に嘲るようにこだました。

手探りでのろのろと牢獄を歩きまわりはじめたとき、外のコンクリート床に足音がした。

焼却炉の扉が開き、炎をあげるガラクタのかたまりが、恐れおののく彼の目の前を通り過ぎた。

扉がガチャンと閉まると同時に、彼は跳びついて、火種を胸でもみ消した。光が射しこまなくなった。おそらく操作係の奴隷が暗闇をのぞきこみ、首をひねっているのだろう。

〈盗賊〉の耳にくぐもった悪態が届き、ついで遠ざかっていく足音。彼はすぐさま扉に張りついた。

奴隷は一、二分でもどって来るはずだ。

そしてもどってきた。こんどの火種のほうが大きかった。のぞき穴が長いあいだふさがれていたのは、火種がちゃんと燃えるよう確実を期しているからだろう。ようやく彼は去っていった。〈盗賊〉は掛け金のかみ合うところからサーベルの切っ先をはずし、扉をそっとあけた。冷気が焼け焦げた肺にどっと流れこんできて、火ぶくれのできた顔を洗った。

すぐさま床に降り、強《し》いて時間をかけて扉を閉めると、ふたたび施錠した。貴重な数秒が消えたが、追っ手が焼却炉をひとつひとつ調べなければならないとしたら、足止めになるかもしれない。

彼はふたつの焼却炉のふくらみのあいだで生き霊のように姿を消し、西棟と名高いT‐22をめざした。

秀才ゲインズは本当に〈盗賊〉なのだろうか？　そうだとしたら、ヘイズ＝ゴーントの政府には〈結社〉のメンバーが相当数はいりこんでいるということだろうか？

ふたつのことはたしかだ。狼の群れは、彼のことをよく知っている。彼らにとってアラールはたんなる〈盗賊〉ではない。そして〈盗賊結社〉は、アラールの命に信じられないほどの値打ちを置いている。そのうえ、ヘイヴンは狼の群れと同じくらい、あるいはそれ以上にアラールのことを知っている。友人にふたたびまみえることがあれば、どうしても訊かなければならない質問がいくつもある。

彼は広大な地下室に通じるドアを四分の一インチあけて、内壁にそって目をこらした。動いているものはない。はるかかなた、部屋の中心のほうから、原子力溶接機のシューシューいう音が聞こえてくる。

忍び足でドアの内側へすべりこみ――鋭く息を吸いこんだ。

薄闇のなかでさえ、T－22は青白い靄に包まれてチラチラと光っていた。そのなめらかで切り立った横腹が、五十メートルの空中へとそそり立っているが、腰部の直径は三メートル足らずだ。大型の月貨物船なら、この船の数百倍は重いだろう。

しかし、彼を困惑させたのは、彼の心をわしづかみにし、ひっきりなしに鳴る心臓の音を消し去ったのはこの思いだった――自分はT－22を前に見たことがある――何年も前に。

砂袋が脳天にたたきつけられたときでさえ、意識を失うまいとむなしくもがいていたときでさえ、考えられたのはこれだけだった――T－22――T－22――どこで――いつ？

8　拷問《ごうもん》の末の発見

「そろそろおめざめのようだ」と、せせら笑うように声がいった。

アラールは片膝立ちになり、ズキズキと痛む目をこらした。

そこは鉄格子のはまった大きな檻《おり》のなかで、彼がかろうじて立てるほどの高さしかなかった。檻は石壁に囲まれた大きな部屋の中心にあった。あたり一面に生臭いにおいが立ちこめている。生臭さの元は血なのだ、と彼は小鼻をひくつかせながら悟った。この部屋で帝国心理学者は、その非人間的な技をふるうのだろう。

「おはよう、〈盗賊〉！」と爪先立ちで体を上下させながら、シェイが口から泡を飛ばしていった。

アラールはむなしく唾を飲みこもうとしてから、ふらふらと立ちあがった。生まれてはじめて、疲れきっているのをありがたく思った。このあとつづく長い時間、あっさりと、たびたび気絶できるだろう。

「聞くところによると」とシェイがまくしたてる。「適切な刺激をあたえれば、きみはこれまで人類に知られていなかった力を見せるかもしれないそうだ――したがって、いま鉄の檻にきみを閉じこめている。われわれは、みごとなパフォーマンスを目の当たりにしたいと思っている――だが、われわれ自身に危険がおよんだり、きみを失うリスクを冒したりすることなしにだ」

アラールは無言だった。抗議してもなんの役にも立たない。おまけに、つい最近シェイに盗みを働いた〈盗賊〉だと声で気づかれたら、事態は悪化するだろう。

心理学者が檻に近づいた。

「痛みはすばらしいものなんだよ」と熱心にささやく。右の袖をまくりあげ、「この傷跡が見えるかね？　熱いナイフをできるだけ長く当てておいたのだ。その刺激たるや――ああ！」彼は恍惚《こうこつ》として息を吸いこんだ。「だが、きみもすぐにわかるようになる。そうだろう？　わたしの困ったところは、最大限の刺激を得る前に、いつもナイフを離してしまうことだ。だが、ほかのだれかの助けがあれば、ちょうどきみにこのわたしの助けがあるように――」愛想笑いを浮かべ、「失望させないでくれたまえ」

アラールの背すじを悪寒がのろのろと這いあがった。

「さて」と心理学者が言葉をつづけた。「腕をのばして、侍者に注射を打たせてもらえないかな。それとも、檻の壁にはさまれてつぶされてから打たれたほうがいいかな？　無害なアドレナリンをちょっとだけ打つのだよ。そうすれば、きみは気絶しない――長い長いあいだ」

いまはどうしようもない。それになにが起きるのか、ある意味ではシェイにもまして知りたかった。彼は黙りこくったまま片腕を突きだし、針がぶすりと刺さった。

電話が鳴った。

「出ろ」とシェイが命じる。

「上階《うえ》からです」と侍者が声をはりあげた。「あなたがマダム・ヘイズ＝ゴーントを見かけたかどうか知りたいそうです」

「見ていないといえ」

ほかの侍者たちが蝶番のついた重い箱を台車に載せてやってきて、箱を開き、なかからものをとり出して、テーブルの上に並べはじめた。さらに別の者たちが檻の鉄格子をくっつけて、顕微鏡のスライドにはさまれた細菌のように〈盗賊〉をぺしゃんこにした。

アラールは、顎から汗が石床にしたたってピチャッと音を立て、アドレナリンを打たれた心臓の激しい鼓動に狂った伴奏音《オブリガート》を提供するのにぼんやりと耳をかたむけた。背後のどこかから、赤熱した金属のにおいがただよってきた。

すくなくともケイリスは逃げのびたのだ。

あたりは薄明に包まれていた。そして、もはや痛みがなかったので、一瞬、自分は死んだのだと思った。それから立ちあがり、驚きに打たれて周囲を見まわした。この世界で動くものは彼だけだった。

　彼は空中に浮かんでおり、近くにはなんの音も発していない、曲がりくねった柱があった。ここでは重力が追放されていた。上も下もなく、方向を決める手がかりもないので、その柱は垂直とも水平ともいえなかった。彼は目をこすった。手のひらが顔に当たる物理的な接触は本物に思えた。これは夢ではない。なにか魂を揺るがすほど重大なことが自分の身に起きたので、理解が追いつかないのだ。ここには動きも、音もない。あるのは柱と、茫漠とした静寂のみ。

　おずおずと手をのばして柱に触れる。それは奇妙に流動的で、よくしなる性質をそなえていた。ちょうど光線が湾曲するように。それに形も異様だった。彼の触れている部分は五枚のひれのある突縁《フランジ》で、柱の中心部からのびていた。

　動力鋸があったら、と彼は思った。手と指がついた無数の腕を切り落とすのが、どれほど簡単になるだろう。フランジに軽く触れながら、宙に浮いたまま柱の反対側へまわりこむ。そこにも前と同じ五枚のひれを並べた配列が見つかった。彼は困惑して眉間にしわを寄せた。さらに柱をまわりこむと、脚のようなひれがあった。

　彼は目を輝かせた。この柱の断面図が、人間の垂直断面図とよく似ていることを悟ったのだ。周囲に目をやると、その柱が無限にのびているように見えることがわかった。

そのあと反対側でしばらくのあいだ柱にそってただよい、断面がしだいに小さくなっているのに気づいた。頬の輪郭は細くなり、骨が目立つようになっている。その輪郭は、痩せぎすの若者のそれであっても不思議はない。さらに遠くへ進むと、柱はますます小さくなり、目をこらすと、遠くで糸の細さにまで縮んでいるのが見えるように思えた。

この謎を解くことに自分の命がかかっている――〈盗賊〉はそう信じたが、いくら考えをめぐらせても、答えは彼の手をすり抜けた。

失意に沈んでゆっくりと引きかえし、意識をとりもどしたときにいたあたりで柱をしげしげと見る。憤懣《ふんまん》のあまり顎を堅く引き結んだ。

ひょっとしたら柱のなかに説明があるのかもしれない。彼は片腕をゆっくりと柱に突きいれた。そして可塑性《かそせい》のある力が、柱の五枚のひれのある部分へ指を引きこむように思えるのに気づいて興味深く思った。右脚をはめこむ。ぴったりと合った。

おそるおそる、体のほかの部分を柱にはめこんでいく。

と、つぎの瞬間、なにか巨大で根源的なものが彼をつかみ、放り投げた――

「そろそろおめざめのようだ」と、せせら笑うように声がいった。

アラールは片膝立ちになり、ズキズキと痛む目をこらした。

頭がくらくらした。そこは檻の中心で、彼は鉄格子にはさまれて、つぶされてはいなかった。体のどこにも血はなく、どういうわけか、シャツと上着をまた着こんでいた。一切合切――人間、テーブル、道具の位置――が無限の過去にはじめて檻のなかでめざめたとき、注射を打たれる前、苦痛の前とまったく同じ場所にあった。

苦痛は本当に悪夢にすぎず、人間の形をした柱というあの風変わりなひとコマは、その締めくくりだったのだろうか？　これからシェイが爪先立ちで体を上下させ、口から泡を飛ばすように思えるのは、たんなる錯覚で既視感《デジャヴュ》にすぎないのだろうか？

「おはよう、〈盗賊〉！」と爪先立ちで体を上下させながら、シェイが口から泡を飛ばしていった。

アラールは、顔から血の気《け》が引くのを感じた。

ひとつはっきりわかることがあった。自分にはとうてい理解できない方法で、しばらく時間流を離れていた。そして考えられる最悪の時点でふたたび時間流にはいったのだ。こんどは決意が揺らぐだろう――口を割り、同志たちが命を落とすだろう。彼にはそれがわかった。そして武器はなく、最後に自分の身に降りかかるこの破局を防ぐ手立てもない。

ただし――心臓が激しい喜びではずむ。彼はおだやかで冷ややかな自分の声に耳をかたむけた。

「たぶん、おまえはいますぐぼくを解放することになる」

シェイはめったに見せない上機嫌の表情で巻き毛の頭をふった。

「それでは万事がだいなしだ。いや、長いあいだきみを解放するつもりはない。それどころか——けっして解放しないといってもいい」

アラールは、内心とはかけ離れた冷ややかな自信を装って唇を結んだ。先手を打つことがなにより肝心だ。電話が鳴る前に要点にはいらなければならない。それでも、焦っていたり、意気ごんでいたりするように思われてはならない。シェイがこちらの声に気づくのは確実だが、それは仕方がない。

彼は腕組みすると、うしろの鉄格子に寄りかかった。

「ひょっとしたら、ぼくは〈盗賊結社〉に過大評価されているのかもしれない」と、そっけなくいう。「そういうことかもしれない。それでも、ぼくがつかまった場合にそなえて、ある予防措置がとられているから、十分以内にぼくが無事に宮殿を出なかったら、今夜マダム・ヘイズ＝ゴーントの亡骸が、宰相のもとへ届けられると警告しないわけにはいかない」

シェイは眉間にしわを寄せ、考えこんだ顔で獲物をしげしげと見た。

「その声——ふーむ。もちろん、きみは嘘をついている——なんとか時間を稼ぐために。宰相夫人はまだ舞踏会場におられる。きみの短くなった呼吸、細くなった目、乾いた声——すべてが真っ赤な嘘だと示している。たしかめるまでもない。さて、腕をのばしてもらえないかな。アドレナリンを少々注射したいのでね」

電話は永久に鳴らないのだろうか？

落ちついた外見を保っていられるのには、われながら驚いた。

「いいだろう」と、つぶやき、腕を突きだす。「ぼくら三人はいっしょに死ぬんだ」

針がずぶりと突き刺さり、神経に当たった。アラールの顔がかすかに引きつる。侍者たちが檻の鉄格子をくっつけ、手足を大の字に広げた〈盗賊〉をぺしゃんこにした。熱せられた金属が、背後で強烈なにおいを発していた。頭がふらふらしはじめている。なにかがおかしい。鉄格子につぶされていなかったら、倒れていただろう。湿った汗の輪が、上着の腋の下からゆっくりと広がりつつあった。

たくましい侍者ふたりが、道具のはいった箱を台車に載せてやってきた。彼らが箱をあけ、奇妙な形をしたやっとこをシェイに渡すところを、アラールはさりげなさを装って見まもった。

吐き気が喉にこみあげるなか、アラールは血まみれになり、爪のなくなった自分の手の成れの果てを思いだした——別の時間での話だ。

「わかるかね」とシェイが含み笑いをしながら、とりすました目でアラールを見据えた。「数日前の夜、わたしの家を訪ねてくれた男はきみだったのだ——わたしはそう信じているのだよ」

電話が鳴った。

シェイがうわの空で顔をあげ、「出ろ」と気もそぞろに命じた。〈盗賊〉にとって時間の流れがゆるやかになり、停止した。彼の胸は大きなあえぎで波打っていた。

「上階《うえ》からです」と侍者がためらいがちに声をはりあげた。「あなたがマダム・ヘイズ＝ゴーントを見かけたかどうか知りたいそうです」

シェイは長いこと待ってから答えた。内省的な表情がゆっくりと消えていく。とうとう彼は向きを変え、生爪を剝がすやっとこを注意深く箱にもどした。

「見ていないといえ」と彼はいった。「そうしたら、ただちに宰相を電話口に呼びだしてくれ」

要求どおり、アラールはにぎやかな繁華街の交差点で置き去りにされた。いても不思議のない帝国警察の追っ手をまくために、一時間かけて注意深くさまよったあと、彼は横丁と地下室を経由して〈結社〉の会合地点のドアまで歩いた。眠ったり、食べたりするどころか、新しい長剣を手に入れる前に、奴隷の地下層とシェイの拷問室で起きた信じられない出来事を〈評議会〉の前で洗いざらいしゃべりたかった。

なにか鋭いものがわき腹に突き刺さった。両手をゆっくりあげると、長剣を抜いたマスク姿の〈盗賊〉たちに囲まれていた。いちばん近くのサーベルをふるった男がいい放った。

「おまえを逮捕する」

9　超能力

「被告にはいま死刑の求刑がなされている」とマスクを着けた壇上の男が抑揚をつけていった。「〈結社〉の掟にしたがい、被告の罪状が読みあげられ、ついで被告は弁明の時間を十分間あたえられる。その時間が終わったとき、合理的な疑いが残らないところまで告発を退けられなかった場合、被告はレイピアで心臓をつらぬかれ、死にいたらしめられる。本法廷の書記が罪状を読みあげる」

アラールは頭から痺《しび》れをふり払えなかった。あまりの疲労困憊《こんぱい》ぶりに、うろたえることさえできない。ここにいる〈盗賊〉のうちで見分けがつくのはヘイヴンだけ。恐怖に満ちた目で、茶色いマスクごしにこちらをのぞいている。

マスクを着けた書記が演壇近くのデスクから立ちあがり、重々しい口調で読みあげた。

「四時間ほど前、アラールは帝国宮殿で政府捜査官によって捕縛され、下層の部屋へ連れていかれ、身柄をシェイに預けられた。

数分後、彼は無傷で宮殿から街路へ護送され、そこで釈放された。肌に傷ひとつない点を鑑みるに、囚人は〈結社〉に関する機密情報を明かしたと推定される。罪状は裏切りであり、求刑は死である」

「〈盗賊〉の仲間たち！」ヘイヴンがパッと立ちあがった。「わたしはこの手続きに異議を申し立てる。裏切りの立証責任は〈結社〉の側にあるはずだ。過去においてアラールは、〈結社〉のために何度も命を危険にさらしてきた。疑わしきは罰せずの原則を適用するよう、わたしはいま強く主張する。有罪が立証されるまで、彼の無罪を前提としよう」

アラールは、こちらを向いている多数のマスクをじっと見つめた。裁判官は、そちらに身を乗りだして、小声でしゃべっている数人の男の話に耳をかたむけている。とうとう裁判官が背すじをのばした。アラールの爪が、木製の手すりに食いこんだ。自分がなにも立証できないのは承知していた。

「ナンバー89は」と裁判官がおもむろにいった。「審理の手続きにおける根本的な革新を提案した。過去において、疑惑を払拭できない〈盗賊〉を粛正するのは、〈結社〉にとって必要悪だと判明してきた。この方式では、有罪の者より無実の者が多く処分されるという点において、〈結社〉の審理委員会に異論はいっさいない。〈結社〉全体の存続が確実になるのなら、その代償は小さい、と本官は感じる。したがって、疑問はこういうものになる――すなわち、立証責任を逆転すれば〈結社〉の目的にもっともかなうような特別な状況があるのか？」

アラールは心拍が徐々に高まるのに耳をすました。百七十五……百八十……。

「本件には異例で、奇妙ですらある状況が存在する」と目の前にある小冊子をゆっくりとめくりながら、裁判官が言葉をつづけた。「しかし、そのすべては」――鋼鉄のような目でアラールを見据え、こわばった声で――「そのすべては、この男をあつかうさい注意をゆるめるのではなく、倍にするべきだということを示している。

彼は五年前のある夜、すなわち、この〈結社〉のメンバーふたりに保護されたとき以前の人生を語ることができず、その理由は記憶喪失だという。そして留意しなければならないのは、ヘイズ＝ゴーント宰相がそのような策略を用いて、囮《おとり》捜査官をまぎれこまそうとするほど狡猾であるという点だ。

アラールがシェイの魔手から無事に逃げおおせたとき、われわれは最悪の事態を疑う権利を得た。被告は死んでいるか、死にかけていて当然なのに、五体満足でここに立っていることを否定するか？」その声はかすかに皮肉がまじっていた。

「ぼくはなにも否定しないし、肯定もしません」とアラールは答えた。「しかし、自己弁護をはじめる前に、ひとつお尋ねしたいことがあります。求刑が死であり、この部屋を生きては出られないのですから、裁判官に教えていただけないでしょうか――ぼくが記憶喪失で無力だったとき、〈結社〉が保護してくれた理由と、〈盗賊〉という危険な人生に導いたあとで、ヘイヴン博士とコリップス博士が、大学で重力屈性計画に従事する二十数名の秀才よりもぼくの命のほうが大事だと、とっさに判断した理由を。それ以来なにが起きて――あるいは、なにが起きていない――のかを考慮しなければ、あなた方は立場が一貫していないのを認めるほかありません」

「かならずしもそうではない」と裁判官が冷ややかに答えた。「しかし、被告は自分の意見を述べてよい。五年前、奇妙な宇宙船がオハイオ川上流に墜落した。残骸からある種の漂流物が回収され、それによれば、その船は外宇宙から飛来したにちがいないと思われた。二体の生きものが回収された。片方は風変わりなサルに似た動物で、のちに河川警察によって捕獲され、ヘイズ＝ゴーントに献上された。もう片方が――被告だった。その直後、被告の処遇に関するメモが、ケニコット・ミュールからわれわれのもとへ届いた」

「でも、彼は死んでいました！」とアラールが言葉をはさむ。

裁判官はいかめしい笑みを浮かべた。

「帝国政府、そして外の世界に彼は死んだと思われている。先ほど述べたように、われわれは彼からメモをもらい、その趣旨は、被告の感情パターンが安定したら、ただちに被告を〈結社〉に編入せよというものだった。肉体的危険をともなわない通常任務を被告にあたえ、調査せよともあった。

ミュールの意見によれば、被告は特別な資質を有する人間の種《スピーシーズ》であるかもしれないという——被告の祖先はホモ・サピエンスを超えたものに進化した。そのなにかは、ヘイズ＝ゴーントがいつなんどき発動させるとも知れない〈最終計画〉を阻止するにあたって、測り知れない助力に成りうるのだという。ごく早い段階で判明したのだが、被告の心臓は、被告の意識が危険を察知する前に加速するのだ。

被告の潜在意識が、意識の気づかない印象と刺激を統合し、それがなんであれ、目に見えない危険に対して肉体をそなえさせるのだ、といまではわかっている。これは長所だが、被告をホモ・サピエンスの上位に置く、あるいは送りこまれたスパイという疑惑を完全に払拭するほどの長所ではなかった。

われわれは、被告が超人である片鱗《へんりん》をまた見せるのを待ったが、それ以上はなにもあらわれなかった。そして今夜のほぼ確実な裏切りのあと、〈結社〉の存在にとって被告が脅威となる度合いは、被告の調査をつづけたいという欲望を上まわるのだ」

そうすると、アラールの以前の人生はまもなく永久に封印されるのだ。だれも知らないのだろうか？　彼は語気を強めて訊いた。

「ミュールはここにいるのですか？　彼はぼくの死に賛成しますか？」

「ミュールはここにいないし、じつをいえば、失踪以来、生身の彼を見た者はいない。しかし、彼がこの裁判のことを知っているのはまちがいない。これまでのところ、彼は異を唱えていない。まだ質問があるかね？　なければ、弁明の時間を開始しなければならない。持ち時間は十分だ」

青ざめた顔でアラールは、死刑執行人たちをじっと見つめた。その多くは、危機一髪の冒険を彼とともにしたことがあるにちがいない。だが、いまは〈結社〉を救うために、喜んで彼を殺すだろう。心拍数が着実にあがっていた。二百。これほど高くなったことはない。

「ぼくがどんな弁明をしようと」――自分の落ちつきぶりにわれながら驚いた――「どんな説明を試みても貴重な時間の無駄だ、と大半の方が思っているなら、どうせ信じてもらえないでしょう。もし生きていられる時間が十分なら――」

「九分」と書記がきっぱりと訂正した。

「ならば、自分の命を救うために使います。ジョン！」

「なんだい、坊や？」ヘイヴンの声はすこしだけ震えていた。

「ジョン、ぼくが無実だと信じるなら、どうか説明してください――視覚の化学的基盤とはなんでしょう？」

生物学者はびっくりしたようだったが、すぐに落ちつきをとりもどした。その頰に血の気がもどりはじめる。

「一般に認められているところでは」と彼は声高にいった。「見られたものから反射した光子が、瞳孔にはいって、硝子液《しょうしえき》と房水を通過するさいに焦点を結び、網膜で映像が形成される。

そこで光子は視紅に突き当たり、つぎに網膜の桿体《かんたい》細胞と錐体《すいたい》細胞が反応する物質を視紅が放出する。桿体細胞と錐体細胞はその刺激を網膜神経の終端に渡し、その神経は集まって、最終的に大視神経となり、脳の基部にある視葉の亀裂で映像を形成する」

「そのプロセスの逆転は絶対に起こらないといい切れますか？」

「逆転だって？　つまり、脳が映像を結ぶかわりに、視神経にそって網膜へ渡し、視紅を刺激して光子を放出させ、それが屈折を起こす目の液体によって焦点が合い、映像が投射されるということかね？　つまり、きみの目が映像を受けとるのと同じように映像を投射できるかどうかを尋ねているのかね？」

「そのとおりです。不可能でしょうか？」

男たちはとまどいながらも、注意を惹かれて身を乗りだした。

「あと三分」と書記が鋭い声で念を押し、アラールからへイヴン、またアラールへと視線を移した。

へイヴンは考えをめぐらせながら、見開いた目を被保護者に据えた。

「映像投射は、進化の階梯においてホモ・サピエンスにつづくかもしれない生きものにそなわるだろうと予言されてきた。この力はつぎの五万年、あるいは十万年以内に進化するかもしれない。だが、いま、現代人に？　およそありそうにない。「目とはいえ」――片手をあげて警告する。隠された意味に満ちている動作だ――から光線を投射できる者がいるとしたら――そんなことができるとすれば、ほかの刺激‐反応系も逆転できて当然ということになる。たとえば、耳の鼓膜を発声用の膜に変えることができるはずだ。大脳の聴覚域で蝸牛管《かぎゅうかん》の神経を活性化すればいい。ひとことでいえば、想像できるどんな音でも聴覚的に――口からではなく――生みだせるはずなのだ！」

　アラールは、天井に固定された、ほの暗い蛍光管をちらりと盗み見た。温かい血潮が喉にこみあげてくる。自分は生きる、死にはしない、といま彼にはわかった――生きて、過去を覆い隠す灰色の網を解きほぐす――〈盗賊〉たちのもとを去り、今後は自分自身を熱心に探すのだ、と。しかし、まだやるべきことがたくさんあるし、危険を脱してはいない。と、裁判官の声でわれに返った。

「ヘイヴン博士とわけのわからない議論をして、なんの得があると思ったのだね？　弁明の時間はあと三十秒しかないぞ」

　鍛えあげられた鋼鉄同士が擦れる不吉な音が周囲であがった。ヘイヴン以外の〈盗賊〉たちが長剣を抜いており、ネコ科動物の熱心さでこちらを見張っているのだ。

　アラールは古びた蛍光灯をじっと見あげた。奴隷の地下層で罠にはまったとき、土煙をつらぬいて輝いていたサーチライトの光芒が思いだされる。あのとき脱出できたことに関して、もう謎はなかった。ボロボロの上着をまとっていた人物、彼自身にうりふたつだった人物には説明がつく。あの人物はたしかに彼自身だった。おさまりかけた土ぼこりに投影された彼自身の体の映像だったのだ。刺激－反応系を逆転させる能力がどこまでのものかはわからないが、それでも、脱出する自分の姿を切望するあまり、潜在意識で自分自身の光子映像を創りあげたのだ——そして願望は成就した。

　彼は片目を閉じ、天井のほの暗い蛍光管にひたすら集中し、自分の驚くべき力をふたたび覚醒させようとした。こんども命拾いするかもしれない。ただし、別の形で。電灯の蛍光塗料に適切な量と周波数の光子をぶつけることさえできれば、放出されている光波の谷を埋め、部屋を真っ暗にできるはずだ。

　明かりがわずかにちらついたように思えた。

　彼の呼吸はあえいでいる犬のそれに似ており、開いている目に汗が流れこんでいた。目と鼻の先の正面で、ひとりの〈盗賊〉がアラールの心臓と水平になるよう長剣をかまえ、冷静に狙いをつけた。

　背後にいるヘイヴンがあえぎながら、不安げなささやき声でいった。

「蛍光灯のスペクトルはもっと高い。周波数をすこしだけあげるんだ」

　死刑執行人が突きをくり出した。

部屋が闇に包まれた。

アラールは胸の深傷《ふかで》に左手を当て、すべるように数フィート離れた。遠くまでは行かない——開けた場所にとどまらないと、電灯を制御できないからだ。いまや大胆きわまりなく臨機応変にやらねば命がない。

だれも動いていなかった。四方で男たちの息づかいが期待に満ちて加速している。彼を殺したがっているのだ——彼の黒っぽい姿を自分たちと区別できしだい。

そのとき——

左耳からはいってくる音を右耳が捉えた。

「だれも動いてはならん！　アラールはまだこの部屋にいるにちがいない。明かりがつきしだい、彼は見つかる。ナンバー二〇一四、ただちに外のオフィスへ行き、非常灯を手に入れろ」裁判官の声によく似ている。問題は、裁判官もそう思うか、だ。

アラールはすばやく二歩後退し、声を殺していった。

「わかりました」

ナンバー二〇一四が回廊の先に配置されていることをだれかが思いだすまで、どれくらいかかるだろう？

緊張した沈黙がふたたび降りるなか、アラールはうしろ向きにじりじりとドアへ向かった。電灯が視界からはずれないようにするのは、途方もなくむずかしかった。仲間の〈盗賊〉たちを申しわけなさそうに押しのけながら、ひたすら後退していく。だが、たったひとりが視線をさえぎるだけで、電灯を制御できなくなり、まばゆい光が灯るだろう。十ふりあまりの長剣が、彼を切り倒すだろう。

ようやくドアと並んだのを感じとる。その前には衛士がいる。

「だれだ？」衛士の緊張した誰何《すいか》が暗闇から飛んできた。一フィートも離れていない。

「二〇一四」とアラールはすかさず小声で答えた。生温かい血が、ポタポタと脚を伝い落ちている。早く包帯を見つけねばならない。

激しい口調の議論が、部屋のどこかで進行していた。「二〇一四」という言葉が、いちど耳にはいった。

「裁判長閣下！」と、だれかが鼻声をはりあげた。

さし錠をはずそうとしていた衛士がためらうのが音でわかった。はったりはあと数秒で露顕するだろう。

「急いで！」と、じれったげに小声でいう。

「発言を許可する」と裁判長が、鼻声の〈盗賊〉にいった。

衛士はじっとして耳をすましている。

「きみがぐずぐずしているせいでアラールが逃げたとしたら」とアラールは衛士をせかした。「きみの責任だぞ」

だが、その男は動かない。

ふたたび、あの鼻声が部屋の反対側から——

「裁判長閣下、われら数名が理解するところによれば、ナンバー二〇一四は、じつは出口回廊の反対端に配置されております。そうだとすれば、部屋を出ろという閣下の命令に答えたのはアラールだったにちがいありません！」

万事休す。

「本官の命令だと？」と仰天した答えが返ってきた。「本官は命令など出しておらん。衛士の隊長が出したのだと思っていた！　ドアの衛士！　何人《なんびと》たりとも部屋から出すな！」

問答無用といいたげに、さし錠が目の前でガチャンとかかった。アラールは、死にもの狂いで最後の精神力をふり絞り、消えていた蛍光灯をよみがえらせ、目もくらむ青い光の矢を放った。

あたりは大混乱におちいった。

わずか数分の一秒後、彼は目のくらんだ衛士をなぐり倒し、さし錠をはずして、外へ出た。いっぽう二十人ほどの男たちは、室内で手探りしていた。しかし、網膜への過剰刺激はすぐに効果が切れるから、急がねばならない。彼は回廊の先に目をやった。指令を受けたナンバー二〇一四が、その道をふさいでいた。アラールはこぶしを固めると、背後の回廊の突き当たりを調べるために身をひるがえし――からっぽの鞘にむなしく手を飛ばした。

だれかが行き止まりに立っていた。

「こちらから逃げられます」

「ケイリス！」彼は声を殺して叫んだ。

「さっさといらっしゃい」

アラールは即座に彼女と並んだ。

「でも、どうやって――？」

「質問はあとで」彼女は壁の狭い羽目板を押してあけ、ふたりはその裏へ踏みこんだ。ちょうどそのとき法廷のドアがはじけるように開いた。羽目板の向こう側から聞こえてくる、くぐもっているがいかめしい声にふたりは耳をすました。

「彼らを見くびらないで」と女が小声でいい、彼の手を引いて暗い通路を進んだ。「回廊の先の衛士に質問してから、こちらの端をくまなく探すでしょう。六十秒以内に羽目板は見つかります」

まもなくふたりは、街路の第一層にある照明の薄暗い路地にいた。

「これからどうする？」とアラールがあえぎ声でいう。

「わたくしの車があちらにあります」

「それで？」

彼女は足を止め、生真面目な顔でアラールを見あげた。

「あなたはほんのしばらくのあいだ自由の身です、友よ。でも、数時間のうちにつかまるだろう――あなたの理性はそう告げるにちがいありません。帝国警察は街をしらみつぶしに探しています。街区《ブロック》ごと、一軒ごと、部屋ごとに。

街から出る道はすべて封鎖されています。〈盗賊〉たちもあなたを探しています。警察以外の航空機は、すべて地上待機です。そして〈盗賊〉たちはまちがいなく、またあなたをつかまえるでしょう」

はありませんが、もっと効率的とさえいえます。計画や助けなしに逃げようとすれば、

「いっしょに行くよ」彼はそっけなくいい、ケイリスの腕をとった。ふたりは無言で車に乗りこんだ。

原子力エンジンのローターがスピードをあげるにつれ、ほの暗い路地が飛ぶようにわきをかすめ過ぎはじめた。

「救急箱のなかに抗生物質と収斂剤《しゅうれんざい》があります」と女が冷静な口調でいった。「傷は自分で手当てしてもらわなければなりません。早くしてください」

彼は血ですべりやすい指で上着とシャツと下着を剝ぎとった。抗生物質の粉がヒリヒリし、収斂剤を塗ると目に涙がにじんだ。彼は粘着性のあるガーゼを傷口に貼りつ

けた。

「わきの包みのなかに替えの服があります」

体が弱りすぎていて、発して当然の質問をする気になれなかった。彼は包みをほどいた。

「あなたはこれから天体物理学者のフィリップ・エイムズになりすまします」とケイリスが教えた。

アラールは無言で新しいシャツのジッパーをあげると、ベルトをゆるめ、ズボンをはき替えた。

「じつは」と女が簡潔に言葉をつづけた。「エイムズは、ある政府の証明書のなかにしか存在しません。上着の内ポケットに財布がはいっていて、中身は新しい身分証明書類、つぎの月飛行便の搭乗券、ヘイズ＝ゴーントの副署のある帝国天体物理学研究所からの封緘《ふうかん》命令書です」

いま突きつけられているのは、彼には把握しきれない途方もない事実だった。せめてこれほど疲れていなければ。

「どうやら」と彼は言葉を選ぶようにしていった。「帝国研究所は、ヘイズ＝ゴーントが月へ人員を派遣するのは知っているが、だれが送られるかは知らないようだ。さもなければ、偽者だとすぐにばれるだろう。

ヘイズ＝ゴーントが、そもそも考えたことがあるとして、自分だけが身元を知っている帝国天体物理学者を派遣しているとも信じているとも思わなければならない。そういう二重の策略は、ある第三者によって計画され、実行されたにちがいない」

そういうことか！

そしてあいかわらず五里霧中だった。彼はとがめる目つきで女に向きなおった。

「ぼくがシェイから逃れる蓋然性と、〈結社〉による裁判が開かれる場所を計算できた知性はひとりしかいない。ヘイズ＝ゴーントをあやつって、『エイムズ』を選ぶことのできた男はひとりしかない――メガネット・マインドだ！」

「彼の仕業でした」

アラールは深呼吸した。

「でも、どうして彼が〈盗賊〉の命を救おうとしなくちゃいけないんだ？」

「よくわかりませんが、あなたに月《ルナ》で重大ななにか、宙《そら》の地図の断片のなかにあるなにかを発見してもらいたがっているからだと思います。そのうえ、マインドはひそかに〈盗賊〉に共感を寄せています」

「わからないな」

「わたくしもです。わたくしたちにわかるはずがありません」

アラールは途方に暮れた気分だった。まるでついていけない。ほんの数分前、世界は〈盗賊〉と帝国から整然と構成されていた。いまは両方の党派を子供あつかいする頭脳の影響力をいやというほど感じる——理解を絶するほど深遠な頭脳が、かぎりない手腕と忍耐を駆使しているのだ——なにをめざしてだろう？

「この先にルナ・ターミナルがあります」と連れがいった。「あなたの荷物はすでに検査をすませて積みこまれています。あなたのヴィザは念入りに調べられるでしょうが、トラブルになるとは思いません。気が変わったといいたいなら、これが最後のチャンスです」

ヘイズ＝ゴーントと帝国研究所は、最後には協力してメモをくらべるだろう。小さなルナ観測所の入植地で百戦錬磨の帝国警官に追いつめられる光景が、アラールの脳裏をさっとかすめ、サーベルを握るほうの手が不安げに引きつった。

そうであっても——その星図にいったいなにがあるのか？　そしてなぜメガネット・マインドは、それを発見する役目にアラールを選んだのだろう？　アラールの身元に通じる手がかりが得られるのだろうか？

もちろん行くとも！

「それなら、さようならだ、ケイリス」彼は静かな声でいった。「ついでながら、警告しておくべきことがある。宰相宮殿では、きみがいま行方不明になっていることは周知の事実だ。どうしてぼくが知っているのかは訊かないでくれ。ただ知っているんだ。宮殿にもどれば、きみにとって非常に危険なことになる。いっしょに来れないのか？」

彼女はかぶりをふった。

「まだだめです——まだいまのところは」

10　尋問

宰相宮殿の自室へ通じる秘密の階段を急いで登っていくあいだ、おだやかな外見とは裏腹に、ケイリスの心は乱れに乱れていた――夜がはじまろうとしているときに、アラールのしなやかな体躯《たいく》が自室の窓の下枠を乗り越えてきた瞬間から、同じように乱れてきたのだ。キムの失踪（彼は本当に死んでいるのだろうか？）以来、彼女が周囲に注意深く作りあげてきた鎧《よろい》は、粉々になってしまっていた。

なぜ見ず知らずの〈盗賊〉のせいで、こんなふうに動揺しなくてはいけないのだろう？

マスクをはずした彼の顔は、なんの手がかりにもならなかった。それには失望した。というのも、彼女は人の顔をけっして忘れないからだ。それなのに、あのかなり幅広く柔和な顔と、不釣り合いな厳しい黒い瞳がはじめてちらりと見えたとたん、その顔には見憶えがないと納得するどころか、見憶えがあるように思えて仕方なくなったのだ。

あの顔を前に見たことがないのはわかっている。ひどくなじみがあることもわかっている――身にまとっている衣服と同じくらい自分の一部であることは。キムに対して不実を働くことになるのだろうか？　どれほど本気かによるだろう。

バスルームに通じるパネルの前に立ったとき、赤面している自分に気づいた。

ケイリスは肩をすくめた。いまは個人的な感情を分析している暇はない。ヘイズ＝ゴーントが寝室で待っているだろう、彼女はどこにいたのだろうと首をひねりながら。彼のけたはずれの嫉妬《しっと》がありがたい。どうせこちらの話を半分しか信じないだろう。だが、おかげで風変わりな安全が保証される――現状維持というものは、まさに状況が不安定であることによって成立するのだ。

彼女はため息をつき、パネルをすべらせはじめた。

すくなくともシャワーを浴びて、侍女たちに薔薇《ばら》の花びらで体をこすらせる時間はあるだろう。そうすれば、ヘイズ＝ゴーントがかならず訊いてくる質問に対する答えをひねり出す時間が増える。そのあと、あの体にぴったりした襟ぐりの深い服を――

「外出を楽しんできたか？」とヘイズ＝ゴーントが尋ねた。

舌が口蓋に張りついていなかったら、悲鳴をあげていただろう。しかし、驚きを受けたしるしを表には出さなかった。深々と息を肺に吸いこむと、驚きはおさまった。

見かけはおだやかに、彼女は三人の闖入者に目をやった。ヘイズ＝ゴーントは脚を広げ、手を背中で組んで心もとなげにこちらを見つめている。シェイはうれしい予感で満面の笑みを浮かべている。ターモンド将軍の顔の深いしわは、全体として、どっちつかずだ。短い横棒のような口をとり囲む括弧《かっこ》は、ふだんよりすこしだけ堅く、すこしだけ残酷に見える気がする。

心臓の鼓動が速くなった。ヘイズ＝ゴーントによって彼の居館に住まわせられるようになって以来はじめて、肉体的な恐怖で体に震えが走った。ヘイズ＝ゴーントが、帝国でもっとも無慈悲なふたりの怪物をつきしたがえているということが意味するものを、彼女の心は受け入れようとしなかった。

ヘイズ＝ゴーントの問いが彼の唇を離れたときには、彼女はすでにもっとも説得力のある弁解を考えだしていた。顔をゆがめて笑みを浮かべながら、背後のパネルを閉じる。

「ええ、楽しい外出でした、バーン。わたくしは、出ていけるときはいつでも出ていきます。奴隷には奴隷の悪徳があるものではなくて？」

「その話はあとにしよう」と宰相がいかめしい顔で応じた。「いま訊きたいのは、アラールについて、おまえがなにを知っているかだ。どうやって会った？　なぜ宮殿の衛士に引き渡すかわりに、舞踏会へエスコートさせた？」

「バーン、わたくしのバスルームは尋問のための場でしょうか？　それに夜も更けています。午前零時をまわっているかもしれません」

舌をかみ切りたいくらいだった。この弁明はあまりにも嘘くさい。小柄な心理学者が彼女のひとことひとことを予想しているのが感じとれる——彼女がつぎになにをいうか、ほぼ正確に知っているのだ。ひょっとしたら、この悪魔じみた小男は、彼女がなにかを隠していた場合、彼女がいいそうなことをヘイズ＝ゴーントに前もって警告したのかもしれない。

「では、仕方がありません」彼女は弱々しくいうと、壁から離れた。「知っていることを話します。もっとも、なぜそれがそんなに大事なのか、さっぱりわかりませんが。アラールは、今日の夕方、わたくしの部屋のバルコニーへ登ってきました。わたくしはナイフを投げましたが、ナイフ投げの名人とはいきません。狙いはそれて、つぎの瞬間、彼に手首をつかまれました。

舞踏会場へ連れていかなければ殺す、といわれました。わたくしになにができたでしょう？　侍女たちはさがっていました。じつはあなたの落ち度なのですよ、バーン、すくなくとも最小限の防備を固めておかなかったのは」

いいがかりなのは承知の上だ。しかし、その主張に反駁《はんばく》するのにすこしは手間どるだろう。その隙に、頭を働かすのだ。彼女はさりげなく洗面台へ寄った。まるで議論に決定的な貢献をしたかのように。そして鏡に映る顔をしばらく見つめた。香りのついたウォーター・パーム・オイルの乳液を顔にスプレーしているとき、ヘイズ＝ゴーントがふたたび口を開いた。

「おまえの友人はここでシャワーを浴び、わたしの服を借用したらしい——イタリア製のサーベルはいうにおよばずだ。そのあいだずっと、おまえは縛られ、猿轡《さるぐつわ》をかまされていたのか？」

ケイリスはオイルを塗った顔をこするのをやめ、アルコール水のスプレーのつまみに大儀そうに手をのばした。

「わたくしの部屋には隠しマイクが仕掛けられている——ずっとそう理解しておりました。〈盗賊〉とわたくしが交わす言葉は、ひとつ残らず衛士の耳にするところとなり、アラールはまさにこの部屋でつかまるものと思っていました」

「驚くべき偶然の一致で」とターモンドがぼそりといった。「あなたのナイフが電線を切断しました」

アルコール水のスプレーで、頰がピリピリした、彼女は毛足の長いタオルでごしごしと顔をこすると、刻一刻と薄くなっていく落ちつきの殻をかぶって、ふたたび三人のほうを向いた。

シェイはあいかわらずにやにやしていた。いちどは、いまにもクスクス笑いだしそうに思えた。

「その点については、疑わしきは罰せずとしよう」とヘイズ＝ゴーントが冷ややかにいった。背中で組んでいた指をはずし、腕組みをしながら、ぶらぶらと歩きだす。

「そしてとりあえず、おまえの話のつぎの部分は真実だということにさえしよう——舞踏会にいた〈盗賊〉がアラールだ、とわれわれがずっと知っており、彼をつかまえる好機を見計らっていた、とおまえが信じていたのだ、と。そういうことにしよう。おまえは知っているかもしれないし、知らないのかもしれないが、アラールはつかまったあと、とり調べのため身柄をシェイに預けられ、どういうわけかアラールは、おまえが一時間前に宮殿の敷地から行方をくらませているのを知っていた。シェイが実験をはじめようとする直前のことだ。おまえは人質として〈盗賊〉たちに捕らえられているとシェイに告げたので、アラールは釈放された。シェイにとり調べられているころには行方をくらましている、とおまえがアラールに告げていたにちがいない。その情報を使えば釈放されるだろう、と。それを否定するか？」

ケイリスはためらい、はじめてシェイに目をやった。苦痛をもてあそぶ男は、予感に恍惚として彼女を見据えていた。自分の顔は真っ青にちがいない——彼女にはそれがわかった。十年近くのあいだ、自分は落ちついて死に直面できると思っていた。ところが、その蓋然性が目の前で具体化したいま、それは身の毛のよだつものとなった。死のなにが恐ろしいのだろう？　死そのものではない。瀕死《ひんし》の時間だけ——シェイが無限に引きのばす方法を心得ている時間だけだ。そして自分は口を割るだろう。シェイは自分の口を割らせることができる、と自分にはわかっている。自分はメガネット・マインドについて口を割り、キムの〈盗賊〉たちにとって有力な武器が失われるだろう。

どこかで、どういうわけか、キムはまだ生きているかもしれない。自分の裏切りを知ったら、彼はどう思うだろう？　そういえば、シェイの部屋に囚われていた短いあいだに、自分が〈盗賊〉の会合地点で待っていると、いったいどうしてアラールにわかったのだろう？　疑問が多すぎる。そして答えはない。

ぺらぺらしゃべり出すまで、いったいどれだけの苦痛に耐えられるだろう？

「なにも否定しません」とうとう彼女はいった。「わたくしが〈盗賊〉に逃亡の手段を提供したと思いたいのなら、ご自由に。わたくしの素性からして、あなたに絶対的な忠誠を誓うと思いますか、バーン？」彼の顔を一心に見つめる。

ヘイズ＝ゴーントは無言だった。ターモンドはそわそわと足を踏みかえ、手首の無線器にちらっと目をやった。

「ヘイズ＝ゴーント」彼はきびきびといった。「この女のせいで〈最終計画〉が停滞しているのを理解しておられますか？　奇襲を成功させるなら、一秒一秒が大事です。しかし、アラールが何者なのかを見極めるまではなにもできません。いますぐ彼女の身柄をシェイに預けてください。彼女の行動は、亡き夫と同一視している政府転覆をもくろむ組織へのたんなる共感にとどまらないものを示しています。

彼女とアラールのあいだには特別なものがありました。それを彼女から引きださねばなりません。それに、高度な機密が〈盗賊〉たちに絶えずもれている件はどうです？　彼女の一挙手一投足、彼女の発言ひとつひとつを知っている、と閣下はずっと考えておられました。いったい」と彼はそっけなく締めくくった。「この一時間、彼女はどこにいたのでしょう？」

「アラールといっしょでした」信じられないことに、その声は落ちつき払っていた。その言葉がヘイズ＝ゴーントにどう影響するかを観察する。かすかな上にもかすかな苦悶が、永遠に動かない彼の口もとをよぎった。

彼女は見捨てられたのだ。

シェイが含み笑いして、はじめて口をきいた。

「きみの答えはあまりにも明快なので、完全に不明瞭だ——どういうことかって？　きみは薙《な》ぐような動作で大きく開けた幹線道路を指さすが、われわれの探すのはカモフラージュされた小道だ。

これまで会ったことのない男に——たとえ勇敢で怖いもの知らずの〈盗賊〉であっても——愛着をおぼえたというだけで、ずっと裏で活動してきた、となぜそれほど熱心にいいたがるのだね？　これを訊くのは、いまここで答えを得られると思っているからではなく、このあと起きなければならないことの必要性を、われわれの視点から理解してもらうためだ」

肉体的な形をとった絶望というものをケイリスはとうとう知った。それは鉛のような麻痺であり、神経をつぎからつぎへとつかんで、恐怖で彼女を腐らせた。

「あなたは——彼らは——なにを知りたいの、バーン？」それは問いではなく、どちらかといえば敗北を認める言葉だった。その声は、自分の耳にも奇妙に悲しげに聞こえた。

ヘイズ＝ゴーントがシェイにうなずくと、シェイが進み出て、円盤のようなものを彼女の腕に手早く装着した——携帯式の嘘発見器だ。静脈血を装置に循環させる針が、チクリと刺さった。と思うと痛みが消えた。心臓がひとつ打つたびに、そのしろものの目が緑にまたたく。彼女は装置のすぐ上の腕をこすった。

彼らは、ケイリスの体に彼女を裏切らせるだろう。陰険な薬物で肉体をプログラムし、そのあと質問をあたえるだろう。まるでコンピュータに話しかけるかのように。そしてその朽ちない小さな結晶に、答えが色彩として表示されるだろう。ブラウン管に卑屈に飛び跳ねる線とまったく同じように。真実なら緑、嘘なら赤。針で刺されて破壊される。拷問にかけられて屈したと主張することさえできない。不当もいいところだ。彼女はすすり泣きを押し殺した。

スコポラミンの効き目が出るまで、ヘイズ＝ゴーントはしばらく待った。それから、

「今夜の前からアラールを知っていたのか?」と尋ねた。

「いいえ」と、彼女は完璧に真実と信じている答えを返した。

彼女が心の底から驚き、頭が疑問でいっぱいになったのだが、装置のまたたく緑の目は、ゆっくりと赤に変わった。

「前に会ったことがあるのか」と、いかめしい口調でヘイズ＝ゴーント。「最初の質問で嘘発見器を欺こうとしないことだ。効果がつづくのは三分ほどだと、よく知っているだろう」

彼女はめまいに襲われてすわりこんだ。彼女が嘘をついた、と装置はいった——じつは以前からアラールを知っているのだ、と。しかし、どこで? いつ?

「どこかでちらりと見かけたのかもしれない」と蚊の鳴くような声でケイリス。「それ以外に説明がつきません」

「これまで〈盗賊〉に情報を運んだことはあるか?」

「わかりません」ライトがあざやかな黄色い光を放った。

「本人もよくわからないのだ」とシェイがなめらかに言葉をはさむ。「だが、明らかに匿名の仲介者を通して、過去にときおり情報をもらしたと彼女は考えている。それが〈盗賊〉に達したと信じている。嘘発見器の効力が切れるまで、あと二分しかない。急ごう」

「これらの事案で」とターモンドがしゃがれ声で尋ねた。「おまえは独立して行動するのか？」

「はい」と小声でケイリス。

ライトは即座に赤く光った。

「真っ赤な嘘だ」とシェイが忍び笑いをもらし、「彼女はだれかのために働いている。だれの指令を受けているんだ？」と語気を強めて訊いた。

「だれにも」

ふたたび赤い光。

「閣僚のひとりか？」とターモンドが詰問する。

無感覚も同然の身でありながら、ターモンドが上層部の裏切りを年がら年じゅう疑っていることには驚き呆れるばかりだった。

「いいえ」と蚊の鳴くような声でいう。

「だが、宮殿内のだれかだな？」

「宮殿？」

「そうだ、この宰相宮殿内にいるのか？」

ライトは安定して緑にまたたいていた。彼女は安堵のあまりうめき声をもらした。

メガネット・マインドは宰相宮殿ではなく、帝国宮殿内に住んでいるのだ。

「では、帝国宮殿か？」とシェイが質問する。

彼女は答えなかったが、ライトが深紅に輝いているのはわかった。

三人の男が視線を交わした。

「女帝か？」とターモンドが尋ねる。

ライトは緑に変わった。保安大臣は肩をすくめた。

気絶しなければならない、だが、無理だ、と彼女はぼんやりと悟った。

と、そのときが来た。ヘイズ＝ゴーントが、狼の群れに君臨する原動力となった目もくらむような直観の冴《さ》えをまたしても見せたのだ。彼はこう尋ねた――

「メガネット・マインドから指令を受けとるのか？」

「いいえ」

万事休すだ。ライトが自分を裏切っているにちがいない。それくらいは見なくてもわかる。

奇妙な話だが、安堵の念しかおぼえなかった。彼らは苦痛なしで情報を彼女から引きだしたのだ。自分を責めるわけにはいかない。

そのとき「バーベリオンか？」とターモンドが疑わしげに尋ねた。名ざしされたのは、近衛隊の大佐だった。

彼女はぴたりと動きを止めた。三分が経過していた。嘘発見器はもはや記録をしていない。ライトは「メガネット・マインド」の名前で赤くならなかったにちがいない。

「時間を少々超過した」と眉間にしわを寄せながら、ヘイズ＝ゴーントが言葉をはさんだ。「彼女の血はまた緩衝液で処理される。そして最後の質問に対する反応は意味がなかった。あらためて尋問するには、六日か七日待たねばならならん」

「待てません」とターモンドが反対した。「待てないのはご存じでしょう」

シェイが進み出て、嘘発見器をはずした。ケイリスはまた針を刺されるのを感じた。ヘイズ＝ゴーントの返事を理解したときには、彼女の頭はまた恐ろしいほどはっきりしていた。

「彼女はおまえのものだ、シェイ」

11　ケイリスの帰還

「やあ、愛《いと》しのケイリス」とシェイが満面の笑みを浮かべた。「われわれがここで出会ったのは、死そのものと同じくらい避けられない運命だったのだよ」

手術台に革ベルトで固定された女は、息を吸いこむと、目を見開いて部屋を見まわした。あるのはきらめく白さと、奇妙な器具を並べた盆――そして白い手術衣をまとったシェイだけだ。

心理学者がまたなにかいっていた。その言葉の端々に含み笑いがまじる。

「きみは苦痛の性質を理解しているかね？」肥満体が許すかぎり前のめりになり、彼女に体をかぶせるようにして、「苦痛が感覚のなかでいちばん細やかだと知っているかね？　知っている者はめったにいない。人類全般の粗野な動物的感覚では、苦痛は肉体的損傷の警告にしか使われない。

繊細きわまりない倍音は、完全に聞き逃されている。ごくひと握りの蒙を啓《ひら》いた者たちが――たとえばヒンドゥーの行者、贖罪苦行者、鞭打苦行者などだが――悲しいほど顧みられないわれわれの自己刺激感応系から得られる至高の快楽を味わうのみだ。見たまえ！」彼は器用に袖をまくりあげ、腕の内側の赤むけた部分をさらけ出した。

「わたしは表皮を剝ぎとり、十五分にわたって、燃えるようなエタノールをポタポタと垂らした。そのあいだオペラのボックス席にすわり、帝国バレエ団の演じる『地獄』の妙技を堪能した。その真価を味わったのは、聴衆のなかでわたしひとりだったのだ」いったん言葉を切り、ため息をつく。「では、そろそろはじめよう。きみは好きなときにしゃべってかまわない。そう早くないことを願うがね」

彼はダイアルだらけの箱を載せた台車を引き寄せ、先端に針のついた電線二本をそこからくり出した。片方の針を彼女の右手のひらに突き刺してから、粘着テープで針を手のひらに固定する。もう片方も同じように彼女の右の二頭筋に留めた。

「初歩からはじめて、しだいに複雑なものへと進む」とシェイが説明した。「効果を理解すれば、きみはその刺激を存分に味わうようになるだろう。オシログラフを見ていたまえ」彼はくすんだ白色の丸いガラス・パネルを指さした。そのガラスは輝く線で水平に分割されていた。

彼女は思わず悲鳴をあげた。鋭い痛みが腕を駆けあがり――その場にとどまって、ズキズキと脈打ったのだ。

シェイがクスクス笑い、

「ちょうどいい前菜ではないかな？　ブラウン管が見えるかね？　あそこに映っているのは、複数のインパルスがあの特定の神経幹を別々のスピードで走るところだ。いきなりひらめく苦痛がある――ブラウン管の最高点で、秒速三十メートルほどで移動する。つぎにもっと遅いインパルスがいくつか来て、スピードは秒速五十センチまで落ちる。それらは相まって鈍いうずきを形作る。爪先をぶつけたり、指を火傷したりしたあとにつづく痛みだよ。

これらのインパルスは集まって、どんどん太くなる神経繊維に流れこみ、ついには脊髄へ渡されて、視床まで運ばれる。視床は苦痛、冷温、触感など、さまざまな刺激を分類し、行動を促すメッセージを大脳へ送りだす。

ローランド裂のすぐうしろにある中心後回が、苦痛のインパルスを一手に引き受けているらしい」彼は上機嫌で顔をあげ、ケイリスの上腕の針を調節した。「単調な古い刺激には飽きたかな？　では、つぎの刺激を」

彼女は身がまえたが、苦痛はそれほど鋭くなかった。

「物足りないかね？」と心理学者。「閾値をわずかに超えた程度だ。刺激を受けると、繊維は十分の四ミリ秒間はふたたび刺激を受けられない。そのあと十五ミリ秒間はその正反対に――感覚過敏――になり、そのあと八十ミリ秒間はまた正常を下まわる。それから先はずっと正常だ。この十五ミリ秒間の感覚過敏期が、きわめて役に立つとわかった――」

ケイリスは絶叫した。

「すばらしい！」シェイが奇声をあげ、黒い箱のスイッチを切った。「いまのは腕一本の神経一本にすぎない。両腕が電極で覆われるまで、つぎつぎとペアの電極を加えていくのは、申し分なく魅力的だ。たとえ被験者がたいてい死亡するとしても」彼は箱に向きなおった。

部屋のどこかで電波時計が、嘲笑《あざわら》うかのように気だるげに秒を刻んでいた。

アラールは鏡に映る痩せこけた髭面の男をまじまじと見て、鈍い驚きに打たれた。

いま何時だろう？

何日だろう？

測時計にさっと視線を走らせると、目に不信の色が浮かんだ。ここ、月《ルナ》ステーションの地下にある書斎に閉じこもってから、六週間が経過していたのだ。〈盗賊〉と帝国の双方が血眼《ちまなこ》になって彼を探しだし、殺そうとするのを尻目に、必死の調査をおこなっていたのである。

自分は本当に星図の謎を解いたのだろうか？

わからない。

自分としては、ネガの下側、右隅にある、あの煌々と輝く車輪の正体を突き止めたつもりだった。あいだにある宇宙空間の星雲内に非常に興味深い光行差をいくつか発見し、いくつかの解釈をひねり出したが、どれも完全に納得のいくものではない。マインドは答えを知っているのだろうか。どうも知っていそうな気がする。

自分以外のだれもが、すべての答えを知っているように思える。奇跡のような耳と目を持つ者、シェイの拷問部屋でのあの夜、神の領域にぎりぎりまで迫ったこの自分が、自分自身について無知も同然というのは、滑稽《こっけい》なほど不公平だ。

そしてこんどはこの奇妙ですばらしい星図――そこには、マインドが自分に知ってもらいたがっているなにかがある。だが、いったいなにが？

彼はぼんやりと顎鬚をかきむしった。いっぽうその目は書斎をめぐっていた。天井灯から垂れさがっているのは、銀河の小さな三次元模型。それは下に広がる途方もない光景を詫《わ》びているように思える。その光景を構成するのは――本。巨大な本、極小の本、けばけばしい本、慎ましい本、遠い地球のありとあらゆる言語で書かれた本。

それらは床と椅子とテーブルを埋めつくし、四面の壁のなかばまで積みあがっている。でこぼこした風景のあちこちに谷が刻まれているのは、過去数週間、アラールが床を歩いた跡だ。その谷間も捨てられた走り書きだらけの紙切れで覆われている。

仕事机の上にアーチを描く本のマッターホルンにも氷河で削られた圏谷《カール》がある。そのなかに彼の電子顕微鏡がおさまっており、ネガでできた灰色の崖錐《がいすい》に囲まれている。さまよう視線がつぎに捉えたのは、ミュールの『宇宙力学』のページのあいだからこちらをのぞいている脱毛剤のチューブのきらめきだった。一瞬後、彼はふたたび鏡の前にいて、顎髭を徐々にこすり落としたあと、興味津々で自分の顔をあらためた。文明から長く切り離されていた男が、脱毛剤を使ったらかならずそうするように。

しかし、不精髭が消えてなくなると、自分の顔のやつれ具合と青白さに唖然《あぜん》とした。最後に眠ったり食べたりしたのがいつだったか思いだそうとする。どちらも正確なところはわからなかった。野菜スープを冷凍キューブのまま素手で貪《むさぼ》ったのをぼんやりと憶えている。

彼は円窓まで歩き、漆黒の外をのぞき見た。そちらには峻険な月の山脈の尾根があり、落日を浴びて銀色に染まっていた。三日月形の地球《テラ》が、その尾根のすぐ上に壮麗な巨体を浮かべている。彼はいまあそこにいたかった。へイヴンのことを――ケイリスのことをマインドに訊きたかった。あとどれくらいいたてば、地球は自分にとってふたたび安全になるのだろう？　おそらく永遠にならないだろう。〈盗賊〉と帝国の両方に探されている身とあっては。身元を偽ってこの観測所にいると露顕していないのが奇跡だ。

彼は考えをめぐらせた。自分は目的があってここにいるのだろうか？　運命が決まっているのだろうか？　善のためか？　悪のためか？　あの悲惨な地球の凶運を分かちあうのだろうか？　それとも、あの哀れな者たちを変えられるのだろうか？　ばかばかしい！　ジョン・ヘイヴンがかつて指摘したように、だれかが原始人の時代にまでさかのぼり、彼らの遺伝子と染色体にありえないほど複雑精緻な遺伝子工学の技をふるわなければならないだろう。ネアンデルタール人と、その前後の原始人は、理不尽な殺し屋から、人はみな兄弟だと進んで認める人間に変わらなければならないだろう。トインビー22。そんなものは忘れろ。

彼は憂鬱《ゆううつ》な気分でかぶりをふった。必要なのはセレーナ――観測所の職員とその家族が住む月面入植地――の人通りのまばらな街路を散歩することだ。彼はシャワールームのほうへ大股で向かった。

街路を一時間ほどさまよったころ、アラールの目にケイリスが飛びこんできた。彼女は地理博物館の階段にひとりで立ち、生真面目な顔でこちらを見つめていた。軽いケープをはおっており、右手の指でかき合わせているように見えた。それとも、かろうじて目に見える金属の留め金で留めているのかもしれない。

博物館の柱廊玄関の照明が、血の気のない彼女の顔に不気味な青い光を投げている。透き通るように白い頰はこけて、しわが刻まれており、体は痩せ細っているように見える。首の横で目立たないように結わえられた髪には、いま白い筋が一本走っていた。アラールにとって、彼女は美の化身だった。長いこと目をこらし、光と青い影の織りなす沈鬱で、この世のものではない美に見とれるばかりだった。身をさいなむ憤懣は忘れられた。

「ケイリス！」彼は小声でいった。「ケ、ケ、ケイリス！」

すばやく通りを渡る。すると彼女がぎくしゃくした動きで階段を降り、アラールを出迎えた。

しかし、彼が両手をさしのべると、彼女は頭を下げただけで、ケープをもっときつく巻きつけたように思えた。どういうわけか、これほど冷淡な対応は予想していなかった。ふたりは無言で通りを歩いた。

ややあって彼が尋ねた。

「ヘイズ＝ゴーントにひどい目にあわされたのか？」

「すこしだけ。いろいろと訊かれました。なにも教えませんでした」彼女の声は奇妙にかすれていた。

「その髪――病気だったのか？」

「六週間入院していました」と、はぐらかすように彼女は答えた。

「すまなかった」ひと呼吸置いて彼は尋ねた。「なぜここにいるんだ？」

「あなたの友人に連れてこられました。ヘイヴン博士に。いま、あなたの書斎で待っています」

アラールの心臓が高鳴った。

「〈結社〉がぼくを復権させたのか?」と、すかさず訊く。

「わたくしの知るかぎり、させていません」

彼はため息をつき、

「そうか、それなら仕方ない。でも、どういう経緯《いきさつ》でジョンに出会ったんだ?」

ケイリスは、ほの暗い明かりに照らされた街路の石畳をしげしげと見て、

「奴隷市場で彼がわたくしを買いました」と、おだやかな声でいった。

アラールは不吉なものを感じとった。なにがどうしたら、ヘイズ＝ゴーントが怒りにまかせて彼女を売るという挙に出るのだろう? それになぜ〈結社〉は彼女を買ったのだろう? その話を本人とするわけにはいかない。ひょっとしたら、ヘイヴンが知っているかもしれない。

「じつはその点に謎めいたところはありません」とケイリスが言葉をつづけた。「ヘイズ＝ゴーントがわたくしをシェイにあたえました。シェイはわたくしが死んだと思って、遺体安置所の仲買人にわたくしを売りました。シェイは仲買人だと思ったのですが、じつは〈盗賊〉によって送られた外科医だったのです。わたくしは彼らの秘密の病院に六週間いて、ご覧のとおり命拾いしました。そしてヘイヴン博士がやってきたとき、あなたの居場所を教えました。昨夜わたくしたちは封鎖をすり抜けたので

す」

「封鎖だって？」

「あなたが去った直後、ヘイズ＝ゴーントがあらゆる惑星船と宇宙ジェットを地上待機にしたのです。帝国はいまだにあなたを探して、半球をしらみつぶしにしています」

　彼は用心深く背後を盗み見て、

「でも、〈盗賊〉の船がどうやってルナ・ステーションに入港できたんだ？　ここには帝国警官がうようよしている。きみたちが見つかったのはたしかだ。ヘイヴンが来るなんて正気の沙汰じゃない。着陸したときふたりとも逮捕されなかったのは、ひとえにきみたちを泳がせば、ぼくに会うだろうと帝国警察が期待しているからだ。げんに、いまだって尾行がついている」

「知っています。でも、それはたいしたことではありません」彼女の声はおだやかで、わずかにかすれていた。「あなたのもとへ行くよう、マインドにいわれたのです。ヘイヴン博士についていえば、彼の行動に疑問の余地はありません。あなたについていえば、何時間かは安全でしょう。

　着陸ロッカーの衛士たちが、ヘイヴン博士とわたくしの身元を突き止めたとしましょう。そしてわたくしが彼らの注意をあなたに向けてしまい、わたくしたちはいまつけられているとしましょう。わたくしたちがセレーナを去ろうとしなければ、彼らは手出しをしないでしょう。すくなくとも、ターモンド、そしてひょっとしたらシェイが到着するまでは。手出しをするわけがありません。あなたは袋のネズミだと思っているのですから」

アラールは辛辣《しんらつ》な言葉を返そうとしたが、気を変えて、

「ぼくを月から連れだせるとヘイヴンは本気で思っているのか？」と尋ねた。

「ある政府高官、身分を偽っている〈盗賊〉が、買収した衛士をある特定の時間に出口へ配置しますから、そのとき全員が逃げられます」彼女は唇を引き結び、奇妙な流し目をアラールにくれてから、感情をこめずにいった。「あなたは月では死にません」

「それもメガネット・マインドの予言なんだな？　ついでながら、ケイリス、マインドとは何者なんだ？　なぜ一から十まで彼のいうとおりにしなければならないと思うんだ？」

「彼が何者かは知りません。かつては一介のサーカス芸人で、答えが活字になったものであれば、どんな質問にも答えられたそうです。それから十年ほど前火事にあい、顔と両手がふた目と見られぬものになりました。

そのあとはもう公衆の面前に出ることができず、帝国科学図書館のデータ・バンクで事務員になりました。一分以内に二千ページの本を吸収する技を身に着けたのはそ

こでですし、シェイが彼を発見したのもそこでした」

「つづけてくれ」彼女が忘れたくてたまらないはずの生活についてくわしく話せと迫ることに、アラールは罪悪感のうずきをおぼえた。だが、知らなければならない。

「そのころキムが姿を消し、ヘイズ＝ゴーントが――わたくしを手に入れました。わたくしは、マインドの要求をなんであれかなえるようにというキムの手書きのメモを受けとりました。それで――」

「キムというのは？」〈盗賊〉のなかでなにかがくじけた。

女はおだやかな声でいった――

「ケニコット・ミユールはわたくしの夫でした。知らなかったのですか？」

あまりにもたくさんのことが、不意に痛いほどはっきりした。

「ケイリス・ミユール」と彼はつぶやいた。「もちろんだ！　太陽系でもっとも有名で、もっとも捉えがたい男の妻。十年のあいだ、彼は自分が設立した〈結社〉の前にも、結婚した女の前にも姿を見せていない」だしぬけにこういった。「どうして彼が生きていると思うんだ？」

「ときどき自分でも不思議に思うんです」と彼女は言葉を選ぶようにして認めた。「あの夜、わたくしを残してヘイズ＝ゴーントとの運命の面会に彼が出かけたとき、自分は生きのびて、わたくしのもとへ帰ってくると告げたからでしょうか。一週間後、ヘイズ＝ゴーントがわたくしを彼の私邸に住まわせたとき、キムの手書きのメモを受けとり、その内容は自殺してはならないというものでした。だから、わたくしは自殺しませんでした。

翌月、メガネット・マインドについて教える別のメモが届きました。それ以来年にいちどほど、キムの手書きらしい別のメモが届きました。その内容は、彼がまたいっしょになれる日を心待ちにしているというものでした」

「偽物かもしれないとは思わなかったのか？」

「ええ、偽物かもしれません。彼は死んでいるのかもしれません。彼が生きていると考えるなんて、わたくしは世間知らずなのでしょう」

「きみの持っている証拠はそれだけなのか？――彼の手書きのメモだけなのか？」

「それだけです」とケイリスは厳粛な面持ちでうなずいた。「それでも、狼の群れも彼は死んでいないと考えているのは重要だと思います」

「ヘイズ＝ゴーントも含めてか？」

「ええ、そのとおりです、ヘイズ＝ゴーントはキムが隠れているのはまちがいないと思っています。ひょっとしたら海外に、と」

ミュールはたしかに生きている――アラールにとって、それに勝る兆候はなかった。自分の不安に根拠がないと思えば、冷徹で実践的な宰相は、内心の不安を隠すにちががいない。

「しかし」とアラールがいった。「マインドはどうなんだ？　彼と〈結社〉にどんなつながりがあるんだ？」

「秘密諜報員でしょう。帝国科学図書館に出入りできる彼は、おそらく〈結社〉にとってかなりの価値があります」

アラールはおかしくもないのに笑みを浮かべた。偉大な者と親しくしているせいで、〈結社〉がマインドの手先にすぎないという可能性が、彼女には見えていないのだ。きみも、ぼくも、だれも彼もが、その不可解な獲物を選ばない網《ネット》の目にからめとられているのだ、と彼は思った。ああ、巨大な網《メガネット》をそなえた精神《マインド》とは。まさに名は体を表すだ！

その比較から驚くべき可能性が浮かびあがってきた。

「きみの話だと」彼女をひたと見据えながら、アラールはおもむろにいいはじめた。「ケニコット・ミュールが失踪したのは、マインドが登場したのと同じころだった。そこに意味があるように思えないか？」

彼女は目を見張ったが、なにもいわなかった。

「メガネット・マインドが」と彼は執拗《しつよう》につづけた。「きみの夫かもしれないと考えたことはないのか？」

彼女は一瞬沈黙をつづけてから答えた。

「ええ、考えたことはあります」その黒い瞳でアラールの顔を熱心に探る。「あなたはなにか知っているのですか？」

「特別なことはなにも」ケイリスの目に不意に失望の色が浮かぶのが見えた。「しかし、ふたりの男のあいだには、ふつうではないほど多くの偶然の一致があるようだ」

「ふたりが似ているのは、大きすぎる体格だけです。それ以外はまるっきりちがいます」

「マインドはひどい火傷を負っているから、それは完璧な変装になる。もっと重要なのは、きみの夫が失踪したあとにマインドが頭角をあらわしたことだ。〈結社〉への彼の影響力に注目したまえ」アラールは注意深く彼女を見つめた。「そして彼は、きみを特別な被後見人のようにあつかっている」

「ふたりが同じ人間のはずがありません」と自信なさそうにケイリス。いま、その目には疑いの色があった。

「ふたりが同じ人間ではないという、どんな証拠があるんだ？」とアラールが静かな声でいう。

「証拠？」その問いに対する答えを彼女が持ちあわせていないのは一目瞭然だった。

「きみの話によれば」とアラールは言葉をつづけ、彼女の疑念の基盤を形作った論点を推し進めた。「きみはその可能性を考慮したことがある。どうして切り捨てたんだ？」

「わかりません」と彼女は答えた。自信が薄れていくのを感じて、心がぐらつきはじめているのだ。「ただ切り捨てただけです」絶望的といえそうな仕草でかぶりをふり、「証拠はありません、それがあなたのいう意味でしたら」

質問するのは酷だ、と彼は承知していた。彼女は客観的になり、状況に直面したいと思っている。だが、心の痛みは意のままにならない。自分たち双方の心に浮かんだ疑惑に白黒をつける決定的な問いを求めて、彼は必死に頭脳を探しまわった。

不意にその問いが見つかった。

「ヘイズ＝ゴーントもその可能性を考慮したのか？」

「そうだわ、しました！　ええ、考慮しました！」彼女の目はいまいっぱいに見開かれていた。

「その結果は？」

「その考えを完全に退けました！　わたくしはそれを知っています！」

「そうか！」アラールはそういうと、ため息をついた。それには重大な意味があった――これ以上の否定的な証拠が見つかるとは思えない。尋問は終わりだ。彼は手首の無線器で煌々と輝いているダイアルにふと目をやった。

「いま四時だ。もしターモンドがすぐに発《た》てば——そうすると仮定しなければならないが——午前零時には警官隊を連れてここに来るだろう。星図の謎を解いて、逃げだすまで八時間ある。最初の一歩はギャラクタリウムだ。それからぼくの書斎にもどって、ジョン・ヘイヴンに会おう」

12　自己の探求

しわだらけの学芸員がドアを解錠し、アラールは女の先に立って、ギャラクタリウムの広大な暗い部屋にはいった。ドアが背後で静かに閉まり、ふたりは前方の冷え冷えとした薄闇に目をこらした。その場所の巨大さを見るというよりは感じとる。

「歩廊が内部を一周している」とアラールが小声でいった。「目当ての地点まで動く歩道に乗る」

彼が先に立って傾斜路をくだり、まもなくふたりは広大な部屋の暗い周縁部を猛スピードでまわりこんでいた。

数秒のうちに動く歩道が減速し、ぼんやりと照らされた制御盤の前で止まった。ケイリスがあえぎ声を押し殺すいっぽう、アラールはサーベルの柄頭に手を飛ばした。

背の高い、くすんだ色の人影が制御盤のわきに立っていた。

「こんばんは、ミセス・ミュール、アラール！」

〈盗賊〉は、胃袋がゆっくりと裏返る気がした。

長身の男の笑い声が、不気味なこだまとなって暗黒のなかへ湧きあがり、ぐるぐるまわって拡散していく。その顔は宇宙省次官のゲインズのそれ。その声は、アラールに死を宣告した〈盗賊〉の裁判官のそれだった。

アラールは無言で、警戒を怠らず、考えをめぐらせた。

男は彼の思考を読んだようだった。

「矛盾しているようだが、アラール、きみが〈結社〉内で復権できる条件は、きみがわれわれから逃げることだけだった。おかげで百万言《ひゃくまんげん》を費やすよりも、きみが超人であることが確認された。わたしについていえば、もし疑問に思っているのなら、昨夜、太陽行きのフォボスで到着した。いまここにいるのは、きみが無事にもどれるようにするためであり、星図の秘密を発見したかどうかを訊くためだ。われわれの時間はつきかけている」

「なぜ知りたがる?」とアラール。

「別に知りたいわけではない。重要なのは、きみが知っているということだ」

「それなら、簡単に答えられる。ぼくは知らない――いや、すくなくとも、全容は知らない」この途方もないドラマにおける自分の役割についてもっと知るまで、沈黙をつらぬき通したい――アラールはそういう頑固な衝動に囚われた。それでも、理由は判然としないが、いちどは自分の命を欲したこの男を信用する気になった。「あそこを見ろ」とだけいって、眼前に広がる人工の宇宙空間を指さす。

三人が静まりかえった虚空に目をこらすなか、アラールは制御盤のスイッチを入れた。さしものゲインズも声を失ったようだった。

十個の惑星をしたがえた太陽《ソル》が、輝く三次元の映像となって眼前に飛びだした。ケルベロス――発見されたばかりの冥王星のかなたにある惑星――は一マイル近く離れており、かろうじて見えるだけだ。〈盗賊〉が慣れた手つきでダイアルを操作すると、太陽系がみるみる縮みはじめた。三人は制御盤に設置されたポケットからオペラ・グラスをとり出し、目をこらした。とうとう、アラールが口を開いた。

「われわれの太陽は、いま非常に小さな光り輝く塵《ちり》くらいの大きさで、拡大鏡を使っても木星は見えない」手早くスイッチをつぎつぎと入れはじめる。「あれがアルファ・ケンタウリ、目に見える連星で、現在のスケールだと太陽から二百ヤードあまり離れている。反対側にある明るい星はシリウス。そしてプロキオン。どちらも光が弱すぎて見えない矮星をともなっている。

この直径一マイルのギャラクタリウムの内部には、太陽にいちばん近い、およそ八十の星がある。このスケールだと、銀河は月とほぼ同じ大きさの空間にぴったりおさまるだろう。したがって、銀河の重要な部分を見るためには、投影像をさらに縮小しなければならない」

彼はもっと多くのダイアルをまわした。すると螺旋《らせん》を描く輻《スポーク》のはまった巨大な輝く車輪が、彼らの眼前に形作られはじめた。

「銀河系——われわれの局所宇宙だ」と静かな声でアラール。「あるいは、すくなくともその九十五パーセント。さしわたしは一マイル、厚みは十分の一マイルまで縮小されている。いまは光の靄にすぎない——つまり、天の川だ。

識別に役立つ主な特徴は、ふたつのマゼラン雲。もっと正確に識別するなら、渦状肢の位置を参照すればいい。銀河の中心にある百の球状星団、そして星雲の輪郭を。さあ、目を離さないで」

車輪とマゼラン雲がみるみる縮んだ。

「ギャラクタリウムはいま直径五百万光年のスケールだ。右手のはるかかなた、およそ七十五万スケール光年離れて、われわれの姉妹銀河、アンドロメダのM31があり、それ自体の衛星星団M32とNGC二〇五を引き連れている。その下にもっと小さな銀河、IC一六一三とM33がある。反対側にあるのはNGC六八二二。いま見えている宇宙の断片は、まさにぼくが星図に見つけたものだ」と簡潔に締めくくる。

「しかし、これはありふれたものだ」とゲインズが大いに失望して抗議した。

「いいえ」ケイリスが口をはさんだ。「アラールがいっているのは、わたくししたちの銀河を外側から見たということです」

「そのとおり」と〈盗賊〉。「二百年にわたり、天文学の理論は予言してきた——宇宙の直径三百六十億光年を見通せる望遠鏡ができしだい、われわれ自身の銀河が目に見えるようになるだろう、と」

「なるほど！」とゲインズ。「外側からか！」オペラ・グラスで制御盤のポケットを軽くたたいてリズムを刻み、「それなら、われわれは宇宙をはっきりと見通しているわけだ！」強く感銘を受けたようすだ。

「まあ」とアラールは口もとをかすかにほころばせ、「ぼくの手柄というわけじゃない。月《ルナ》観測所が完成したとき、この発見がなされるのは、時間の問題にすぎなかった。したがって、その方向でのぼくの貢献は、もっぱら機械的作業ということになる」

ケイリスが鋭い視線を彼に走らせ、

「では、ほかになにか発見したのですか？」と尋ねた。

「ああ。第一に、天の川からの光は、宇宙を横断する閉鎖回路を通過するので、三百六十億年後にようやく帰ってくるはずだ。したがって、いま星図に見えているものは、三百六十億年前のわれわれの銀河、宇宙塵から形成される前夜の姿でなければならない。ところが、星図はご覧のとおりいま――今日――の天の川を示している」

「だが、そんなことはありえない！」とゲインズが大声をあげた。「三百六十億年の時差があって然《しか》るべきだ！」

〈盗賊〉が笑みを浮かべていった。

「たしかに、ありえるはずがない。だが、銀河渦状肢の位置、全体としての星雲の周縁速度、球状星団の位置、われわれ自身の太陽のスペクトル年齢、地球《テラ》を含む惑星の位置さえ、そうではないと証明している」

「それなら、どう説明するのですか？」とケイリス。

「ぼくの仮説はこうだ――アインシュタインによれば、マイナス1の平方根をかけた時間はユークリッド空間に等しい。つまり、一光年の距離はマイナス1の平方根をかけた一年の時間に等しいわけだ。したがって空間が有限なら、時間もそうでなければならない。そして空間と沿うように、時間は湾曲して出発点にもどるので、はじまりも終わりもない。

われわれの銀河は時間と空間の座標に同時にそって動く。こんなふうに」彼は直角に交差させた二本の鉛筆をかかげた。「x軸を時間、y軸を空間、われわれの銀河は交点に位置するとしよう。さて、y軸の鉛筆を右へ動かし、同時に押しあげる。交点にあるものは、両方の座標で動いているだろう」

彼は二本の鉛筆をケイリスにさし出したが、彼女は首をふって、その名誉をゲインズにゆずった。次官は二本の細い棒を受けとり、直角に交差させると、前後と上下に動かした。唇をすぼめ、必死に目をこらしている。ケイリスもその実演に注意を集中させていた。

ふたりがその概念になじむのをアラールは見まもった。ふたりのほうに身を乗りだし、鉛筆に触れる。

「さて、鉛筆のかわりに環《わ》をふたつ使うとしよう。そうすると環のフレームが、おもちゃのジャイロスコープのフレームのように直角で交わることになる。片方の環が三百六十億光年の空間に等しく、もう片方の環が三百六十億年の時間に等しいとし、われわれの銀河はつねに交点にあるとしよう。

さらに、任意の時空交点にはひとつの物質しか置けないと仮定する。当然ながら、同じ交点がふたたびあらわれれば、同じ物質がそこにあるだろう。したがって、ふたつの環が一回転半したあと、交点はふたたびあらわれ、われわれの銀河は同時に二カ所、あるいはもっと正確にいえば、同じ時間に同じ空間に存在することになる。

しかし、空間と時間は消失し、宇宙の両極にまたがって再実体化した。そうなったとき、われわれの銀河もいっしょに実体化した。ぼくの絵解きのなかの切り札は、われわれがついユークリッド空間内でふたつの環の回転を見てしまうのに対して、じっさいは四次元経由でマイナス1の平方根を通してしかふたつが関連していない点にある。それらの交点――幾何学点ふたつだけ――にしか共通のユークリッド値はない」

彼はゲインズがさし出している鉛筆をとりもどした。

「そして、ふたつの交点が時空サイクルにおいて正反対の位置にあるので、ひとつはつねに三百六十億年先行しているはずであり、したがって光が『未来』の交点から出発し、時空の両極を渡って遅れている交点に達すると、それは別の三百六十億年後に到着して、出発したのと同じ時空物質連続体によって受けとられることになる。だから『鏡』銀河は、いまのわれわれの銀河、つまりその光が長い旅をはじめたときの銀河と同じ年齢なんだ」

三人はしばらく無言だった。とうとうゲインズが遠慮がちにいった。

「それはなにを意味すると思うんだね、アラール？」

「それ自体はなにも意味しない。だが、星図にあらわれているもうひとつの特色に照らしあわせて見ると、非常に多くのことを意味しそうだ。たとえば、それは時間をさかのぼる可能性を示唆しているように思える。その話は、ジョン・ヘイヴンに会って、いくつか質問をしたあとにしよう」

アラールはオペラ・グラスをポケットにもどし、制御盤に近寄った。ダイアルをひねってニュートラルにもどし、電源のスイッチをパチンと切る。広大な室内に浮かぶ光の点がみるみる縮んで跡形もなくなった。一瞬、三人は投影された星々の消失とともに訪れた濃密な闇のなかに無言で立っていた。

「もう立ち去ったほうがいい」とアラールがいった。

ふたたびあらわれていた壁のほのかな明かりに目が慣れたころ、アラールは動く歩道に乗りこんだ。ケイリスとゲインズがその背後にそろって乗りこむ。

動く歩道は彼らを乗せて大きく湾曲している部屋のへりを静かにまわりこみ、傾斜路にいたった。三人は傾斜路を登りはじめ、歩廊の先にある出口ホールへ向かった。登りきる寸前で、アラールが不意に足を止めた。

「衛士だ」と彼はいった。巨大な鋼鉄の柱のそばに立っている帝国警官が見える。両手を腰に当てて、低い声でもうひとりの男としゃべっている。

ケイリスはアラールの背中に身を寄せた。ゲインズは彼と並び、左手をしっかりとアラールの肩にかけた。

「恐れるものはなにもないはずだ」とゲインズがいった。しかし、その声の調子は自信満々とはいえなかった。

「用心するに越したことはない」とアラールは答えた。もうひとりの男の痩せてしなびた姿をじっとうかがう。学芸員だ。「ここで待っていてくれ。学芸員と話して、ぼくらは横の出口から立ち去ると告げるから」彼は左手の影が濃くなっているところを指さした。ほの暗い赤色の電球がかろうじて見える。「あそこで落ちあおう」

ケイリスとゲインズに答える暇をあたえず、アラールはふたつの人影のほうへ大股に歩み去った。

ケイリスは、ふたりに近づくアラールを目で追った。懸念がその顔にしわを刻んだ。帝国警官は一歩さがってから、言葉を交わしながらギャラクタリウムのオフィスへ向かう学芸員とアラールのあとについて行った。

「行こう」とゲインズが小声でいい、彼女の先に立って赤色灯のほうへ向かった。

アラールがふたたび合流するまでの一分は、彼女には一時間のように思えた。彼が肩の力を抜き、自信たっぷりの足どりでやってきたとき、ケイリスの不安は一掃された。

「万事うまくいったのか？」と、しわがれ声でゲインズが尋ねた。

「さし迫った危険はない、それはたしかだ」とアラールは答えた。ゲインズからのすばやい視線を捉えて、「まずここから離れよう。そうしたらもっとくわしい説明をする」

三人は出口のドアを押して開き、外へ踏みだした。ドアが背後でさっと閉まり、ひとりでに施錠した。彼らはつかのま側面連絡通路に立って、五十フィート離れた主回廊に面していた。

「帝国警官に身元を証明しろといわれた」と〈盗賊〉がいった。「フィリップ・エイムズ博士の身分証を見せてやると、彼は満足した。それから、ほかの仲間はどこだと尋ねた」

ゲインズが眉間にしわを寄せ、主回廊へ向かう連絡通路を見渡しつづけた。

「きみたちふたりを歩廊へ置いてきたところだと説明した。それから、きみたちの名前を訊かれた」

ケイリスは鋭く息を吸いこんだ。ゲインズは首をめぐらし、「なんといったんだ？」と小声で訊いた。

アラールは口もとをほころばせた。

「真実を告げた」

「真実を告げただって？」と信じられないといいたげにゲインズ。

「それが最善の策だった。ぼくの本当の身元を帝国警官がじつは知っていたとしたら、嘘をついたところで、なんの役にも立たない。知らなかったら、真実は彼の疑いを晴らしただろう」

「しかし、われわれが落ちあったと上司に報告するだろう」とゲインズが指摘した。「われわれが月へ着いたとはだれも知らない。だが、二時間もすれば、帝国警官が群がってくる」

「残念ながら」とアラールが不吉な声でいった。「連中はすでに知っている。きみたちの名前を出してもあの帝国警官が無頓着だったので、そうとわかった」

ショックを受けて一瞬黙りこんだあと、ゲインズがいった。

「どうやら、われわれの到着を隠せると思ったのは甘かったようだ。とにかく人目につかないようにして、ターモンドから直接指令が来るまで連中が待つと願うしかない」ゲインズはまたしても眉間にしわを寄せていた。「どう思う、アラール？　裏の連絡通路をつたってすこし迂回するべきだろうか、それとも別々に行動するべきだろうか？」

〈盗賊〉は一瞬考えをめぐらせた。三人そろっているほうが、トラブルが起きた場合に逃げるのはむずかしい。だが、固まっているほうが、トラブルを避けるチャンスが増すだろう。

「裏道を行こう」とアラール。ケイリスに目をやると、その目は不安で見開かれ、その体は巻きつけたマントのなかで縮んでしまったように思えた。彼女の頭に視線をよぎらせてから、ほっそりした首の横で結わえられた束髪へ流れこんでいる白い筋に走らせる。彼女はあいかわらず具合が悪そうだった。人生に押しつけられた緊張のすべてから彼女が救われればいいのに、とアラールは思った。彼女の肩をポンとたたき、「心配ない、ケイリス。逃げていればつかまらない――大事をとるだけだ」

ゲインズが大股に歩きだし、ふり返らずに主回廊から離れていった。アラールとケイリスがあとを追おうとしたとき、彼女は射抜くような視線をアラールと交わした。彼女の表情にはやさしさとアラールに対する気づかいがあふれていたので――彼は思わず力強くそれを返した――一瞬、アラールは感情的に揺さぶられた。

それから彼女はアラールの前、ゲインズのすぐうしろの位置についた。

三人は三十分近くにわたり、主回廊と交差しながら歩廊を縫うように抜けていった。

「まずは最後の問いに答えてみよう、坊や」とジョン・ヘイヴンがいった。生物学者は被後見人を温かい眼差しで見つめながら、パイプに火をつけ、火がまわるように何度かプカプカ吸いこんだ。とうとう椅子にもたれかかり、「『エクスタシー』とはどういう意味か知っているかね？」

ケイリスとゲインズは熱心に話を追っていた。

「辞書的な定義は知っていると思ってもらってかまいません、ジョン」とアラールは答え、鋭い目を年長の男に注いだ。

「それでは足りないな。いいかね、それはギリシア語の動詞『エグジスタニ』に由来し、『位置をずらす』という意味だ。しかし、なにからずらすのだろう？　どこへずらすのだろう？　『エクスタシー』として知られる、この特異な精神状態はなんなのだろう？　われわれにわかるのは、それがアルコール、薬物、野蛮な踊り、音楽、その他もろもろの方法で獲得できるということだけだ。

シェイの尋問を受けているあいだ、きみが切実に必要としていたときに、おそらくきみは、われわれが論じている状態にはいりこんだ——あるいは、それを超えた。そうすることで、きみは古い三次元の殻から抜けだし、気がつくと新しい世界らしきもののなかにいた。

じつは、わたしがきみの話を正確に理解していれば、それはきみの永遠の四次元体の一局面にすぎない。つまり、三つの線的次元とひとつの『時間』次元をそなえた体だ。ふつうの人間には三つの次元しか見えない――四つ目の時間は、直観的に余分な次元として感知する。

しかし、時間の次元のなかにのびているものの形を想像しようとすると、空間の次元をひとつあっさり失ってしまうのだとわかる。自分の体が時間のなかにのびていると想像するわけだ、あの経験のあいだ、きみの体がそうなったのとまったく同じように。この新しい世界では、きみに見える三つの次元は、ふたつの線的次元とひとつの時間的次元であり、それらは結合して通常の三次元的実体という見かけをあたえる」

「あなたがおっしゃっているのは」とアラールが考えをめぐらせ、ゆっくりといった。「ぼくが三つの新しい次元を通して自分の四次元体を見たということですね」

「三つの新しい次元ではない。すべて古いものだ。高さと幅は前と同じ。新しく見える次元は時間だけで、奥行きのかわりだ。きみの体の断面図は時間の変化に合わせてのび広がり、ついには果てしない柱となったにすぎない。

そして苦痛が耐えがたくなったとき、きみはその柱から踏みだした。きみのエクスタシーと、ギリシア人のそれとのちがいは、きみが時間のなかへもどるさいに、出ていったのと同じ瞬間——あるいは、場所——にもどらなくてもよかった点だ」

「ジョン」とアラールが、いらだっているも同然の陰気な声でいった。「だとすると、ぼくは記憶喪失に先立つ時期に時間のなかへもどれたんじゃないですか？　個人的な謎をいとも簡単に解けたんじゃないですか？　そしていまや——もどり方がわかりません。ただし、筆舌につくしがたい苦痛を通じてなら、ひょっとするかもしれませんが」胸が痛恨のあまり盛りあがった。「それなら、ジョン。もうひとつの問いは——ぼくは何者なんです？」

ヘイヴンはゲインズのほうに目をやった。

「その問いにはわたしが答えるほうがいいだろう」と次官が口をはさんだ。「しかし、じつのところ、答えはない。五年前、きみが川岸を這いあがってきたとき、きみは手にあるものを握っていた——これだ」彼はアラールに小さな革装の本をさし出した。

〈盗賊〉は興味津々の態《てい》でそれをじっくりと調べた。水が染みついており、表紙とページは乾くあいだにしなびたり、たわんだりしていた。表紙には金の箔押《はくお》しがある

——

T－22　航宙日誌

アラールはかなり呼吸を速くしながら、ゲインズの目を探った。だが、次官は「なかを見たまえ」といっただけだった。
アラールは表紙をめくり、最初の記入を読んだ――

「二一七七年　七月二十一日……」

彼は目を細くした。
「これは来週だ。日付に誤りがある」
「最後まで読みたまえ」とヘイヴンが促す。

「二一七七年　七月二十一日。わたしが遺《のこ》す言葉はこれだけになるだろう。なぜなら、行く先も帰ってくるときもわかっているからだ。いまはいえることはほとんどない。ひょっとしたら人類最後の生き残りになったのかもしれない。だが、その身分でなにかいうつもりもない。数分以内にT－22は光よりも速く飛んでいるだろう。もっと愉快な状況だったら、わたしの連れのなかですでにはじまっている、途方もない進化の軌跡を追うことにたいへんな興味をいだいたはずだ」

それだけだった。

「日誌の残りは空白だ」とヘイヴンがそっけなくいう。

アラールは力なく髪を指で梳《す》いた。

「ぼくがそれを書いた男だといっているんですか？　ぼくがその船に乗っていた、と」

「きみはその船に乗っていたかもしれないし、乗っていなかったかもしれない。だが、きみがその日誌に記入しなかったのはたしかだ」

「だれが書いたんです？」

「ケニコット・ミュールだ」とゲインズ。「彼の筆跡は見まちがいようがない」

13　星界からの訪問者

アラールがわずかに大きく目を開き、鷹《たか》のように鋭い視線を宇宙省次官に据えた。

「ぼくがケニコット・ミュールではないと、どうしてそこまで確信があるんだ？」

「彼はもっと大柄だった。そのうえ、指紋、目の毛細血管、瞳孔の彩度、血液型、年齢、歯並びと骨格の特徴がちがう。われわれはその点を念入りに検討した。一致する点が見つかるのではと思ったからだ。一致する点はない。きみがだれであるにしろ、ケニコット・ミュールではない」

「そうはいっても」とアラール。その渋面はにやにや笑いも同然だった。「それは争う余地のない証拠になるだろうか？」

「おいおい――どういう意味だね」ゲインズの困惑は本物だった。ヘイヴンは考えに没頭して目をほぼ閉じていたが、いま大きく見開いた。

「どうやら」とアラール。「その旅が、なにか非常に風変わりな変化を引き起こしたとしても不思議はないようだ。ミュールだったぼくの体がひずんだということはありえないだろうか？　ひずみすぎて、ぼくが完璧に変装したケニコット・ミュールになったのではないだろうか？　変装がうまくいきすぎて、自分でもわからなくなったのではないだろうか？」

　ゲインズが何度か口をあけ閉めしてから答えた。

「ありえないと思う」

「ひょっとしたら、ありえなくもないかもしれん」とヘイヴンが言葉を選ぶようにしていった。「だが、ありそうにない、といわざるをえん。理論として、その考えを支持するものはない。その仮説でわれわれの不可解な疑問にあっさりと答えが出ることをのぞけば」

「では、それなら」とアラールは言葉をつづけ、まずゲインズからヘイヴンへ、ついでまたゲインズへと顔を向けた。

「メガネット・マインドはどうだろう？」

「マインドだって？」ゲインズがオウム返しにいい、顎をこすった。「ミュールがマインドかもしれないと思うのかね？」

「ああ、ありえると思う」

　ゲインズは含み笑いし、

「そのとおりだったら、じつに魅惑的な展開になっただろう。あいにく、そうではない。マインドとミュールの似ている点は、大きすぎる体格だけだ。何度も調査がおこなわれ――その可能性は却下された」

「調査官は買収できる」とアラール。椅子の肘掛けの前端に指をのばし、視線をちらっとその指に移してから、年長の男ふたりにもどす。「記録は破棄したり、改竄《かいざん》したりできる。事実は隠蔽できる」

「それはそうかもしれんが」とゲインズがにべもなくいった。「ミュールが失踪するよりずっと前からメガネット・マインドが存在していたのを、わたしは個人的に知っている。もちろん、本質的にはマインドではなかったが、最終的に彼がそうなる片鱗は当時でさえ見せていた」

ヘイヴンがパイプの軸を歯に当ててカチカチと音を立てた。

「アラール、きみがミュールである確率は」と考えこむようにいう。「非常に小さいが、マインドがミュールである確率よりはましだ」

この会話のあいだケイリスは、アラールの顔から目を離していなかった。

〈盗賊〉がため息をつき、

「まあ、それなら、そういうことでしょう。でも、日誌の日付はどうなります？　二一七七年七月二十一日は、ほんの数日先。その日誌はすくなくとも五年前のものですから、ミュールが日付をまちがえたにちがいない」

「その答えはわからない」とゲインズが認めた。「きみならわかるかもしれないと思っていた」

〈盗賊〉はおかしくもないのに笑みを浮かべ、こういった――

「作られてもいないのに、どうしてミュールはT-22に乗って帰ってこられたんだろう？」

部屋はゆっくりと静まりかえった。聞こえる音は、ケイリスの押し殺した切れ切れの息づかいだけ。アラールは、腰のくびれで神経がそわそわと脈打つのを感じた。へイヴンが落ちついてパイプを吹かしたが、その目はなにも見逃さなかった。

「大胆不敵な非《ノン》アリストテレス主義者たちも、負の方向へ時間を移動できるとほのめかしたことはない。ただし――」アラールは考えに没頭して頰の横をこすった。ほかの三人は待った。

「あなたの話だと、墜落した船の操縦盤は光の速度を超えた可能性を示していたんだったな？」と彼はゲインズに尋ねた。

「そのように思われた。そのエンジンは、T-22のために設計されたものと実質的に同一だと判明した」

「だが、初歩的なアインシュタイン力学によれば、超光速は不可能だ」とアラールが反論する。「光のスピードを超えられるものはない――すくなくとも、理論上は。ぼくがT-22とよく似た船に乗っていたかもしれないという事実は、ぼくにとって意味がない。じっさい、T-22という名前そのものが無意味に思える。われわれのT-22

はどこから名前を採ったんだ？」

「ヘイズ＝ゴーントが、トインビー研究所の示唆を受けて、その名前を採択した」とゲインズは答えた。「それは『トインビー文明ナンバー22』の略にすぎない。偉大な歴史家は、それぞれの文明に指数をあたえた。エジプト文明がナンバー1、アンデス文明がナンバー2、中国文明がナンバー3、ミノア文明がナンバー4、などなど。われわれの現在の文明、西欧文明はトインビー・ナンバー21だ。

トインビー派学者は、恒星間船がわれわれを新しい文明――トインビー22――へ飛び立たせ、そうすることでトインビー21を救うかもしれないという理論をひそかに打ち立てた。帆がミノアに制海権をもたらし、馬が遊牧民の文化を生み、石畳の道がローマ帝国を築いたのと同じように。したがってT－22は、たんなる船の名前ではない。それはふたつの運命をつなぐ、命の橋だと判明するかもしれない」

アラールはうなずいた。

「ありそうな話だ。希望をいだいても害にはならない」しかし、彼の思考はよそにあった。ゲインズを運んできたフォボスは太陽行きだ。ソラリオンのなかには、ミュールを個人的に知っていた男たちがいるだろう。それにこの負の時間という問題。どうしたら宇宙船が離陸する前に着陸できるのだろう？

ケイリスが彼の物思いを断ち切った。

「あなたの正体を突き止めるのは行き詰まったのですから、星図の発見の残りについて教えてもらえないでしょうか。残りはあとで説明する、とギャラクタリウムであなたはいいました」

「そうだった、では話そう」とアラールは同意した。前置き抜きで本題にはいる。「月《ルナ》ステーションが完成して以来、宇宙空間全体を見渡し、宇宙の反対の極にわれわれ自身の銀河が見つかるのは時間の問題にすぎない、とわれわれは決めこんできた。それは予測だったし、ぼくの発見はその予測を支持しただけだった。しかし、空のあの一画ではほかの展開があり、それはそう簡単には予測できないものだった。すこしだけ時間をさかのぼろう。五年前、天文学徒なら知らぬ者がないように、われわれ自身の星団に近い、おそらくはわれわれ自身の太陽系にきわめて近い宇宙空間の一点を起源とするらしい、測り知れない質量を持つ物体が、外宇宙へ猛スピードで出ていった。

それはM31銀河の近くを通過し、新星《ノヴァ》と星の衝突をつぎつぎと起こして外縁を分裂させてから、どうやら光よりも速いスピードで飛びながら、およそ百八十億光年ほど外で姿を消した。『姿を消した』というのは、仮説上の飛行線に近い銀河への影響を、天文学者たちがもはや探知できなかったという意味だ。

探知できなかったのは、もはや正しい方向を見ていなかったからだ。物体は出発点に対する宇宙の中間点を通過して、帰還をはじめていたのだ。当然ながら、それは反対方向から近づいてきていた。もちろん、それは月の反射鏡がわれわれの銀河を探しだすために視準されたのと同じ方向だ。

ぼくがこの空の一画を調べていた六週間のうちに、その帰還線に近い銀河への未知の物体の影響を観察し、かなりの精度でその経路と速度を算出してきた。ついでながら、その速度は外宇宙で出した年速二十億光年という最高速度から急激に落ちている。六週間前に観測をはじめたとき、それは宇宙をほぼ一周して、われわれ自身の銀河へ帰還するところだった。昨日はマゼラン雲のすぐそばを通過したので、引力でたがいに引きあい、危うく衝突するところだった。小マゼラン雲のなかに、すでに二十八個の新星を数えている」

彼は簡潔に締めくくった。

「この物体は七月二十一日に地球に着陸するだろう」

一同の上に沈黙が降りた。数分間、聞こえるのはヘイヴンがからになったパイプをスパスパやる音だけだった。

「そのおかしなしろものは」とゲインズが考えこむようにいった。「質量を変化させているわけだ。アラールのいったとおり、アンドロメダにおいてわれわれ自身の銀河を構成する星々が分裂したというのは、ありふれた話だ。しかし、アンドロメダの星団に影響をおよぼしたのは、亜光速で飛ぶ、二千万個ほどの銀河を一点に集めた質量を持つものだった。

しかし、その物体が三週間ほど後にM31に達したときには、速度は光速の何倍にもなっていて、質量は計り知れなかった――そんなことが可能なら、無限に達しようとしていたのかもしれない。とすれば、アラールが見つけたものは、帰還のために元にもどろうとするものだったにちがいない――速度と質量が漸減し、地球に到達するころには、ふたたびごくわずかな質量や速度しか持たないわけだ。すくなくとも、この太陽系に影響をおよぼせるほどではない。アラールは、五年にわたり天文学者たちに気の狂う思いをさせてきたジグソーパズルに最後のピースをはめてくれた。そしていま、組みあわさったパズルは、未完成のときにもまして不可解だ」

「きみの話だと、この物体は地球に『着陸する』そうだ」とヘイヴン。「それなら、きみの考えでは――」

「それは別の銀河間船だと判明するでしょう」

「しかし、最大の月貨客船や太陽貨客船でさえ質量は一万トンを超えない」とゲインズが異を唱えた。「五年前に墜落した船は、じつはかなり小さかった。最大の恒星間船でさえ検知できる重力的影響を惑星におよぼすはずがない。ましてや銀河全体など」

「超光速で飛んでいる物体は——たとえそんな速度は、理論的に不可能だとしても——無限の質量に近づくだろう」とアラールが思いださせた。「そして忘れてはいけない、この物体の質量が速度の増加に合わせて増加したのを。静止しているときの質量は、おそらく比較的小さいのだろう。だが、速度が光速を超えるなら、大きくなくてもかまわない。たった一グラムの重さでも、数百万cの速さでM31星雲をかすめ過ぎたら、われわれの仮説上の銀河間船に匹敵するダメージをあたえるだろう」

「でも、五年前、太陽系内で銀河間船は知られていませんでした」と眠たげにあくびしながら、ケイリスが異を唱えた。「そしてあなたの話では、それは五年前にわたくしたちの太陽系を発ち、光速の何倍ものスピードでM31を通過したとか。つまり、二隻の銀河間船があるのですか？　五年前に未知の場所からやってきた船と、五年前にここを発ち、来週もどって来る予定の第二の船が」

アラールはしわがれ声で笑った。

「頭がどうかしてるかな。とりわけ、五年前には銀河間船どころか恒星間船さえ太陽系内になかったとあっては」

「もしかすると、東方連邦が完成させたのかもしれん」とヘイヴン。「ヘイズ＝ゴーントは、一貫して彼らを過小評価していると思えてならないのだ」

「ありそうにない話だ」とゲインズ。「彼らが膨大なプルトニウム生産ネットワークを所有しているのはわかっている。だが、ミューリウムにくらべれば、そんなものはタルカム・パウダーにすぎない。それに恒星間エンジン用のミューリウムを持たなければならないし、連中は持っていない——いまはまだ」

アラールは床を行ったり来たりしはじめた。二隻の銀河間船。五年前に墜落し、自分が乗っていたにちがいない船。もう一隻は七月二十一日——来週——に到着予定で、だれを乗せているのだろう？　しかも、地球上では、T－22が七月二十一日の早朝に発進する予定になっている。またしても——だれを乗せて？

川岸で自分を乗せていた船、合わせて三隻だ！　彼はうめき声をあげ、唇を嚙んだ。答えは手のなかにある、舌先まで出かかっているように思える。もしこの謎が解ければ、自分が何者かわかるだろう。ヘイヴンとゲインズがこっそりこちらを見ているのはわかっていた。

この自分、見習い〈盗賊〉がこの数週間でここまで器量を大きくしたとは、じつに奇妙だ。それなのに、発達したという感じはしない。ほかの者たちの頭が鈍くなったように思える。天才というものは、自分自身には特に聡明には見えないのだ。

アラールは立ち止まり、女に目をやった。

ケイリスは眠っているようだった。頭が倒れて右肩に載っている。そしてひと筋の銀髪が右目にかかっている。その顔は、観測所に到着して以来、彼女を特徴づけていたのと同じ蠟のような青白さを帯びていた。体をすっぽりと包むケープの下で、胸がリズミカルに上下している。

彼女の閉じられて落ちくぼんだ目を見ているうちに、アラールはある確信に囚われた。つまり、こういう彼女を前に見たことがある――自分が死ぬ前に、と。

〈盗賊〉は目をしばたたいた。その幻覚が過労と睡眠不足の結果であることに疑問の余地はない。神経がこれほど混乱しているのでは、全員の命を危険にさらしかねない。

「ゲインズ」彼は小声でいった。「あなたの息のかかった衛士が着陸ドックで正規の帝国警官と交代するまで二時間ある。それまでみんな仮眠をとるとしよう」

「わたしが見張りに立とう」とヘイヴンが志願する。

アラールはにっこりした。

「向こうがこっちを殺す気なら、前もってそうとわかってても役に立ちませんよ。時間に余裕を見てぼくが全員を起こします」

ヘイヴンがあくびした口もとを軽くたたき、

「わかった」

アラールはケイリスの椅子のすぐ前、冷たい金属タイルに寝そべり、心を無理やり空白にして、たちまち眠りに落ちた。

十五分後、ケイリスは三人の仲間の着実な寝息に注意深く耳をすましてから、目をあけて、足もとで眠っている男をしげしげと眺めた。彼女の視線は、まもなく上向いた男の顔で止まった。

それは奇妙で、粗野な顔だった――それでいて魅力的で、やさしげだった。底知れない平安が目のまわりにある。見ているうちに、彼女自身の頰に刻まれたしわが、すこしだけやわらいだ。

彼女はゆっくりと身をかがめ、憂いを帯びた半開きの目を男の閉じた目に据えたまま、椅子から完全に降りて、アラールのかたわらにしゃがみこんだ。

身をこわばらせてから緊張を解く。部屋の反対側ではゲインズがぶつぶつとつぶやいたり、椅子にすわったまま体をもぞもぞさせたりしていた。

彼女は眠っている〈盗賊〉にふたたびかがみこんだ。やがて彼女の目は、男の顔から数インチしか離れていないところまで来た。考えこんで一拍置いたあと、彼女はゆるやかな動きで椅子にすわり直し、左足の指で右足からサンダルを脱がせると、アラールの左袖の上で足の指を気持ちよさそうに曲げた。右足を彼の手のほうへためらいがちにのばしてから、あわてて引っこめる。

彼女は深呼吸し、歯を食いしばった。と、つぎの瞬間、手の指のように長い彼女の足の指が、男の手を撫でていた。皮膚にかろうじて触れる程度に。彼女は男の手の甲に足をとどめ、指の付け根の関節と指をなぞった。不器用な手が男の手をそっと握るのとそっくりだった。

しばらくそのままでいた。やがて足を引っこめ、前かがみでひざまずいた。またしても男の閉じた目と数インチしか離れていない彼女の目が、男をしげしげと見る。男がぐっすり眠っているのに満足して、彼女は首をかしげ、自分の頬を男の頬に重ねた。新しい顎髭のかすかにザラザラした感じ、角張った頬骨のしっかりした感じ。くしけずられていない男の黒髪が額をかすめ、自分自身の髪に押しつけられると、背すじがゾクゾクした。彼女の顔は赤らんで火照り、時間が静止しているような奇妙な感覚に彼女は囚われた。

14　月からの脱出

二時間の終わりが迫るころ、アラールの呼吸が速くなった。ケイリスは音もなく身を引くと、足にサンダルを履いた。その直後、アラールが目をあけて、彼女を見た。その目が、喉から膝まですっぽりケープに隠れているケイリスの体を生真面目に見ていき、やがて顔にもどった。静かな声で彼はいった。

「きみには腕がない」

彼女は顔をそむけた。

「察していて当然だったのに。シェイの仕業なのか？」

「シェイの仕業です。〈盗賊〉の外科医によれば、残っている分では足りなかった──命を救うためには切断するしかなかったそうです」

「すばらしい人工装具が手にはいる」

「知っています。〈盗賊〉たちは、コンピュータ制御の義手をつけてくれました。わたくしはどうしても慣れませんでした。あきらめるしかなかった。でも、そう悲観することはないのです。顔を洗ったり、針に糸を通したり、ナイフを握ったりできますし──」

「〈盗賊〉が自衛のさいにも人を殺してはならないというのを知っているだろう、ケイリス？」

「あなたにシェイを殺してほしいわけではありません。もう、重要ではないのです」〈盗賊〉は冷たい床に横たわったままだった。その目は柔和で、考え深げだった。と、体を起こして膝立ちになり、両手をのばすと、彼女の腰をやさしくつかんで、自分のかたわらの枕までケイリスの体を降ろした。彼女は無言でそこに正座した。いっぽうアラールは彼女の目と鼻の先で体を丸めた。

「ケイリス」両手を彼女の腰にまわしたまま、彼がいった。「ぼくには重要なんだ。きみがどう感じるか、いましあわせかどうかが、ぼくには重要なんだ」アラールの顔は彼女の顔の近くにあり、彼女からただよってくる、あのいらだたしいほど嗅ぎ慣れたにおいが鼻をくすぐった。自分はいまも美しいこの女性を幻の過去において知っていたのだろうか、とふたたび疑問が湧く。彼女もこちらに見憶えがあるようなそぶりを何度か見せた気がする。

ケイリスはひたすら彼を見つめた。苦悩する目ではない。おだやかで、やさしげといえそうだ。まるでふたりの絆を彼女も感じとり、それを受け入れたかのように。彼女の顔のしわがゆるんでおり、大きな黒い目の潤いが増して、そこに宿る底の知れない感情を拡大している。いつもどおり青ざめているが、それでもいまその顔には赤みがさしている。

「なんだかわからないが」と彼は簡潔にいった。「きみには親しいものを感じる。説明のつかないものを」手の下で彼女の体がこわばった。

「あなたの感じるものはわかります、愛しいお方」とケイリス。「そして、わたくしにも説明できません。わたくしはつねにキムを愛してきました。これからもずっと愛するでしょう。けれど、あなたも愛することが裏切りにならないのはわかります」彼女はさっと顔をそむけ、髪がふわりと首にかかった。

アラールは消えた時間を思いかえした。どういう経緯でこの女性と出会い、どういう経緯でふたりで大舞踏会へ行き、どういう経緯でそこで別れたかを思い起こす。心のなかであの最後のつらい場面を再現した。声に出しては、こういった――

「ぼくを見るとむかし知っていただれかを思いだす、ときみはいった。それはケニコット・ミュールじゃないのか?」

「そうです」

「それでも、ぼくはミュールじゃない。似ているところは、これっぽっちもない」

彼女は顔をあげた。泣いてはいないが、その目は濡れてキラキラと光っていた。

「たしかに。あなたは彼とはまるっきりちがいます――それなのに、はじめて会ったとき、前にあなたの顔を見たことがあるような気がしました。その爛々《らんらん》と光る黒い瞳を」

アラールは彼女の腰から両手を離し、彼女の顔を包みこんだ。

「ケイリス」その名前を唇でいつくしむ。「いつか、いまからそう遠くない先に、ぼくが何者かわかるだろう」両手を自分の膝に置き、「その日が来るまで、あきらめてはいけない」

「あきらめません」

アラールは彼女の膝に頭を載せ、目のなかのかたくななものを彼女から隠した。緊張をほぐせないまま、しばらくそのねじれた姿勢を保つ。

とうとう女が口を開いた。その頰が彼の耳をさっと撫でた。

「ゲインズが買収した衛士が、いまごろ任務についているはずです」

「ああ、わかっている」彼はものうげに立ちあがり、ほかのふたりを起こした。

ゲインズが目をこすり、のびをした。

「きみたち三人にはここでちょっと待っていてもらおう。例の男を相手に通関手続きをすませてくる」

彼は回廊に出ていった。パネルがその背後で静かに閉まった。

アラールはその猶予をありがたく思った。太陽への途上にあるフォボスが入港したと知って以来、ずっと計算をつづけていたのだ。いまでさえ、シェイがケイリスにしたことで心に傷を負ったにもかかわらず、彼の思考は太陽に向いていた。

太陽にはミュールのもとで働いたステーション長《マスター》たちがいるだろう。ミュールの居所を知っている者にたったひとりでも会えれば――たったひとりでも、この自分、アラールがミュールによって書かれたT‐22の航宙日誌とともに発見された理由を説明できる者がいれば……。

そのいっぽう、地球《テラ》では、〈結社〉の庇護のもと、安全と呼べそうなものが待っている。そこでなら比較的平穏無事に自分の謎を追究できる。そしてケイリスといっしょにいられる。いま自分を切実に必要としているケイリスと。

「ゲインズはもうもどってきてもいいはずです」と彼はヘイヴンにそっけなくいった。「彼の計画になにか狂いが生じたのかもしれません。ぼくがようすを見てきたほうがいい」

ヘイヴンがかぶりをふり、

「いや、坊や。わたしが行く」

どうやらヘイヴンは、あいかわらずこの自分をかけがえのない存在と見ているようだ。そのいっぽう、危険にさらされた過去の経験から、自分のほうがヘイヴンよりも生きて帰れそうだと彼は知っていた。

「きみはその女《ひと》といっしょにいたほうがいい」と生物学者が説得口調でいった。

自分が行ったほうがいいと判断したにもかかわらず、アラールは年長の男がパネルを抜けるのにまかせた。そしてゆっくりと回廊を進むヘイヴンを目で追った。最初の交差点で、ヘイヴンは乗客ドックに向かって左に折れた。その頭がいちどガクンとのけぞり、彼は交差点の角にぎごちなく寄りかかりながら、きびすを返そうとした。と思うと、へなへなと床にくずおれた。

ケイリスの目の前で、アラールの体がこわばった。

「どうかしましたか？」と緊張した声で彼女はささやいた。

〈盗賊〉は真っ青な顔を彼女に向けた。

「彼はたったいま毒矢で殺された」恐怖に襲われた目が、ケイリスの目のなか、そしてそのかなたを見つめる。ふたたび口をきけるようになるまで、何度か呼吸しなければならなかった。「きみはここにいろ。ぼくはあそこへ行く」

だが、彼がパネルを抜けたとき、ケイリスはぴたりとついてきた。残れといっても無駄なのはわかっていた。ふたりはそろって回廊をゆっくりと歩いていった。

〈盗賊〉は、死の罠へ——自分にかわって——踏みこんだ男の大の字になった体から目を離せなかった。なにも考えられなかったが、なにか考えなければならないのはわかっていた。それも早急に。

交差点の数フィート手前で立ち止まり、死亡した友人の顔を見る。それはいかついが高貴な顔で、最後の平和を得たいまは美しいとさえいえそうだった。

目をこらすうちに、心を麻痺させる茫然自失の状態が消えてなくなり、ある計画が生まれた。彼は唇をなめ、咳払いした。彼の計略には、殺し屋たちが姿を見せることが欠かせない。しかし、彼らをおびき出すために、自分の身を交差点にさらさなければならないだろう。彼らが先に撃って、質問をあとまわしにする可能性が高いとあっても。それは冒さねばならない危険だ。

「こっちは丸腰だ」と彼は声をはりあげた。「降伏したい」

警官は功績を認められたいという願望を心中にいだいている――彼はそれを知っていた。偉大なターモンドの手さえすり抜けた男をつかまえれば、テラに栄転し、出世街道を驀進することも夢ではない。想像力ゆたかな士官が、任務の責任者であるように、と彼は願った。

交差点に踏みこむ。

なにも起こらない。

角をまわりこむと、生気なく大の字になっているゲインズの体が見えた。邪悪な銀色の金属が首に突き立っている。衛士を買収したことが露顕したのは、はた目にも明らかだ。

「手をあげろ、アラール――ゆっくりとだ」と背後で緊張した声。「あんたもだ、ねえさん」

「ぼくは手をあげる。だが、マダムには腕がないので、手をあげられない」と声のなかの高まる興奮を隠そうとしながらアラール。両腕を高くあげ、ゆっくりとふり向くと、短銃身《スナッブノーズ》の銃をかまえている若い帝国警官の姿が目に飛びこんできた。圧縮空気か機械的なバネで毒矢を撃ちだし、秒速百メートルほどの銃口速度をあたえるようだ――ちょうど〈盗賊〉のアーマーを貫通できる遅さである。

「そのとおりだ」と警官がいかめしい声でいった。アラールがすばやく武器を調べたのに気づいたのだ。「五十ヤードを超えると狙いは不正確になるが、毒矢は銃弾よりも早く人を殺せる。十四挺のこの銃が、いまこの瞬間、のぞき穴からおまえを狙っている」彼はポケットから手錠を引っぱりだすと、用心深くふたりに近づいた。

〈盗賊〉の顔の氷のような外面には、猛然と回転する頭の働きが隠れていた。左右の目が衛士の右肩、耳のすぐ下にある無線受信機のボタンに焦点を合わせている。それは衛士全員を中央警察室とつなぐものだ。アラールの目が丸く光るようになり、熱を帯びていくが、なにも起こらない。

自分がすくなくとも〇・五ミリの波長で赤外線の光子ビームを放射できるのはわかっていた。UHFのインターコム帯域が、一メートルを超えるはずがない。とはいえ、目から数オングストロームから数メートルまでの電磁スペクトルがほとばしり出ているのに、受信機のボタンはなんの反応もしない。なにかがうまくいかなかったのだ。彼は、そばにいるケイリスの体がブルブル震えているのに気づいた。

つぎの瞬間には帝国警官がまわりこんで、背後から手錠をかけるだろう。そして受信機との貴重な視覚的接触を失うだろう。

ひとしずくの汗がアラールの頬をすべり落ち、不精髭の生えた顎から垂れさがった。

「AM」とケイリスが声を殺していった。

そうか！　無線の黎明期以来とんと耳にしない振幅変調《アンプリチユード・モジユレーシヨン》が、実質的に静電のないここでなら使えるのだ。

ボタンがいきなりピーッと鳴った。警官が心もとなげに立ち止まる。

「11番ゲートに指示をあたえる」と受信機のボタンが抑揚をつけていった。「アラールのグループは彼らの船で『脱出』させるという決定がくだされた。これ以上グループのメンバーを殺したり、捕縛したりしようとしてはならない。通信終わり」

咽頭と視葉と網膜を統合する連絡神経によって変調されているうえに、警官の肩に載っている一インチのスピーカー・コーンの性能不足のために、いっそうわかりにくくなっているものの、その声が、いま自分が手錠をかけようとしている男の声だと警官が気づかないわけがない——アラールにはそう思えた。

「センターの指令は聞こえたな、ミスター」と警官がしわがれ声でいった。「さっさと行くんだ。こいつもいっしょに持っていけ。もうひとりは届けてやる」その顔がゆがみ、非情な笑みを浮かべる。小型宇宙船が発進した直後に、月の大砲が砲門を開くと思っているのは一目瞭然だ。

〈盗賊〉はひとこともいわずにひざまずき、ヘイヴンの体をそっとかきいだいた。年長の男の体は、おかしなことに萎びて小さくなったように思えた。生きているという事実そのものが肉と骨にどれほどの威信をもたらしているのか――いまさらながらアラールはそれを悟った。

ケイリスが先に立ち、ふたりのためにパネルを開いた。小型宇宙艇はすぐ前方にあった。その片側にはもっと大型の貨客船フォボスが横たわっている。だれかが着陸プラットフォームにいて、太陽行きの船に声をかけていた。

「まだ連絡はない。そいつに三分やろう」

アラールの心臓が止まりそうになった。彼は〈盗賊〉の宇宙艇までゆっくりと傾斜路を登り、身をかがめて船内にはいった。

命の失せた荷物を艇尾寝棚《バンク》のひとつに置く。

息を切らした衛士がゲインズを引きずってきて、死体をキャビンの床に置くと、ひとこともいわずに出ていった。

アラールは憂いに沈んだ顔をあげ、数秒後、ケイリスの陰鬱な目をじっとのぞきこんでいるのに気づいた。

「ぼくの仮説はまちがっていた」

「つまり二隻の――それとも三隻だったかしら――銀河間船のことですか？」

「そうだ。一隻は五年前に地球を発ち、宇宙を横断して、あと数日で――七月二十一日に――帰る予定だ、とぼくはいった」

彼女は待った。

「帰ってこられるはずがない」とアラール。あいかわらず彼女を透かして目をこらしているようだ。「なぜなら、まだ発っていないからだ」

キャビンに深い沈黙が降りた。

「光よりも速い速度で飛ぶと」と〈盗賊〉が言葉をつづけた。「質量とエネルギーが等価だというアインシュタインの方程式をくつがえす必要があるように思える。だが、その矛盾は見かけにすぎない。ニュートン力学的物体の質量は、補正要素を通してアインシュタイン力学的物体に置き換えられる。こんなふうに――」

彼は隔壁に鉛筆で公式を書きつけた――

$$\frac{mc}{\sqrt{c^2 - v^2}} = M.$$

「ここでcは光の速度、vは運動する物体の速度、mはニュートン力学の質量、Mはアインシュタイン力学の質量だ。もちろん、vが増加すれば、Mは大きくならなければならない。vがcに近づくにつれ、Mは無限大に近づく。したがって、速度には限界があると考えられてきた。とはいえ、そんなわけはない。なぜなら、なにか——ぼくの仮説上の銀河間船——が、わずか五年で宇宙を横断したからだ——光が旅するのにかかる時間の十億分の一以下で。したがってvはcよりも大きくなりうるわけだ。

しかし、vがcよりも大きいとき、アインシュタイン質量Mは、負の数の平方根を含むため、かならず無意味になると思われる。だが、そういう結論は、飛行全体を通じて銀河の物質にあたえた船の観測された影響と一致しない。

さて、無意味なMにかわるものは負のvであり、それならvの自乗は正になる。そのあと方程式はMを決定する通常のパターンにしたがう。しかし、vは距離と時間の比率にすぎない。距離は正のスカラー量だが、未来へのびているか、過去へのびているかしだいで、時間は正にも負にもなりうる」

アラールは勝ち誇った顔で彼女を見た。

「ぼくがいっているのは、船が時間をさかのぼるのは、超光速にとっての必要十分条件だということだ」

「それなら」と不思議そうに彼女が尋ねた。「光のスピードよりも速く飛ぶ船は、発進する前に着陸するでしょう。そうすると船は三隻どころか二隻でもなく、たったの一隻しかなかったことになります。五年前、あなたを地球へ運んできた船は——」

「じつはT－22で、七月二十一日まで飛び立たない」

女はめまいに襲われたように湾曲したキャビンの壁に寄りかかった。

アラールは苦笑まじりに言葉をつづけた。

「ぼくは来週T－22に飛び乗って、時間をさかのぼる五年間の巡航に出るんだろうか？　いまこの瞬間、なにも知らないオリジナルのアラールが地上を歩き、同じことをたくらんでいるんだろうか？　彼がヘイズ＝ゴーントの小さなサルのオリジナルを船のマスコットとして連れていくんだろうか？」不安げに笑い声をあげ、「まったく、こんな途方もない話は聞いたことがない——」ぷっつりと言葉が切れ、「ぼくはきみといっしょに地球へは帰らない」

「知っています。残念ですが」

アラールは目をしばたたいた。「つまり、たったいま、ぼくが話したあとに知ったということか？」

「いいえ。フォボスは太陽への途上にあります。あなたはわたくしの夫の旧友が何人か見つかるだろうと思っている。あなた自身についてなにか教えられる人たちが。メガネット・マインドによれば、機会があれば、あなたは行こうとするそうです」

「彼がそんなことを？」

「さらにこういいました——あなたはそこであなたの正体を知るだろう、と」

「ああ！」〈盗賊〉の目がギラリと光った。「なぜもっと前に教えてくれなかったんだ？」

女は床をじっと見つめた。

「ソラリオンでの生活は危険です」

アラールの笑い声は低く、温かみを欠いていた。

「ぼくらのどちらかにとって、いつから危険が決定要因になったんだ？　隠していた本当の理由はなんだ？」

彼女はおだやかな目をあげて、アラールと視線を合わせた。

「あなたがあなた自身について知ったとき、その情報は役に立たないからです。マインドによれば、まさに死ぬまぎわに、あなたはなにもかも思いだすそうです」不安げに彼の顔を見つめ、「死にたいのなら、〈結社〉に復帰して、役に立つことをしたらどうですか。五年前、あなたが何者だったのかが、本当に大事なのですか？」彼女の顔に赤みがさしていた。

「ぼくが本当は何者かわかるまであきらめてはいけない、とぼくはいった」と彼はおだやかな声で答えた。マインドの予言は、彼にとってショックだった。これは予想もしていなかった要因だ。

「だとしても」と彼女がせがむようにいった、「そのために命を投げだしたくはないのでしょう？」

「命を投げだすつもりはない。わかっているはずだ」

「許してください」彼女はそういうと、まるで自分を抑えようとするかのように、一瞬ぎゅっと目をつむった。「あなたを説得しなければならないのは、しばらく前、あなたが床に寝ているときわたくしにあいったからです。ひょっとしたら、いまわたくしの言葉は、あなたにとってなにかを意味するかもしれないと思いました」

「でも、意味するんだ、ケイリス」と彼はきっぱりといった。

「でも、じゅうぶんではありません」

アラールはため息をついた。自分はいま十字路に立っている——彼にはそれがわかった。どの方角へ進むかは、もはや自分ひとりの問題ではない。自分の判断の影響はケイリスにもおよぶにちがいない。彼女が両腕を切断されたと知ったとき、思わず唇を開いて、感情を露わにしたあの瞬間、彼女にいったことを悔いてはいない。しかし、そうすることで、彼女に要求する権利をあたえてしまった。要求されること自体はうれしい——だが、その結果に責任を負わなければならない。

「ケイリス」彼はいった。「きみの気持ちに関心がないわけじゃない。きみのもとにとどまりたくて仕方がないんだ」

「それなら、とどまってください」

「無理なのは知っているだろう。ぼくは以前にも死に直面したことがある。死が怖くて思いとどまることはない。もしとどまったら、ぼくのなかの大事ななにかが失われるだろう」

「でも、今回は前もって警告を受けているのですよ」

「たとえマインドの予言がこんどの旅を意味するのだとしても、かならずそうなるとはかぎらない。マインドは絶対に誤らないわけじゃない」

「でも、誤らないのです、アラール！　彼は誤らないのです！」

記憶にある人生のなかではじめて、アラールはすばやく決断をくだせない自分に気づいた。未来を犠牲にして過去をとりもどすのは、割りに合わない取り引きだ。ひょっとしたら、ケイリスといっしょに帰還し、〈盗賊〉としてもっと長く、もっと有益な人生を送ったほうがいいかもしれない。

アラールは彼女の肩を抱いた。

「さよなら、ケイリス」

彼女は顔をそむけた。

「フォボスのアンドルーズ船長が、トインビー研究所のタルボット博士を待っています。舞踏会で会ったタルボットを憶えていますか？　彼は〈盗賊〉で、自分のかわりにあなたを行かせるようにというマインドからの指令を受けています」

自由意志か！

一瞬、太陽系のあらゆる人間が、マインドの果てしないチェス盤上のポーンにすぎないように思えた。

「もちろん、つけ髭を用意してあるんだろう？　タルボットのヤギ髭に似たやつを」

と、おだやかな口調で彼は尋ねた。

「わたくしのコートのポケットに封筒がはいっています。中身は彼のパスポートや、船室の鍵や、乗船券。そしてつけ髭です。いまつけたほうがいいでしょう」

なんとも手まわしがいいことだ。受け入れるしかない。彼はすばやく封筒をとり出すと、ヤギ髭を貼りつけてから、ためらった。

「わたくしのことなら心配ありません」とケイリスが請けあった。「問題なく船をもどせます。まず——彼らを——深宇宙に葬ります。それから地球へもどって、中央死体公示所で調べごとをします」

聞いてはいたが、彼はうわの空だった。

「ケイリス、せめてきみがケニコット・ミュール以外の男の妻だったら——さもなければ、彼が死んでいると思えたら——」

「フォボスに乗り遅れないで」

アラールは見納めに彼女に目をやって記憶に刻んでから、無言で向きを変え、昇降口をくぐって姿を消した。宇宙船のロックがくるっとまわって閉まる音がした。

「さようなら、あなた」と彼女は小声でいった。生きている彼に二度と会えないのはわかっていた。

15　ホットスポットの狂気

「これまで太陽へ行ったことは、タルボット博士？」アンドルーズ船長が、新たな乗客を興味津々で値踏みした。ふたりはフォボスの観測室にいた。

月《ルナ》から水星（一時間前にあとにした惑星）にいたる航路でのなにもかもが、まるでこの旅をいちどではなく百回もしてきたかのように、じれったいほどなじみ深く思えるのをアラールは認めるわけにはいかなかった。同様に天体物理学が自分の専門だと認めるわけにもいかなかった。天文学に関するある程度の無知は許される――それどころか、そうあって当然なのだ――歴史学者ならば。

「ありません」と〈盗賊〉はいった。「これがはじめての旅です」

「前にあなたを乗せたことがあるような気がしまして。その顔になんとなく見憶えがあるんです」

「そう思われますか、船長？　わたしは地球では頻繁に旅をします。トインビー学派の講演会で会ったのでは？」

「いや。行ったことがありませんので。太陽航路のどこかで会ったのでなければ、まったく会ったことはないはずです。たぶん、気のせいでしょう」

アラールは内心で身悶えした。疑惑を招かずに、どこまで質問を重ねられるだろう？　彼はそわそわと偽のヤギ髭を撫でた。

「はじめてなのでしたら」とアンドルーズ船長が言葉をつづけた。「どうやってソラリオンを見つけるか、興味がおありかもしれませんね」制御盤の丸い蛍光プレートを指さし、「あれでカルシウム2――つまり、イオン化したカルシウム――のH線に関する太陽表面のリアルタイム画像が得られます。

あそこには、太陽の紅炎《プロミネンス》と白斑の位置が示されています。なぜなら、大量のカルシウムが含まれているからです。このプレート上ではプロミネンスは見えません――太陽のへりにあり、黒い宇宙空間を背にして噴きだしているときしか目に見えないからです。しかし、ここには白斑がたくさんあります。光球のすぐ上に浮かんでいる、このガス状の小さなふくらみです――これらは日輪のほぼ中心まで探知できます。高温ですが、無害です」

彼は航宙用の平行定規でガラスをコツンとたたいた。

「そしてこの場所には粒状斑が群がっています――『太陽入道雲』と呼んだほうがいいかもしれません。五分で数百マイルも湧きあがって消えます。もしそのひとつにフォボスがつかまったら……」

「わたしにはロバート・タルボットという従兄弟がいました。初期の太陽貨客船の一隻で行方不明になりました」と、さりげなくアラール。「船が太陽嵐に呑まれたにちがいないと考えられています」

「十中八九そうでしょう。適切な接近法を学ぶ前は、かなりの数の船を失いました。従兄弟ですか？　おそらく、その人のことが頭にあったのでしょう。もっとも、その名前になじみがあるとはいえませんが」

「何年も前の話です」とアラール。目の隅でアンドルーズを見つめながら、「ケニコット・ミュールがまだステーションを運営していたころです」

「ふーむ。記憶にありませんな」アンドルーズ船長は言葉を濁してプレートに注意をもどした。「おそらくご存じでしょうが、ステーションは太陽黒点の縁《ふち》、われわれが半影と呼ぶもののなかで活動しています。このやり方にはいくつかの利点があります。

彩層のほかの部分よりわずかに温度が低いので、ソラリオンの冷却システムと人員にとって楽ですし、黒点はやって来る貨客船のための目印にもなってくれます。黒点の上にないかぎり、ステーションは見つけるのは不可能も同然です。温度等高線上の位置を突き止めるだけでもむずかしいのです」

「温度等高線といいますと？」

「そうですね――沿岸における三十尋《ひろ》線のようなものです。ただし、ここでは五千度の線ですが。あと数分で着陸態勢にはいりますが、自動分光器操舵《そうだ》でエンジンを噴射します。そしてフォボスは、ソラリオン9号が見つかるまで、五千度ケルヴィンの等高線にそってじりじりと進みます」

「なるほど。もしステーションが側面エンジンを失い、五千度線上にとどまれなくなったら、どうやって見つけるんですか？」

「見つけられません」とアンドルーズ船長がそっけなくいった。「ステーションが行方不明になるたびに、われわれはつねに捜索船を送りだします――何百隻も――そして何カ月もその太陽黒点のまわりに捜索の網を張ります。しかし、なにも見つからないのは、はじめる前からわかっています。見つかったためしがありません。太陽黒点の渦流深くでとっくに蒸発したステーションを表面で探しても無駄なのです。

もちろん、ステーションは分光器で自動制御されており、五千度線からはずれない作りになっていますが、ときには機構が故障したり、異常に熱いウィルスン・ガス渦流があふれ出して黒点の縁を乗り越え、機構をあざむき、ステーションが黒点からはみ出している、たとえばもっと高温の五千四百度線上にあると思わせたりすることがあります。

したがって、自動制御機構はステーションをさらに黒点の内部へ移動させ、辺縁ぎりぎりにある不安定なエヴァーシェッド流帯に入れるかもしれません。そこからステーションは本影部にすべりこむこともありえます。わたしはエヴァーシェッド流帯から這いだしてきた船を一隻知っています。乗員は総入れ替えしなければなりませんでした。しかし、本影部から出てきたソラリオンはありません。したがって、自動制御に全面的に頼るわけにはいかないのです。

各ステーションには三人の太陽気象学者も常駐していて、気象スタッフが十五分ごとに速報を出し、ステーションのもっとも確実と思われる位置や、発生中の擾乱《じょうらん》について知らせます。ときには早めに正しい方向へ移動しなければなりません。

しかし、もっとも優秀な太陽人でさえ万事を予見できるわけではない。四年前、3号と4号と8号は大きな『先導者《リーダー》』で活動していました。それは磁石における極のような黒点です――つねにペアであらわれるので、東の黒点を『リーダー』、西の黒点を『随行者《フォロワー》』と呼びます――そのとき水星の観測所が、リーダーが急激に小さくなっているのに気づいたのです。

なにが起きているのか、観測所のスタッフが思いいたったときには、黒点はコネチカット郡の大きさにまで縮んでいました。乗員を連れだすためにパトロール船が派遣されましたが、手遅れでした。黒点は消え失せていたのです。ステーションは『フォロワー』まで行き着き、五千度線のどこかに落ちつこうとするだろうと思われました。

8号はそうなりました――かろうじて。さいわい、8号はリーダーの最上層で活動しており、下にあった黒点が消えたとき、太陽の赤道のほうへ漂流するはめになりました。しかし、漂流するあいだも側面ジェットを噴射してフォロワーのほうへじりじりと向かってもいたので、ついにはフォロワーの南端を捉えたのです」

「ほかのふたつのステーションはどうなりました？」とアラール。

「跡形もなく消えました」

〈盗賊〉は内心で肩をすくめた。ソラリオンの寝台が、ラ・パスの公共ベンチで引退生活を送るのとまったく同じわけがない。その点に関して幻想はいだいたことがない。ひょっとしたらマインドは、ソラリオンで自分が生存する確率は、純粋に冷徹な統計上の問題だとみなしているのかもしれない。

船長は蛍光プレートから離れて、奥の壁にボルト留めされた金属キャビネットのほうへ向かった。首をめぐらせ、肩ごしに声をかける。

「泡を一杯どうです、博士？」

アラールはうなずいた。

「では、遠慮なく」

船長はキャビネットの扉を開き、棚を漁ると、右手でプラスチックのボトルを引っぱりだした。左手でアルミのカップをふたつ探りあてる。

「あいにくワインは出せませんが」とキャビンの端からもどってきて、ボトルとカップを小さな丸テーブルに置きながら船長がいった。「泡自体に刺激はありませんが、こいつは冷えています。こういう場所では大いにありがたい」かすかに皮肉まじりの口調だった。ボトルを絞って二杯分を注ぐ。クリーム状のリボンとなった液体が噴出し、ゆっくりとカップにおさまった。それから船長はボトルを冷蔵庫にもどした。大きな手が扉をたたきつけるように閉めた。

アラールはカップをかかげ、飲料を味わった。酸味のきいたレモン味で、冷たく、ピリッとする舌ざわりだった。

〈盗賊〉は「うまい」といった。確信はないが、前に味わったのを憶えているような気がした。この五年のあいだに飲んだ、もっとありふれた清涼飲料のひとつに似ているだけかもしれない。とはいえ、またしても別の理由があっても不思議はない……。

船長は舌鼓を打った。

「無尽蔵にありますよ。しょっちゅう飲みますが、飽きたためしはありません」カップをのぞきこみ、「船長室に箱で持っています。小さな脱水錠剤で。ボトルがからになれば、錠剤を落として、飲料水を入れ、冷やすだけ。そうすれば」指をパチンと鳴らし、「新しいボトルのできあがりです」彼が自分の泡について熱心に語るようすは、ソラリオンの活動を述べたときと変わらなかった。

「あなたはステーションの歴史を予習されてきたようですな」と、だしぬけにアンドルーズ船長がいった。アラールにチューブ状の椅子を勧め、自分用に別の椅子をテーブルまで蹴って寄せる。

「ええ、予習してきました、船長」

「それはけっこう」

アラールは、その簡潔な質問と感想の裏にある秘められた感情を悟った。この十年間にひとつずつ太陽まで曳航された高価なソラリオン二十七基のうち、残っているのは十六基。太陽人たちは過去を思い起こさない。過去はあまりにもぞっとするのだ。この十年間にひとつずつ太陽まで曳航された高価なソラリオン二十七基のうち、残っているのは十六基。ステーションの平均寿命は約一年だ。スタッフは絶えず交替し、そのひとりひとりは、長く厳しい訓練のあと、六十日の勤務を割りあてられる——水星の恒星周期八十八日に対する太陽の自転の天合周期二十日の三倍だ。

船長は飲料を飲みほし、アラールのからになったカップを手にとると、「あとできれいにします」といいながら、ふたつを重ねてキャビネットにしまった。どすんとまた椅子にすわり、「交替要員には会いましたか?」と尋ねる。

「まだです」とアラール。水星観測所が任意の太陽ステーションと衝の位置に達すると——二十日ごとにそうなるのだが——貨客船がスタッフの三分の一の交替要員を乗せていき、測り知れない価値のあるミューリウムとともに、最古参の三分の一を連れ去るのだ。フォボスは十一人の交替要員を乗せている、と彼は知っていた。しかし、これまでのところ、彼らは船の自分たちの居住区に閉じこもっているので、だれにも会えていなかった。

アンドルーズ船長は、アラールになんとなく見憶えがあるという問題を頭から追い払ってしまったようだった。そして〈盗賊〉は、その話題を蒸し返す方法を思いつかなかった。当面はタルボット博士、太陽にまつわることに無知な歴史家のふりをつづけねばならないだろう。

「ステーションがそれほど絶えず危険にさらされているのなら、なぜ貧弱な側面ジェットのかわりに、完全な宇宙エンジンをそなえつけないのですか？　そうすれば、ステーションが現在の回復点を越えた黒点にすべりこんでも、あっさり自由の身になれるでしょう」

アンドルーズがかぶりをふった。

「国会議員たちは、まさにその問題で選ばれ、落とされてきました。しかし、ソラリオンの費用を考えれば、現状を変えるわけにはいきません。じっさいのところ、ソラリオンとはミューリウムを製造するための巨大な合成機にすぎず、中央に居住区のための小さなドーム状の空間と、周縁に貧弱な側面ジェットがいくつかあるだけなのです。

宇宙船は全体が転換炉で、乗員のための小さなドームがここ船体中央部にあります。ソラリオンを宇宙船にするには、現在のソラリオンの大きさのおよそ二百倍にしなければなりません。そうなると、ただでさえ途方もなく大きいソラリオンが、想像を絶するほど巨大な宇宙船の小さなドームにすぎなくなるでしょう。

ステーションを安全にする件に関しては、つねに議論百出ですが、方法はひとつしかなく、それには莫大な費用がかかります。したがって、宇宙省大臣は出世したり失脚したりしますが、ステーションはけっして変わりません。ついでながら、こうしたものの費用に関していえば、ソラリオンをひとつ作るには、帝国の年間予算のおよそ四分の一がかかると理解しています」

船内通話器がブーンと鳴った。アンドルーズがアラールに断ってから、短く応答すると、受話器をもどした。

「博士？」船長は奇妙なほど困惑しているようだった。

「なんでしょう、船長」アラールの心臓は警告の動悸を打っていなかったが、なにか異常で重大な事態が起ころうとしている、と悟らないわけにはいかなかった。

アンドルーズは、まるで口を開こうとするかのように一瞬ためらった。それから力なく肩をすくめ、

「ご存じのとおり、本船には9号――あなたの目的地――の交替要員が乗っています。あなたがこれまでだれにも会っていないのは、彼らが仲間内で閉じこもっているからです。彼らが食堂であなたに会いたいそうです――いますぐ」

船長がもっとなにかいいたがっているのは一目瞭然だった。ひょっとしたら、警告の言葉をあたえたいのかもしれない。

「なぜわたしに会いたがるんですか？」とアラールはぶっきらぼうに尋ねた。

アンドルーズも同じくらいそっけなかった。

「彼らが説明するでしょう」咳払いして、アラールが眉を吊りあげたのを見なかったことにし、「あなたは迷信深いほうではないですね」

「そう思います。なぜ尋ねるんですか？」

「ちょっと気になっただけです。迷信深くないのがいちばん。あと数分で着陸しますから、わたしはかなり忙しくなります。左側の狭い通路が食堂に通じていますよ」

〈盗賊〉は眉間にしわを寄せ、偽のヤギ髭を撫でてから、向きを変え、出口パネルのほうへ歩きだした。

「ああ、博士」とアンドルーズが声をかけた。

「なんでしょう、船長？」

「二度とお目にかかれない場合にそなえて、あなたを見るとだれを思いだすのかがわかりました」

「だれです？」

「その男はあなたよりも背が高く、体重があり、年上でした。そして髪は、あなたのが黒いのに対して赤褐色でした。とにかく、彼は死んでいます。ですから、じつはわざわざいうほどのことは――」

「ケニコット・ミュールですか？」

「そうです」アンドルーズはひどく考えこんだ顔でアラールを見送った。

いつだってミュールだ！　もしその男が生きていて、見つかったとしたら、どんな尋問にさらされるのだろう！　アラールはうつろな憤懣をかかえて足音を鳴りひびかせながら、除染されたからっぽのミューリウム貯蔵庫に架け渡された狭い通路を大股に進んでいった。

T－22が時間をさかのぼる奇怪な旅の終わりに墜落したとき、ミュールが乗っていたのはまちがいない。航宙日誌がその証拠だ。しかし、この自分、アラールがその日誌を持って川から這いあがってきた。ミュールの身になにがあったのか？　船といっしょに沈んでしまったのだろうか？　アラールはひどいいらだちに駆られて下唇を噛んだ。

もっとさし迫った問題がある――交替要員たちは自分になんの用があるのだろう？　彼らに会える機会は歓迎するが、質問をするほうになりたい。不意打ちにあった気分だ。

交替要員のなかに本物のタルボット博士を知っている者がいたとしたら？　もちろ

ん、十一人のなかに変装した帝国警官がまじっていて、自分を探すよう命じられていても不思議はない。あるいは、ひょっとしたら、彼らは一般原則として自分とつき合いたくないのかもしれない。けっきょく、自分は招かれざる部外者であり、彼らの時間刻みの生存に必要不可欠な円滑なチームワークを乱しかねないのだ。

それとも、すこしからかってやろうと、自分を招いたのだろうか。新人の緊張をほぐすために、ステーションの精神科医がじっさいにそれを奨励しているというではないか。ステーションに着く前になされ、終わっていればの話だが。

狭い通路を離れて狭い回廊にはいると同時に、音楽と笑い声が前方から聞こえてきた。

彼は笑みを浮かべた。パーティーだ。いま思いだしたのだが、後任の交替組はかならずお別れパーティーを開くのだ。その目玉は哀調を帯びた、長々しい、活字にはできないバラッド——主題はもっぱら彼らが地球《テラ》を離れ、現在の境遇にいたった理由だ——色とりどりの光しかまとっていない踊り娘《こ》たちの新しい無削除版のホログラム映画（宇宙大臣じきじきの贈りもの）、そしてプレッツェルとビールだ。

ビールだけで強い酒がないのは、素面《しらふ》でステーションに到着しなければならないからだ。運がよければ、二カ月後、フォボス船上でつぎのパーティーを開き、フォボスの乗員も参加するだろう。謹厳実直なアンドルーズさえ、彼らの無事の帰還を祝って羽目をはずすだろう。

だが、いまはちがう。門出を祝うパーティーは内輪にかぎられる——太陽人しか出られない。よそ者は招かれないのだ。後任のステーション精神科医でさえ締めだされるだろう。

では、どういうことだ？　なにかがおかしい。

立ち止まってドアをノックしようとすると同時に、脈拍を数えている自分に気づいた。心拍は百五十で、上昇しつつあった。

16 エスキモーと太陽人

アラールはドアの前に立ち、急激に速くなる心拍を数えながら、向こう側でなにが待っているのだろう、と考えをめぐらせた。こぶしを握った手が、ありもしないサーベルの柄頭に向かって本能的に動く。フォボス船上で武器の携帯は禁じられていた。しかし、自己憐憫にふける者たちの内輪の集まりに、どんな危険があるというのか？　それでも、彼らがちょっと悪ふざけを試みて、偽の顎髭を引っぱったとしたら？　ためらっているうちに、音楽と笑い声が消えていった。

そのとき船がぐらりと揺れ、彼はドアにたたきつけられた。フォボスはソラリオン9号にじりじりと入港を果たし、いまはドッキング・ポートに繋留作業中なのだ。食堂内部からけたたましい歓声があがり、彼がドアにぶつかった音をかき消した。

彼らがステーションの存続を祝っているのか、それともさし迫った自分たちの出発を祝っているのか、よくわからなかった。その拍手喝采には嘲りや皮肉めいたものがこもっており、後者ではないかとアラールは疑った。古株たちには勝手に喜ばせておこう。

「はいりたまえ！」と、だれかが大声をはりあげた。

彼はドアを横へ押して、なかへはいった。

十の顔が待ちかねたというように彼を見た。そのうち年少の男ふたりがホログラムのわきにすわっているが、3D画像をおさめる透明キューブは暗かった。消されたばかりなのは一目瞭然だ。

別のふたりは、ビールの小樽、大きな木製のプレッツェル・ボウル数個、ビール・マグ、ナプキン、灰皿、その他もろもろを満載したテーブルからもどって来るところで、〈盗賊〉にいちばん近いダイニング・テーブルに向かっていた。そのテーブルでは、六人の男が立ちあがろうとしていた。その場にいない十一番目の顔は、おそらく精神科医だろう——共通の理解と同意のもとで欠席しているのだ。

パーティーは終わったのだ、と彼は察して不安に襲われた。これは別のなにかだ。

「タルボット博士」と大柄で血色のよい男が、どら声をはりあげた。「わたしはマイルズ、9号に着任するステーション・マスターです」

アラールは無言でうなずいた。

「そしてこちらが気象学者のウィリアムズ——側面ジェット操縦士のマクドゥーガル——分光器学者のフロレッツ——生産エンジニアのセント・クレア……」

〈盗賊〉は、事務員の若いマルチネスにいたるまで、紹介された面々に重々しく、だが、当たり障りなく会釈した。彼の目はなにも見逃さなかった。この男たちはひとり残らず経験者だ。過去のいつかの時点で、全員が太陽ステーションで冷や汗を流したことがある。おそらく大半の者は異なる時期に異なるステーションで。しかし、共通の体験が彼らに烙印を押し、溶接して、地球から出ない兄弟たちの埒外へ放りだしたのだった。

二十の目は彼の顔に釘《くぎ》づけのままだった。いったいこの自分になにを期待しているのだろう？

アラールは目立たないように手を組み、脈を測った。百六十で安定している。

マイルズがまた破鐘《われがね》のような声でいいはじめた――

「タルボット博士、たしかあなたは、われわれといっしょに二十日間を過ごすのでしたな」

アラールは微笑を浮かべそうになった。高度な技能を身につけているうえに、長い経験から無意識のうちに俗物根性にまみれた太陽人となったマイルズは、危険な六十日を満期で勤めあげない者に深い軽蔑心をいだいているのだ。

「その特権を要求してきました」と〈盗賊〉は重々しく言葉を返した。「わたしが邪魔になる、とみなさんが判断されなかったのならいいのですが」

「まったくしませんでしたよ」

「トインビー研究所は、職業的な歴史家に論文の準備をさせることを長年の悲願として――」

「いえ、あなたがなぜいらっしゃるのかは、どうでもいいんです、タルボット博士。それに邪魔になるという心配はご無用。われわれが忙しいときは、隅でおとなしくしているだけの分別はお持ちのようだし、頭医者の相手をして、われわれをわずらわせないようにしてくださるなら、体重と同じユニタの値打ちがあるというものです。あなたはチェスをたしなまれますか？　われわれに同行する頭医者はエスキモーなんです」

記憶にあるかぎりでは、「エスキモー」という言葉がある種の太陽人を指す用例をはじめて聞いたが、驚いたことに、その意味は理解できた。まるで前世をおさめる心の部屋から、意味がひとりでに頭へ飛びだしてきたかのように。フォボスに乗船する決断はまちがっていなかったのだ。しかし、当面は無知をよそおわなければならない。

「チェス――エスキモー？」と困惑顔で礼儀正しくつぶやく。

数人が口もとをほころばせた。

「そうです、エスキモーです」とマイルズがじれったげにどら声でいう。「ソラリオンにはじめて来た者。生まれながらの心配性。十中八九は学校を出たてで、チェスのセットをたくさん持ちこんでいます。われわれの頭をチェスでいっぱいにしておけば、われわれがふさぎこまないからですよ」いきなり、しわがれ声で笑い、「だから、わわれわれはふさぎこみません！　燃えあがる大白斑にかけて！　われわれがここへ何度ももどって来るのはなぜだと思ってるんでしょうね？」

アラールはうなじの毛が逆立ち、腋の下が濡れているのを悟った。そしてこの迷える魂たちがどんな烙印を押され、奇っ怪な同志愛を育んでいるのか、ようやくわかった。

あの夜、舞踏会で本物のタルボットが述べたように、この連中はひとり残らず正真正銘の狂人なのだ！

「頭医者の相手をするようにします」と、もっともらしく疑いのにじむ声で彼は同意した。「チェスを指すのはかなり好きなほうなんです」

「チェスか！」と分光器学者のフロレッツが、気のない声できっぱりとつぶやくと、アラールから目を離し、うんざり顔でテーブルを見つめた。悪意がまったくないとはいえ、その意味が弱まるわけではなかった。

マイルズがまた笑い声をあげ、血走った目をアラールに据えた。

「しかし、あなたをここへ招いたのは、頭医者がわれわれに迷惑をかけないようにしてくれと頼むためだけではありません。じつは、われわれ十人は全員がインディアン――古株の太陽人なんです。そいつは異例なことでしてね。たいてい群れには、すくなくともひとりのエスキモーがまじっているんですよ」

大男がポケットにさっと手を入れた。と、ふたつのサイコロが、カタカタと音を立てて〈盗賊〉のほうへテーブルをころがった。テーブルのどこかで鋭く息を呑む音がした。若い事務員のマルチネスだ、とアラールは思った。テーブルの両側でだれもが客人と、その前にある白い立方体のほうへゆっくりと席を詰めた。

「サイコロを拾ってもらえますか、タルボット博士」とマイルズが語気を強めていった。

アラールはためらった。その行動で自分の身になにが起きるのだろう？

「拾って」とマルチネスがじれったげに、勢いこんでいった。「拾ってください」

〈盗賊〉はサイコロをじっくりと眺めた。すこしすり減っているかもしれないが、なんの変哲もない。彼はゆっくりと手をのばし、右手のなかにサイコロをかき集めた。その手をあげて指を開き、手のひらに載ったサイコロがマイルズの鼻先で横並びになるようにする。

「で、どうします？」

「あー」とマイルズ。「では、まもなくあなたにやってもらうことの意義をお知らせするべきでしょうな」

「たいへん興味深い」とアラールは答えた。どんな儀式がおこなわれようとしているのだろう。男たちにとっては重要きわまりない儀式だ、それはまちがいない。

「正真正銘のエスキモーがいるときは、タルボット博士、サイコロをふってくれと頼むんです」

「それなら、選択の余地があるのではありませんか？　たしか精神科医にもその資格があるのでは？」

「ふん」と着任するステーション・マスターがうなるようにいった。「たしかに、頭医者はエスキモーです。しかし、頭医者はどいつもこいつも有害です」

「なるほど」アラールはサイコロを握りしめた。

「その件に関しては、マルチネスがその栄誉を担ってもよかったのです。マルチネスは二度の勤務しかしていませんし、本当は資格を失うまで運を使い果たしていません。しかしながら、背に腹を変えられなくならないかぎり、彼を使いたくないのです」

「それでわたしに白羽の矢が立ったわけですね」

「おっしゃるとおり。ほかの者はふさわしくありません。つぎに経験が浅いのは、五度の勤務のフロレッツ。こんどが彼の六度目になります――もちろん、お話になりません。そういう具合に丸十年勤務のわたしまであがってきます。わたしはヨナ。サイコロはふるわけにはいきません。そういうわけで、残るのはあなたです。あなたは本当はエスキモーではない――二十日しかわれわれのもとにいないのですから――しかし、規則を曲げるわけではない、と古株の数人が判断しました。あなたが、ある古い友人に似ているからです」

もちろん、ミュールだ。まったく途方もない。まるで深い夢からさめるかのように、〈盗賊〉は頭をすっきりさせた。麻痺したこぶしのなかで、サイコロは冷たく、重さがないように感じられた。そして鼓動がまた速くなっていた。

彼は咳払いした。

「サイコロをふったらどうなるか、訊いてもよろしいですか？」

「なにも起きません――さしあたりは」とマイルズが答えた。「われわれは列をなして出ていき、装備をつかむと、傾斜路を登ってステーションにはいるだけです」

それほど単純なわけがない。マルチネスの口は、まるで命がこれにかかっているかのように、だらんと開いている。フロレッツはろくに息をしていない。テーブルのどこを見てもそういう調子だ。マイルズさえ、アラールが部屋にはいったときよりは紅潮しているように思える。

彼は猛然と頭を回転させた。なにかとてつもない大金のかかったギャンブルに、自分は決着をつけようとしているのだろうか？　太陽人たちは高給とりだ。ひょっとしたら稼ぎを貯《た》めていて、この自分が勝者を決めることになるのかもしれない。

「どうか《ポル・ファヴォール》、急いでもらえませんか、タルボット博士」と蚊の鳴くような声でマルチネス。

これには金よりも大きなものがかかっているのだ。アラールは手のなかでサイコロをゆすると、ころがした。

そのさなかに、遅ればせながらの警告が、霧につつまれた記憶喪失以前の人生から湧きあがってきたように思えた。彼は無駄を承知で立方体をつかまえようとしたが、手遅れだった。三と四。たったいまソラリオンのあるクルー——そして自分自身に——死を宣告してしまったのだ。

アラールは、急に真っ青になったマルチネスと視線を交わした。

ソラリオンは十二カ月にいちど消滅する。したがって、二カ月勤務の太陽人は、それとともに死亡する確率が六分の一ということになる。フロレッツがサイコロを投げられなかったのは、これが六度目の勤務になり、確率の法則にしたがって、彼の時間はつきるからだ。

六つにひとつ——この狂人たちは、サイコロをころがせば、疲れはてて地球《テラ》へ帰還するか——それとも太陽の上の墓場で蒸発するかを予言できると信じている。

確率は六分の一。七が出る確率は六分の一だった。自分の投擲は、この信じがたい狂信者たちの命を奪うだろう。ケイデス銃で撃ち倒すのと同じくらい確実に。この十人は、自分が死ぬのを知りながら、ソラリオンのなかへ歩いていくだろう。そして遅かれ早かれそのうちのひとりが、無意識のうちに致命的な過ちを犯し、ステーションを太陽黒点渦流へ突入させるか、地図のない底なしの光圏で漂流させるかするだろう。そして自分も道連れになるだろう。

奇妙で気味の悪い間があり、だれもが息を止めていたように思えた。マルチネスは青ざめた唇を動かしているが、音は出てきていない。

それどころか、だれもなにもいわない。いうべきことがないのだ。

マイルズが考えこんだ顔で、ばかでかい黒い葉巻をくわえ、椅子を押してテーブルに寄せると、うしろをふり返らずにゆっくりと部屋から出ていった。ほかの者たちが、ひとりまたひとりとつづいた。

ソラリオン9号へ通じる傾斜路のほうへ足音が遠ざかって消えたあと、アラールは丸々五分待った。自分のばかさ加減と、前世から飛びだしてきた、ふたつのじらすような記憶の両方に驚くばかりだった。

彼らを追ってソラリオンにはいったら、確実に死ぬことになる。だが、いまさらあとへは引けない。彼はマインドの予言を思い起こした。それは計算ずみのリスクだ。

なにより悔いが残るのは、いまや自分がクルーにとって好もしからざる人物《ペルソナ・ノン・グラタ》であることだ。この狂信者たちからなにかを聞きだすまで、長い時間がかかるだろう――十中八九、彼らのひとりがステーションを破壊するほうが先だろう。だが、聞きだそうとしないわけにはいかない。

彼は回廊へ踏みだし、十ヤードあまり先にある傾斜路のほうに目をやると、鋭く息を吸いこんだ。四人の帝国警官が非情な目つきでこちらを凝視したかと思うと、いっせいにサーベルを抜いたのだ。

とそのとき、忘れようにも忘れられない、身の毛のよだつ含み笑いが、信じられないでいる彼の左の耳朶《じだ》を打った。

「太陽系は狭いな、そう思わないかね、〈盗賊〉？」

17　太陽近傍での再会

「死体公示所のこの区域に部外者の立ち入りは許されておりません、マダム。ここには引きとり手のない死体しかありません」彼女の行く手をさえぎった灰色ずくめの奴隷の係員が、慇懃に、だがきっぱりとお辞儀した。

ケイリスのもどかしさを表すしるしは、わずかに広がった鼻翼だけだった。

「この封筒に千ユニタはいっています」と彼女は静かな声でいい、ケープの留め金の下にはさまれた封筒を示した。「小部屋のなかに三十秒はいるだけです。ドアの錠をあけなさい」

奴隷は飢えたような目つきで封筒を見ると、不安そうにごくりと唾を飲みこんだ。その目が女の背後のホールをうかがう。

「千ユニタじゃ足りません。つかまったら、一巻の終わりですので」

「それしかありません」男が意固地になるのに気づいて、彼女は危惧《きぐ》をおぼえた。

「だったら、はいれませんよ」男は腕組みした。

「自由がほしくないのですか？」とケイリスが唐突に語気を強めた。「どうしたら自由が手にはいるか、教えてあげられます。わたくしを生かしておくだけでいいのです。

わたくしはマダム・ヘイズ＝ゴーントです」

奴隷がぽかんと口をあけた。

彼女はすかさず言葉をつづけた。

「宰相は、わたくしをつかまえた者に十億ユニタの報酬を出すそうです」と辛辣な口調でつけ加える。「あなたが自由を買って、大規模な奴隷所有者に成りあがるには足りるでしょう。あなたのうしろの小部屋にわたくしを閉じこめて、警察に通報するだけでいいのですよ」

この取り引きは自分にとってそれだけの値打ちがあるだろうか？　じきにわかる。

「でも、わたくしを部屋に入れる前に叫んではなりません」と彼女は静かな声で警告した。「叫んだら、持っているナイフで自害します。そうなったら、十億ユニタは手にはいらないでしょう。それどころか、あなたの命はないでしょう」

係員はあえぎ声で支離滅裂なことをいった。しまいに震える指でポケットから鍵をとり出す。何度か試して失敗してから、ようやくドアの解錠に成功した。

ケイリスはすばやくなかへはいった。背後でドアが施錠された。彼女は周囲をさっと見まわした。この階層にあるほかの数千の部屋と同じような狭苦しい部屋には、ひとつのものしかおさまっていなかった――腰の高さの木製台に載っている、安物の透明プラスチック棺《ひつぎ》だ。

ケイリスは奇妙な感情に囚われた。つぎの数秒のうちに知ることをめぐって、自分の全人生がまわっているように思えたのだ。さしものマインドも――微に入り細をうがって調べたにもかかわらず――死体公示所をあらためることは、おそらく考えつかなかった。けっきょく、T－22の航宙日誌は二体の生きものに触れているだけだった。そのどちらも正体は割れている――アラールと、ヘイズ＝ゴーントのサルのような生きものだ。

彼女は棺のなかのものを見るのをとっさに避けて、かわりに上面に載っている、枠にはいった活字の説明文を読んだ――

身元不明、引きとり手なし。二一七二年七月二十一日、ホイーリング近辺でオハイオ川より帝国河川警察によって回収。

キムだろうか？

とうとうケイリスは、無理やり棺のなかをのぞきこんだ。

キムではなかった。

女性だった。その体は、遺体用の薄物で爪先から胸までゆるやかに包まれていた。顔は青白く、痩せていて、透き通るように白い肌が、かなり高い頰骨にぴったりと張りついている。長い髪は黒いが、幅広い白色の筋が一本、額から流れだしている。

背後の錠のなかで鍵がまわっていた。連中を入れてやろう。

ドアがはじけるように開いた。だれかが――訓練を積んだ帝国警官の文法を無視したそっけない口調で――「あれは彼女だ」といった。

ケイリスには亡骸をもういちど見る時間しかなかった。その腕のない肩をもういちど、心臓に埋まったナイフを――左腿の鞘に入れていま持ち運んでいるのとそっくりのナイフを――もういちど見る時間しか。


傾斜路に四人の衛士がいる意味は、いまや〈盗賊〉には火を見るよりも明らかだった。シェイが配置しておいたのだ。背後にもほかの衛士がいることは疑問の余地がない。

ならば、シェイがマイルズのいう「エスキモーの頭医者」にちがいない――動物の狡猾さで、フォボスが月に到着して以来、小男はずっと船上でアラールを待っていたのだ。

しかし、罠にはめられたと感じるかわりに、〈盗賊〉は高揚感をおぼえただけだった。すくなくとも、死ぬ前に、シェイを処罰する機会が得られるのだ。

シェイがいま講じている予防措置は、ふつうの逃亡者をふたたび捕らえるためだったら、じゅうぶん間に合ったにちがいない。だが、これまでアラールに仕掛けられたほかの罠にも同じことがいえたのだ。狼の群れは、人類に有効な方法が——拡大し、精緻にしたうえでなら——彼にも有効だという前提でいまだに行動している。その前提はまちがいだ、といまの彼は信じていた。

ケイリスのこの世のものとも思えないほっそりした姿が、幻となって眼前に浮かびあがった。そう、シェイを罰するときが来たのだ。〈盗賊〉としての誓いに縛られているから、自分は精神科医を殺すわけにはいかない。だが、正義はそれ以外の懲罰を許している。その鉄槌をくだすのはソラリオンの上が最善だろう。追っ手がここで自分をつかまえられると思っているのはまちがいないし、獲物が堂々とソラリオンに隠れるという事態を招くつもりがないのもほぼ確実だ。その状況を変えてやろう。

彼はゆっくりとふり返り、光を放つのにそなえて内心で踏ん張った。

「この指が見えるか、シェイ？」自分の目と心理学者の目をつなぐ線の途中に右の人さし指を立てる。

純粋な反射作用で、シェイの眼球がその指に焦点を合わせた。と、彼の首がわかるかわからないくらいのけぞった。アラールの目から発した青白い光の細い「x」が、彼の目に飛びこんだのだ。

五秒後には、相手の視覚器官を過度に刺激して催眠術をかけようという、〈盗賊〉

の一か八かの試みが成功したかどうかがわかるだろう。

「わたしはトインビー研究所のタルボット博士だ」と彼は早口にささやいた。「おまえはソラリオン9号に着任する頭医者。われわれはいっしょに乗り移る。傾斜路で衛士たちに近づいたら、万事順調だといって、われわれの装備をただちに運びこむよう依頼しろ」シェイが彼に向かって目をしばたたいた。

本当にうまくいくだろうか？　無謀すぎるだろうか？　自分は自信過剰で頭がイカレているのだろうか？

〈盗賊〉はくるっと向きを変え、傾斜路で油断なく身がまえている帝国警官たちのほうへきびきびと歩いていった。背後で走ってくる足音がした。

「よせ《ストップ》！」と、ほかの四人の衛士とともに急いでやってきたシェイが叫んだ。

アラールは判断を迷って唇を噛んだ。賭けに負けたのは歴然としている。シェイがこの場で自分を殺させるつもりなら、傾斜路の剣士たちを突破して、ソラリオンへ逃げこむべきだろう。脱出の道は、結果として生じる大混乱のなかに開けるかもしれない。マイルズがシェイの力ずくの侵入におとなしく屈しないのはまちがいない。

「その男に手を出すな！」とシェイが声をはりあげた。「その男はやつではない」

賭けに勝ったのだ。

「さて、タルボット博士」とシェイがクスクス笑い、「この七月二十日、ソラリオンでの生活についてトインビー学者の意見はいかなるものかな？」

アラールは、シェイの専用食堂にあるテーブルから体を離すと、考えこんだ顔で偽のヤギ髭を撫でた。口もとがわずかにゆがんで笑みを浮かべる。

「まず頭に浮かんだのは、これほど危険な任務に志願するとは、あなたほど度量のある人間はいないということです」

シェイは眉間にしわを寄せてから、クックッと笑った。

「じつは、土壇場で気まぐれを起こしてね。もともとは月《ルナ》ステーションで、ある男との接触を試みるだけのつもりだった……」喉をゴロゴロ鳴らすような、人をとまどわせる耳ざわりな音を発する。どうやら笑い声のつもりらしい。「だが、そのとき不意に確信が湧いたのだ、ソラリオン９号のこの哀れな連中を助けようとするべきだ、と。で、ここにいるしだいだ」

アラールはかぶりをふった。

「じつをいうと、伯爵、残念ながら彼らは助けられません。ここに来て四十八時間にしかなりませんが、ソラリオンでの六十日勤務は人を一生だめにするという結論に達しました。来るときは溌剌《はつらつ》としていて正気。出るときは正気を失っています」

「それはそのとおりだ、博士。だが、個人におけるこの劣化は、トインビー派にとっては、もっと大きな意味があるのではないかな？」

「大いにありえます」と〈盗賊〉は公平に認めた。「しかし、まずは母なる文化から追放され、ソラリオンに閉じこめられた三十数人から成る社会を検討しましょう。すさまじい危険が四方から迫ってきます。もしフラウンホーファー学者たちが、接近するカルシウム白斑の捕捉に失敗し、側面ジェット操縦士に警告するのが間に合わなかったとしたら――ドカン――ステーションは一巻の終わりです。

もし放射線を絶えずミューリウムに転換することで、ステーションが蒸発しないよう太陽の放射線を防いでいる装置が、数分の一秒でも故障すれば――シューッ――ステーションは跡形もありません。あるいは、貨客船が姿をあらわさず、ミューリウムを貯蔵室から運びだせないせいで、ミューリウムを太陽にもどすはめになったとしましょう――やはり一巻の終わりです。

あるいは、気象班員が磁気活動のわずかな増加に気づかず、太陽黒点がいきなりわれわれの方向へ拡大し、太陽の核へすべったとしましょう。あるいは、上階のミューリウム反重力エンジンが故障し、太陽の二十七Gを妨げてくれるものがなくなったとしましょう。あるいは冷却システムが十分間故障したとしましょう……。

おわかりですね、シェイ伯爵、こんな生活を送らなければならない正常人の集団は――地球の基準では――狂っているのです。こうした状況下で狂気は有益で論理的な防衛機制であり、計り知れない価値のある、現実からの健全な撤退なのです。

クルーがこの適応――われわれトインビー派の呼び名にしたがえば、『環境の挑戦に対する反応』――を果たすまで、生存の見こみはないも同然です。太陽人における狂気への意志は、シュメール人における灌漑《かんがい》への意志に匹敵するほど重要なものです。しかし、わたしは心理学者の領分を侵しているかもしれません」

シェイが薄ら笑いを浮かべ、

「きみに全面的に同意はしかねるものの、博士、それでもきみの意見は傾聴に値する。では、ソラリオンの精神科医の存在理由《レゾン・デートル》は、男たちを狂気に追いやることにあるというのだね？」

「その質問には、別の問いを立てることで答えられます」とアラールは獲物を盗み見しながら返事をした。「任意の社会において、生存のための規範が確立したとしましょう。集団のひとりかふたりがその規範から著しく逸脱すれば、彼らは狂気に冒されているといわれます。

とはいえ、その社会全体が他の文化には狂気に冒されていると見えるかもしれず、そのひとりかふたりの不適応者だけが、モデルとなった社会における正気の人間とみなされるかもしれません。したがって、正気とは、提示されるなんらかの文化の規範に対する適合――そして信頼――である、と定義できないでしょうか？」

シェイは唇をすぼめた。

「できるかもしれん」

「ならば、クルーの数人が自分を失い、日々の生存の危機から脱することができないとすれば——なにか救いとなる確実性、たとえそれが近いうちに死ぬという確実性でしかなくても、それにすがりつけないとすれば——あるいは、その生存を耐えられるものにしてくれる、なんらかの幻想を見つけられないとすれば——あれこれの形の狂気におちいりやすくしてやるのが、あなたの務めではないでしょうか？　いわば、狂気の初歩を教えてやることが？」

シェイが落ちつかないようすで忍び笑いをもらした。

「きみにかかれば、すぐに信じてしまいそうだ——精神科病院では、狂人だけが心理学者だ、と」

アラールは落ちつき払って彼を見つめながら、ワイングラスをかかげた。

「お気づきですか、親愛なる伯爵、あなたが最後の文章をいちどならず二度口にされたことに？　わたしの耳が遠いとお考えですか？」彼はさりげなくワインに口をつけた。

驚愕と不信の表情が心理学者の顔に浮かんだ。

「わたしが言葉をくり返したというのは、きみの勘違いだ。はっきりと憶えているが

「――」

「もちろん、そうです。わたしの誤解にちがいありません」アラールは肩をすくめて、それとなく謝意を表した。「しかし」と語気を強め、「あなたがじっさいに言葉をくり返し、そのあと否定したのだとしましょう。それが一般人の場合であれば、そういった些事への固着を初期のパラノイアであり、じきに被害妄想が生じると分析なされたはずです。

もちろん、あなたの場合は、考慮に値しません。そういうことが起きたとしても、十中八九はただの不注意でしょう。こうしたステーションに二日もいれば、だれであれ混乱するにはじゅうぶんです」ワイングラスをそっとテーブルに置き、「あなたの部屋のなかに、最近いじられたものはありませんか？」彼は前日シェイの居室に忍びこんで、目に見えるものを片っ端から裏返したのだった。

シェイが神経質な含み笑いをし、とうとうこういった。

「あるわけがない」

「それなら、なんの心配もありません」アラールは愛想笑いを浮かべてヤギ髭をポンとたたいた。「この話題をつづけるうちに、あなたについてわかったことがあります。トインビー派学者として、他人の正気や狂気を人がどうやって判定するのかに、わたしはずっと関心をいだいてきました。じつはあなた方心理学者には、一定のテストがあるそうですね」

シェイは目を細くしてテーブルごしに彼を見てから、クスクス笑った。

「ああ、正気についてか——いや、そのための単純な教科書的なテストはない。だが、人の原動力と心的統合を評価する投影スライドならある。もちろん、そのような評価は、正気という問題と無関係ではない。すくなくとも、わたしが理解する正気とは。何枚かいっしょに目を通してみないかね？」

アラールは礼儀正しくうなずいた。シェイはスライドを映したがっている、ゲストをもてなすためではなく、自分を安心させるために、と彼にはわかった。

心理学者は寿命が縮むほどショックを受けることになるだろう。

シェイが手早くホログラムと映写機のスクリーンを設置した。

「手はじめに興味深い迷路のスライドを見よう」とかん高い声でいうと、天井のフックからぶらさがっている照明のスイッチを切り、「迷路をすばやく解く能力は、日々の問題を分析する力と強く相関している。迷路を解けない者は、問題点を断片的にしか理解できないし、執行部位の特徴である大脳の統合を欠いている。

精神分裂病患者が、試行をくり返したあとでさえ、単純きわまりない迷路しか解けないのは興味深い点だ。そういうわけで、まずはもっとも単純な迷路を映そう。シロネズミは——もちろん、床に壁を立てた形式の迷路で——三、四回の試行で解く。五歳児は、われわれと同じように図を眺めて、およそ三十秒で正解に達する。成人なら一瞬だ」

「きわめて明快です」とアラールは冷静に同意するいっぽう、迷路の外側のへりに偽物の開口部を投影し、偽物のへりで本物の開口部を覆った。

シェイが不安げに身じろぎしたが、迷路を解けないのは一時的な錯乱とみなしたようだった。彼はスライドを切り替えた。

「こんどの迷路だと平均時間はどれくらいです?」とアラールが尋ねる。

「十秒だ」

〈盗賊〉は、二枚目と三枚目の迷路には光学的な変更を加えなかった。シェイの安堵ぶりは、暗闇のなかでさえ明白だった。

しかし、四枚目のスライドで、アラールは迷路のさまざまな通路を交互に開いたり、ふさいだりした。すると映写機のわきに立っているシェイが、目をこすっているのがわかった。迷路はこれくらいにして、別のものを試しましょう、とゲストが申し出たとき、小柄な心理学者はありがたそうにため息をついた。

〈盗賊〉はほくそ笑んだ。

「つぎの一連のスライドは、タルボット博士、横並びになった円と楕円が映っている。連続するスライドのそれぞれで——全部で十二枚だ——楕円はどんどん丸くなる。目が鋭くて、微妙なちがいを区別できる者は、十二枚のカードをすべて見分けられる。犬は二枚、サルは四枚、六歳児は十枚、平均的な成人は十一枚のちがいがわかる。きみの成績を控えておきたまえ。では、最初のスライドだ」

大きな白い円が黒いスクリーンにあらわれ、その円の近くに細長い楕円があった。それは一目瞭然だった。アラールはつぎのスライドを待つことにした。

二枚目のスライドでシェイは眉間にしわを寄せ、映写機からはずすと、スクリーンの光にかざしてから、もういちど挿入した。三枚目のスライドで、彼は唇を嚙みはじめた。しかし、そのままつづけた。十枚目に達すると、盛大に汗をかき、口の両端から汗をなめとっていた。

それぞれのスライドが映されるたびに、〈盗賊〉は当たりさわりなくうなずいて見せた。シェイにはなんの憐れみもおぼえなかった。二枚目のスライド以降、楕円は映っておらず、同一の円がふたつ並んでいるだけだ——シェイはそのことを知るよしもなかった。それぞれの楕円は、アラールの目から投影された像で抹消され、円に置き換えられていたのだ。

シェイは十一枚目のスライドを映写機に挿入するそぶりを見せなかった。彼はいった。

「ここでやめにしないか？　おおよその概念はつかめたと思うが……」

アラールはうなずいた。

「じつに興味深い。ほかになにかありますか？」

ホストはためらった。映写機のハウジングをいじっているようだ。とうとう生気のない声でクスクス笑い、

「ロールシャッハが何枚かある。多かれすくなかれ様式化されているが、形成段階にある精神病を発見する役には立つ」

「お疲れでしたら——」と悪魔的な気転をきかせてアラールはいいかけた。

「とんでもない」

〈盗賊〉はにたりと笑った。

スクリーンがふたたびパッと明るくなり、丸々と太った心理学者がスライドをその光にかざして長々と調べた。それからスライドを映写機にすべりこませた。注釈を加える。

「通常の人間にとって、最初のスライドはふたりのバレエ・ダンサーや、スキップしているふたりの子供、ときには遊んでいる二匹の犬の対称的なシルエットに似て見える。もちろん、精神病患者は、自分が怖がっていたり、不気味だと思っているものを目にする。たとえば毒蜘蛛、悪魔の仮面、あるいは——」

アラールはその画像をにたにた笑う髑髏《どくろ》になめらかに変容させ、

「どちらかといえば、ふたりのダンサーに似ていますね」と感想を述べた。

シェイはハンカチを引っぱりだし、顔をぬぐった。二枚目のスライドは注釈抜きで挿入した。だが、震える指がスライドを映写機にさしこむとき、カタカタという音が聞こえた。

「どちらかというと二本の木のように見えます」と考えこむようにして〈盗賊〉。「あるいは、二枚の羽根、あるいは草原を並んで流れる二本の小川かもしれません。精神病患者にはなにが見えるのでしょう？」

シェイは黙ったまま、じっと立ちつくしていた。生きているというよりは死んでいるように見えた。スクリーンに映る画像をのぞけば、部屋のなかのなにひとつ意識にないらしい。その男が怖いもの見たさでその画像から目を離さないでいるのが、アラールには感じとれた。自分がそのゆがんだ心を破壊している生きものを盗み見したくてたまらなかったが、画像の変形をつづけるのが得策だと判断した。

「狂人にはなにが見えるのでしょう？」と彼は小声でくり返した。

シェイのささやき声はよく聞きとれなかった。

「二本の白い腕だ」

アラールは手をのばし、映写機とスクリーンのスイッチを切ると、暗くなった部屋から音もなく出ていった。ホストは身じろぎひとつしなかった。

〈盗賊〉が回廊を二歩も進まないうちに、閉じたドアから押し殺したクスクス笑いがどっと湧きだしてきた——つぎからつぎへと笑い声がつづき——とうとうあまりにもつづくので、ひとつに溶けあって長い発作的な轟音となった。

アラールが自分の個室に向かって回廊の角を曲がったときも、あいかわらずその声は聞こえていた。彼はヤギ髭を撫でて、にんまりと笑った。

ステーション・マスターのマイルズとフロレッツが、なにか熱心に議論しながら、アラールとすれちがったが、彼の丁重な会釈どころか、彼の存在にも気づかなかった。ふたりが角を曲がって姿を消すまで、アラールは考えこんだ顔で見送った。彼らの精神状態こそ理想なのだ——狂気に冒されて、そうとは知らない状態が。避けがたい破滅への揺るぎなき信仰が、意図された狂気というオーラを彼らにまとわせているのである。

その信仰がなければ、彼らの精神分裂は、おそらくすみやかで完全なものになるだろう。勤務の終わりに生きてステーションを去るよりは、死ぬほうを選ぶのは疑問の余地がない。

シェイは新しく勝ちとった狂気に同じくらい劇的な適応を果たすだろうか。

18　決闘の終わり

数時間後、自室にいたアラールは、心臓が早鐘のように打つせいで目がさめた。寝棚から起きあがりながら、一心に耳をすます。だが、物音といえば、どこにいても聞こえる外の膨大で狂乱したガスの立てる轟音だけだった。

すばやく着替えて、回廊に通じるドアまで寄ると、回廊を見渡す。人けはなかった。妙だ——ふだんなら二、三人の男が、なんらかの重要な職務で急いでいる姿が見られるのだ。心拍は百八十まであがっている。

危険を嗅ぎつける、けっして過たない自分の感覚にしたがうしかない。彼は無造作に回廊へ踏みだし、大股に歩いてシェイの部屋へ向かった。すぐに着いて、ドアの前に立ち、耳をすます。音はしない。そっけなくノックしたが、応《いら》えはなかった。もういちどノックする。なぜシェイは答えないのだ？　部屋のなかでこそこそ動く気配がありはしないか？

心拍が百八十五に達し、なおも上昇をつづけていた。右手が不安げに引きつった。サーベルをとりにもどるべきだろうか？

自分の部屋へ駆けもどりたいという衝動を彼はふり払った。もしここに危険があるとしたら、すくなくとも予告された危険になる。どういうわけか、サーベルではその危険に対処できないような気がした。周囲を見まわす。回廊はあいかわらず人けがない。

自分ひとりがステーションにとり残されたのではないか——そんな途方もない考えが脳裏をかすめた。と、彼はおかしくもないのに微笑した。自分の放埒な想像力は、自分の手にさえあまるようになってきている。彼はドアのノブをつかむと、すばやくまわして、部屋に飛びこんだ。

心拍が二百へはねあがるあいだ、薄暗い明かりのなかで、たくさんのものが見えた。まずはシェイのふくれあがった、生気の抜けた顔。巻き毛にふちどられ、天井中央の電灯フックから一フィートほど下でこちらをにらんでいる。目が異常に飛びだしているのは、首のひだからフックまでピンと張られた細長い革ひものせいにちがいない。小男の垂れさがった足の片側に、ひっくり返った映写機のテーブルがあった。

ゆらゆらと揺れている亡骸の向こう、スクリーンの正面に、ターモンドが静かにすわって、謎めいた目でアラールをうかがっていた。保安大臣の左右にケイデス銃が一挺ずつあり、アラールの胸を狙っていた。

たがいに相手の視線にがっちりと囚われたようだった。死骸を誘導体にした蓄電器のプレートのようだ、とアラールはおかしな連想をした。そのあとは奇妙な幻想に長いこと浸っていた――自分はホロ投影の一部だ。ターモンドはまばたきしない目で永遠にこちらをにらむだろう。そしてケイデス銃もホロ投影のなかにあり、現実には発射できないから、自分の身は安全だ、と。

足もとの部屋がかすかに揺れた。なみはずれて激しく騒々しいガスの渦が、ソラリオンを襲ったのだ。おかげでふたりとも麻痺したような物思いからさめた。

ターモンドが先に口を開いた。

「過去において」と乾いて、冷ややかな声が出てきた。「おまえに仕掛けた罠はふつうの人間に対するものだった。この要素はもはやおまえに味方しない。もしいま立っているところから動けば、ケイデスが自動的に発砲する」

アラールは短く笑い声をあげた。

「これまで、おまえが適切な予防措置を講じた気になって、ぼくをつかまえようとするたびに、それはまちがいだと証明された。同僚の自殺におまえが動揺しているのが見てとれる――さもなければ、ぼくがどうなるかを説明しようとはしなかっただろう。おまえが罠についてベラベラしゃべったのは、もっぱら自分を安心させるためだ。ぼくが死ぬという予想は、確信ではなく希望。そういってよければ、危険な状況にある点では、おまえもぼくも変わらないのだ」

内心とはかけ離れた自信が、アラールの声にはこもっていた。ケイデスを起動する自動探知機——体蓄電器か光電池中継器かもしれない——のせいで窮地におちいっているのはまちがいない。ターモンドに飛びかかったら、床に落ちるだけだろう——生焼けの炭のかたまりとなって。

ターモンドが、わかるかわからないかくらい眉をひそめた。

「ほう、危険な状況にある点ではわたしもおまえも変わらないのか。だが、もちろん、おまえははったりをかけているのだ。いずれにしろ、おまえは死なねばならず、いっぽう、わたしの個人的な懸念は、一般にソラリオン上での危険とみなされるものと、クルーの干渉だけだからだ。

後者の可能性は最小限にしておいた。基幹定員——マイルズの班——をのぞく全員を水星へ転任させたのだ。そしてわたしが集会室へもどりしだい——およそ十分後になるだろうが——マイルズたちはフォボスに信号を送り、わたしとともに立ち去る態勢になっている」ターモンドはさりげないといってもいい態度で立ちあがり、近いほうのケイデスをまわりこむと、回廊のドアに向かってゆっくりと壁ぎわを横歩きした。

銃が狙っている部屋の部分は注意深く避けている。

ターモンドは、ヘイズ＝ゴーントによって狼の群れに迎え入れられた理由をまたしても明らかにした。障害を排除するのが困難であれば、犠牲をいとわず、強大な力にものをいわせて強行突破するのだ、と。

単純明快。闘争もなければ、個人の闘いもない。喫緊の課題が解消されることもないだろう。それでも、満足のいくほど短期間のうちに、アラールは死ぬだろう。動けば二挺のケイデスがかならず起動するし、この状況から救ってくれそうな人間もいなくなる。ソラリオンは数分のうちに避難が完了するだろう。クルーのいないステーションは、彼が限界を迎えて倒れるよりずっと前に、太陽黒点のへりを乗り越えるだろう。

彼の命と引き替えなら、狼の群れはもっとも価値あるミューリウム工場六つのうちのひとつを進んでさし出すだろう。

それでも――じゅうぶんではない。〈盗賊〉はいまほとんど呼吸をしていなかった。マイルズとフロレッツが回廊で議論していた内容がようやくわかった気がしたからだ。ターモンドはいまドアの前にいて、ノブをゆっくりとまわしていた。

「おまえの計画は手堅いが」とアラールが小声でいった。「曖昧ながら重要な細部がひとつ抜けている。おまえはトインビー派の原則に無関心だから、『社会における自己決定』といった要因の存在に当然ながら目をふさがれているのだ」

保安大臣は数分の一秒だけ立ち止まってから、ドアを抜けた。

〈盗賊〉は言葉をつづけた。

「フラウンホーファー学者の報告書を理解できるか？　側面ジェット・エンジンを操

作できるか？　できないのなら、ケイデスのスイッチを切ったほうがいい。なぜなら、ぼくがどうしても必要になるからだ、それもいますぐに。フォボスに信号を送る時間はないだろう」

保安大臣はドアのすぐ外でためらった。

「もし」とアラール。「マイルズ以下の基幹定員がいまステーションを制御していると思っているなら、見てきたほうがいい」

返事はなかった。時間の無駄だ、とターモンドが考えたのは歴然としていた。彼の足音が回廊を遠ざかっていく。

アラールはシェイのふくれあがり、目の飛びだした顔をからかうように見あげてから、二挺のケイデスに視線を移した。

「あいつはもどって来る」と彼はつぶやき、腕組みをした。

そうであっても、去っていくときよりかなり早足でもどってくる音がしたとき、クルーに関するアンドルーズの推測が正しかったのがわかって、彼は意気消沈した。とはいえ、それは避けようがないことだった。サイコロで七を出したあと、彼らを救う手立てはなかったのだ。

ターモンドが足早に部屋にはいってきた。

「おまえのいうとおりだった。連中はどこへ雲隠れしたんだ？」

「彼らは隠れている」と無表情にアラールは答えた。「だが、おまえの考えるような意味ではない。彼らは十人全員がこの勤務で命を落とすと確信していた。その運命に宿命論的な信仰をいだいていた。おまえといっしょに無事に帰ったら、その信仰を捨てることになり、結果として精神と倫理に分裂が生じる。彼らは死ぬほうを選んだ。おそらく彼らの死体はミューリウムの倉庫で見つかるだろう」

　ターモンドが口をへの字に結んで、

「おまえは嘘をついている」

「歴史的な基礎知識がないから、当然おまえはそう決めてかかるだろう。しかし、マイルズと彼の部下の身になにが起きたにしろ、あと一、二分でおまえは、ぼくの処遇を決めるしかなくなる。ぼくが部屋にはいって以来、ステーションはエヴァーシェッド流帯を漂流している。ぼくを解放して、側面ジェットを試させてもいいし、ここに置き去りにして——ぼくもろとも死んでもいい」

　保安大臣の心中でくり広げられる葛藤が、アラールには見てとれた。ヘイズ＝ゴーントに対するこの男の個人的な忠誠心、あるいは背すじが寒くなるほど堅固な義務感は、自分の命を犠牲にしてまでアラールを釘づけにしておけと要求するだろうか？

　ターモンドはブレスト・ダガー（短剣の一種）の柄頭を物思わしげにもてあそんだ。

「わかった」と、ようやく彼はいった。ケイデスの裏へまわりこみ、それぞれのスイッチを切る。「急いだほうがいいぞ。もう安全だ」

「シェイの長剣と鞘が、おまえのわきのテーブルに載っている」と〈盗賊〉。「そいつを寄越せ」

サーベルを渡すとき、ターモンドは思わず笑みをこぼした。ステーションがまた安全になりしだい、この男はこちらを殺すつもりなのだ、とアラールにはわかった。〈盗賊〉が武装していようがいまいが、帝国きっての剣士には関係ないのだろう。

「ひとつ訊きたい」と鞘をベルトに留めながら、〈盗賊〉がいった。「おまえはフォボスでシェイといっしょだったのか？」

「フォボスには乗っていた。だが、シェイとは別行動だった。まずは彼独自の計画を試させてやったのだ」

「で、やつが失敗したので──」

「行動を起こした」

「もうひとつ訊きたい」と落ちつき払って〈盗賊〉が迫った。「おまえとシェイは、ぼくが見つかる場所をどうやって知った？」

「メガネット・マインドだ」

とうてい理解できない。マインドはこの自分を窮地に追いこんでは、救いだしている。なぜ？　なぜだ？　理由はけっしてわからないのだろうか？

「なるほど」と彼はそっけなくいった。「ついて来い」

ふたりは肩を並べ、足早に制御室へ向かった。


一時間後、ふたりは汗みずくになって出てきた。

アラールは首をまわし、不倶戴天の敵をちらっとうかがって、こういった――

「いうまでもないが、ぼく自身の立場が納得のいくほどはっきりするまでは、フォボスに信号を送らせるわけにはいかない。はじめて会ったときからこうなるしかなかったのだ。いまさら先送りしても仕方があるまい」冷静沈着に悠然とサーベルを抜く。自信たっぷりな態度がターモンドに感銘をあたえるよう願って。

保安大臣は自分の長剣をさっと引きぬいた。

「まったくそのとおりだ。いずれにしろ、おまえには死んでもらう。自分の命を救うために、おまえ自身の命をのばすかしかなかっただけの話だ。死《い》ね！」

危機に直面した過去の多くの機会と同様に、〈盗賊〉のわきで時間がのろのろと進みはじめた。ターモンドが雄叫《おたけ》びをあげると同時に突進した動きは、彼の目には悠然と演じられる芝居の一部として映った。ターモンドの動きは、研究され、分析され、それに応じるこちらの剣と、整然とひとつにまとめあげられた動作で建設的に批評される役者の演技だった。

ターモンドの雄叫びと突進にこちらを殺すつもりのないことが――理解することを許可したり、要求したりすることを司る精神の部分で考えることなく――わかった。ターモンドのフレッシュ（前に突進する攻撃法のひとつ）は「高い線の右」らしく、成功すれば、アラールの心臓と右の肺をつらぬくだろう。練達の士ならこういう突きを通常の第三《ティエル》のかまえか第五《スクワント》のかまえで型どおり受け流してから、相手の股間を狙った鋭い突き返し《リポスト》を放つだろう。

とはいえ、ターモンドの雄叫びには思惑を秘めているようなところがあった。〈盗賊〉に自分の策略を見抜かれる、とこの男が予想しているのは明白だ。高い線の突きに対するこちらの反射的な応対に基づく精緻に組み立てられた攻撃を狙っている、とアラールが理解するのを予想しているのだ。そして手練《てだ》れの〈盗賊〉は、刀身をからみ合わせるという単純な方法で罠をつぶし、仕切り直すと予想しているのだろう。

その攻撃に関する分析は、ひとつの点をのぞけば妥当だった――つまり、避けられない危険をけっして冒さないターモンドが、刀身をふりほどくかわりに、ブレスト・ダガーをつかんで、相手の喉へ突き立てる公算が高いという点だ。

とはいえ、〈盗賊〉は短剣の鞘を切り払うのと、突進を避けるのを同時にはできない。

と、つぎの瞬間には、なにもかも終わっていた。ターモンドは飛びすさり、憎々しい態度で唾を吐いた。そして短剣の鞘はくるくるまわりながら、その背後の空中を舞っていた。〈盗賊〉の胸に赤い筋がみるみるのびていく。保安大臣が愉快そうに哄笑した。

アラールの心臓はすさまじい速さで打っており——どれくらい速いかはわからない——見かけは浅い肺の傷を通して、命の元になる物質を流出させていた。このままでは助からないだろう。それでも、いますぐターモンドを不具にするか、武装解除できれば、出血多量で死ぬ前にフォボスを呼びだし、アンドルーズ船長の保護のもとで逃げられるかもしれない。

もちろん、手練れの敵は時間稼ぎをするだろう。こちらを綿密に観察して、本当に弱っている最初の兆しに目を光らせるだろう。それはサーベルの握りで親指がずれるだけかもしれないし、突きの受け流しが数分の一インチだけ大きすぎるのかもしれない。あるいは、曲げた左手の指がわずかにこわばるのかもしれない。

ターモンドにはわかるだろう。ひょっとしたら、あの不可解なスフィンクス、メガネット・マインドが自分に予言した蒙を啓く死とやらがこれかもしれない。

ターモンドはにやにや笑いながら待っていた。油断はしないが、自信満々だ。アラールが突進してくる、と彼は予想するだろう。あらゆる神経を張りつめ、出血多量で気絶するまで、残された数分の大半を剣技の応酬に費やす、と。

〈盗賊〉は距離を詰め、信じられないほど複雑なボディ・フェイントをかけてサーベルを矢のようにくり出した。しかし、その擬似突きはどっちつかずの擬似リポスト――その曖昧さには哲学的とさえいえるものがある――で受け流された。その故意の不明瞭さがいわんとするのは、ターモンドが自分の絶対的有利――完璧に防御すれば危険を冒さずに勝てる――を最大限に理解しているということだった。

じつは、自分の攻撃が流血にいたるとは、アラールは期待していなかった。ターモンドが自分の優位を理解した、と心中で確認したかっただけだ。ターモンドが理解したのは一目瞭然。そう悟ると同時に、〈盗賊〉はそのまま攻撃をつづけるかわりに、ターモンドの予想どおり、あわてて後退し、咳きこんで、口に溜まった熱く塩辛い液体をペッと吐きだした。

右の肺にゆっくりと血が溜まっていたのだ。問題は、いつ咳をして、血を吐きだすかだけだった。彼はこの瞬間を選んだのだった。敵はいまこそ攻勢に出るにちがいない。おびき出されて体をのばしすぎるにちがいない。

ターモンドが声もなく笑い、間合いを詰めて狡猾な脚への突きをくり出すと、返す刀で顔に斬りつけてきた。〈盗賊〉はそのどちらもかろうじて受け流した。だが、ターモンドが最大限まで体をのばしていないのは歴然としていた。彼は危険を冒していない。冒す必要がないからだ。

敵はなにもしないだけで、いずれ目的を達成できる。あるいは、その気になれば、すぐにも。〈盗賊〉が絶えず奮闘しなければならないようにすればいいのだ。ターモンドは生きているだけでいい。これに対しアラールは、生きていなければならないだけではなく、敵を戦闘不能にもしなければならない。それ以上はなにもできない。〈盗賊〉としての誓いが、自衛のさいであっても、帝国の警官を殺すことを禁じているからだ。

絶望におちいりはしなかったが、彼は絶望の兆候を感じた——喉のこわばり、顔面神経の漠然とした震え、圧倒的な疲労だ。

「『既知の要因から成る状況において捕縛ないしは死を避けるために』」とターモンドが嘲るようにいった。「『〈盗賊〉はひとつか、それ以上の新たな変数を導入する。一般的には、比較的安全な要因を比較的不確実な要因に転換することによって』」

その瞬間アラールは、西半球の警察力を統轄する、この非凡な人物の心の奥底まで見抜いた。それは強烈で、計算高い知性であり、敵自身よりも敵のことを理解し、敵の動きを暗黙のうちに予想し——敵が驚愕する暇もなく——致命的な答えを用意できる。だから敵をたたきつぶせるのである。

ターモンドは『〈盗賊〉戦闘教本』を一字一句たがえずに引用できるのだ。

アラールはゆっくりとサーベルを降ろした。

「それなら降伏のしるしに武器をさし出しても無駄だな。おまえが左手をのばして受けとろうとするのを期待して――」

「――そして気がつけば、わたしはおまえの肩の上を舞っているわけか。遠慮するよ」

「それとも、ぼくが自分の血で足を『すべらせ』――」

「――そしてとどめを刺そうと突進したとたん、串刺しにされるのか」

「それでも」と〈盗賊〉は言葉を返した。「安全転換の哲学は、いま話したような見え透いた、稚拙な策略にかぎられるわけではない。すぐに実例を見せてやる」彼は冷笑的に口をゆがめた。

だが、いま彼が助かるとしたら、その超自然的な体に無茶な要求をするしかない。そのうえ、彼が温めている策略には、サーベルを手放しながらも、すくなくとも一瞬はターモンドから安全でいることが欠かせない。

彼のサーベルがターモンドに向かってプラスチック・タイルの上をすべった。保安大臣は心からの驚きを見せて後退してから、武器を握る手に力をこめて前進した。「安全を犠牲にするのは、ぼくの自衛手段だ」とアラールがあわてず騒がず言葉をつづけた。「それを未知の変数に転換した。というのも、ぼくがつぎにどう出るか、おまえは迷っているからだ。足さばきが遅くなっている。

おまえには、いますぐぼくを殺せない理由は特にない。だが、おまえは――いうなれば、狩猟熱（猟の初心者が感じる興奮）にかかっている。ぼくに武器があってもできないのに、武器がなければできることはなにか、と知りたがっている。なぜぼくがくり返し両腕を曲げたり、なぜ膝を屈伸したりするのか怪訝《けげん》に思っている。

おまえはぼくを殺せると確信している。近づいて、長剣を突き刺すだけでいい、と。それでも好奇心に駆られて、見るために止まってしまった。そしてほんのすこし怖《お》じ気《け》づいている」

咳をこらえて、〈盗賊〉はまっすぐに立ち、こぶしをぎゅっと握った。ターモンドとのあいだの距離を詰めたとき、彼の衣服のまわりでパチパチと乾いた音がした（時間！　時間がいる！　自分の体はこの決定的な要求に応えられる。だが、あと二、三秒は必要だ。溜まっていく、溜まっていく……）。

保安大臣はせわしなく呼吸をしていたが、しっかりと立っていた。

「わからないのか、ターモンド、網膜にエネルギー量子をあたえることで視覚プロセスを逆転できる男は、ストレスにさらされれば、そのプロセスを逆転できることが。通常の筋肉活動のために求心性神経にそって電位差をもたらすかわりに、そのプロセスを逆転し、かなりのワット数を筋肉に溜めて、神経を経て指先から放電できることが。

ある種のブラジルのウナギは、何百ボルトも放電できるのを知らなかったのか――蛙や魚を感電させられるほどだ。現在のぼくの電位だと、おまえを殺すのは簡単だが、麻痺させるだけにしよう。静電気は金属の点から簡単に逃げるから、ぼくが自分のサーベルを投げださねばならなかった理由がわかるだろう。必要な電荷を溜められるまでは、おまえに串刺しにされる危険を冒すしかなかったのだ」（よし、溜まった！彼はいまや瓶詰めにされた稲妻のような気分だった）

ターモンドが長剣をはねあげた。

「寄るな！」と、しわがれ声で叫ぶ。

〈盗賊〉は立ち止まった。むきだしの胸は、揺れている切っ先の正面六インチのところにあった。

「金属は極上の導体だ」彼は破顔して、距離を詰めた。

保安大臣が飛びすさり、サーベルを槍のように握ると、間髪を容れずにアラールの心臓に狙いをつけ――

絶叫しながら床へ倒れた。悶える体は青白い輝きに包まれていた。彼はなんとかホルスターからピストルを引っぱりだし、二発撃ったが、アラールの〈盗賊〉アーマーにはじかれた。

それから短くあえぐ間があり、そのあいだターモンドは自分を打ち負かした、なみはずれた敵を狂った目つきでにらみあげた。

成人して以来、彼は怠惰に、無頓着に殺してきた。朝食をとったり、髪に櫛《くし》を入れるとき以上に考えたり、感じたりすることはなかった。殺しが必要な人間もいる。そうでない人間もいる。手強い敵もわずかにいたが、とにかく彼らはあの世へ行った。ほんのすこしでも大事なことなどなかった。その連中が要求されたのは、死ぬことだけだった。彼らはこれをやってのけ、それはなによりも正当で、正しく、適切なことだった。なぜなら、彼は帝国きっての剣士だからだ。しかし、いま、青天の霹靂《へきれき》で、なにかが変わってしまった。秩序立った物事の体制のなかで、なにかがおかしくなったのだ。恐ろしいほどおかしくなったのだ。彼、偉大なジャイルズ・ターモンドが、このどこの馬の骨とも知れない三流剣士に殺されようとしているだと？　このまぎれもないアマチュア、この見下げはてた初心者に？　考えられない！　運命にかけて、い、いい、あるはずがない！　ターモンドを殺せるのは、ターモンドと肩を並べる者だけだ。そして肩を並べる者はひとりしかいない。とすれば……。彼はピストルを頭まであげた。

三発目は彼自身の脳へ撃ちこまれた。

アラールは、最後の銃声が殷々《いんいん》とこだましているうちに制御室へ飛びこんでいた。

彼らの闘いは四十分近くつづいていた。ソラリオンはどこまで漂流したのだろう？

高温計の目盛りは四千五百度Kと読めた。光圏の五千七百度Kから温度が下がっているので、ソラリオンの位置がはっきりとわかる。太陽黒点でいちばん温度が低い部分——その中心だ。

つまり、ステーションは何分間か落下していたにちがいない。太陽の核へ向かってまっしぐらに。

19　絶体絶命

「一時間前」とメガネット・マインドがいった。「帝国の閣僚閣下たちは驚くべきご下問をなされました。夜が明ける前に満足のいく回答をせよ、さもなくば死ぬことになるという異例の要求とともに」

椅子にすわっているケイリスは、周囲に半円形に並んでいる顔の列をしげしげと見た。いかめしい顔もあれば、神経質な顔もあり、泰然自若としている顔もある。シェイとターモンドをのぞけば、閣僚が勢ぞろいしている。その中心にいるのがヘイズ＝ゴーントだ。こわごわと顔をのぞかせているメガネザルのようなペットを肩に載せて、透明ドームのなかの男を落ちくぼんだ目でじっとうかがっていた。

ファナ＝マリアさえ出席していて、ものうげな好奇心に駆られて電動椅子から議事を追っていた。国防大臣、航空路大臣、核エネルギー大臣が半円の端に固まっていた。彼らは熱心に小声で言葉を交わしていたが、マインドが話をはじめると、さっと居住《いず》まいを正した。

「ご下問の内容は以下のとおりです」とマインドが淡々といった。「その一、シェイとターモンドは〈盗賊〉アラールの殺害に成功したか？　成功したのなら、なぜ報告してこないのか？　その二、たとえアラール問題が未決着のままでも、〈最終計画〉は合理的な成功の望みをもって開始できるか？　このふたつの問いは評議会のメンバー全員によってなされたと信じます。その三――『ケニコット・ミュールは生きているか？』――は、宰相ただひとりのご下問でした」

　ケイリスの背すじを悪寒が這いあがりはじめた。マインドは本当にキムについて――そしてアラールについて――知っているのだろうか？

　くぼみのなかの男はいったん間を置き、火傷に覆われた堂々たる頭を下げてから、半円を描いて頭上に並ぶ顔の列をまた見あげた。

「みなさんの問いには以下のように答えることができます。その一――シェイとターモンドは、アラールを亡き者にしようとする、それぞれの試みの結果として死亡しています。

　その二――〈最終計画〉の成否は、もはやアラールの生死ではなく、数分以内にわれわれの前で明らかにされる外部要因に依っています。このように、最初のふたつの問いには明快に答えられます。とはいえ、アラールとミュールの存否にかかわる質問には、非《ノン》アリストテレス的な蓋然性の見地からしか答えられません。皮相的には、シェイとターモンドが成功しなかったのなら、当然ながら、アラールはまだ生きているように見えます。そのような結論は誤りになるでしょう」

彼はいったん間を置き、一心に耳をすましているが、困惑している顔の列をじっと見つめた。

「女帝陛下を例外として、みなさんは『x』が『A』か『非A』である、という印象のもとにアリストテレス的人生を送られてきました。因習的な教育を受けたために、二次元的で平面的なアリストテレス的三段論法に限定されてきたのです」

「話についていけない」と国防大臣のエルドリッジがぶっきらぼうにいった。「平面的な定義とはどういうもので、それが――あー――その、ミュールなりアラールなりの生存とどう関係するのだね？」

「ノートを出しなさい。そうしたら絵を描きます」それはフアナ＝マリアの乾いた、嘲るような声だった。彼女は電動椅子をあやつってエルドリッジのところまで行った。男はためらがいちにポケットから革装のメモ帳を引っぱりだした。

「ページの中央に円を描きなさい」とフアナ＝マリアが命じる。

とまどい顔の軍事専門家が円を描いた。近くの閣僚たちはメモ帳のほうへ首をのばした。

「では、問いを立てます。アラールは生きているか？　アリストテレス主義者として、あなたはふたつの可能性しか考慮しないでしょう。彼は生きているか、死んでいるかです。したがって、円内に『生きている』、円外の余白に『死んでいる』と書いてもよろしい。『生きている』と『死んでいる』を足したものが、アリストテレス主義者のいう『全体集合』になります。つづけて——それも書きこみなさい」

エルドリッジは、いささか間が抜けて見えたが、いわれたとおりにした。

皮肉っぽい声が先をつづけた。

「しかし、忘れてはならないのですが、ページの『死んでいる』の部分は、否定的に定義されているだけです。わかっているのは、それがなんであるかではなく、なんでないかです。もしわたくしたちが慣れ親しんだもの以外に生存の状態があるのなら、ページのその部分にはそれらが含まれているはず。不確実性は無限です。

さらに、ノートの紙片は、無限に囲まれた球体の一断面にすぎないとみなしてもかまいません。その上下や、それと交わる角度に、同じ球体を同じように断ち切った面があり——その数は無限です。すなわち、問題をただふたつの選択肢に切り詰めようとする試みそのものが、無数の解決を呼びこむのです」

エルドリッジの顔がかたくなになっていた。

「畏れながら、陛下、そのような考察は机上の空論にすぎないのではありますまいか？　帝国のこのふたりの敵は、生きているか死んでいるかだと主張いたします。生きていれば、捕縛して、亡き者にしなければなりません。お許しをいただいたうえで、陛下、これまでマインドの前ではほのめかされるだけだった問いをあらためて立てましょう」彼は冷ややかな口調でドームの下の男に声をかけた。「〈盗賊〉アラールは生きているか？」

「ならば、答えられるものなら答えてやりなさい、マインド」とファアナ＝マリアが、しわだらけの手を退屈そうにふった。

「非《ナル》アリストテレス主義の観点では」とマインドが返事をした。「アラールは生きています。とはいえ、エルドリッジ元帥の理解されるような平面的かつアリストテレス的仮定のもとでは生存しておりません。すなわち、アラールの警察調書にある指紋と眼球の毛細血管パターンに合致する人物は、今日の太陽系にはいないのです」

「ケニコット・ミュールにも同じことがいえそうだな」とヘイズ＝ゴーント。

「正確にはそうではありません。ミュールの自己同一性《アイデンティティ》はもっと拡散しています。エルドリッジ元帥の古典的論理で見るならば、ミュールはたんにひとりの人間ではないと考えなければなりません。非アリストテレス主義の観点では、ミュールは時間軸にそったある種の移動能力を発達させたと思われます」

「同時にふたりの人間として存在するかもしれないというのですか？」と好奇心も露わにファアナ＝マリア。

「まずまちがいなく」

ケイリスは、自分自身の抑えた声に耳をすました。

「彼は――そのどちらかの人物として――この部屋にいますか――いま？」

マインドは長いこと無言だった。とうとう大きな悲しげな目を彼女に向け、

「マダムのご質問は、その推測が正しいと判明すれば、夫にとって明らかに危険であるという見地からして驚くべきものです。とはいえ、回答はつぎのとおりです。ミュールの化身のひとつ、女帝陛下が非アリストテレス的論理に基づいて、たったいまその存在を演繹《えんえき》なされた存在はこの場におりますが、この瞬間はわれわれの目に触れる選択をしておりません」

彼はいったん言葉を切り、左手の壁にかかった電波時計にちらっと目を走らせた。数人がその視線を追った。

午前零時四分。はるか頭上のどこかで新しい一日がはじまっている――二一七七年七月二十一日が。

「とはいえ」とマインドが言葉をつづけた。「ミュールは別の、まるっきり異なる形でもこの場におります。エルドリッジ元帥でさえ満足なさる形で」

閣僚たちは驚愕と疑惑のまじった視線を交わした。

エルドリッジがパッと立ちあがった。

「そいつを指させ！」と叫ぶ。

「国防大臣は」とヘイズ＝ゴーントがいった。「マインドがこの集まりの前でケニ

コット・ミュールを指さすと考えるなら、世間知らずにもほどがある」

「はあ？」とエルドリッジ。「つまり、彼はやつを名指しするのを恐れているのでしょうか？」

「そうかもしれん。そうでないかもしれん。だが、ある単刀直入で特定の質問がなにをもたらすか見てみよう」ヘイズ＝ゴーントはマインドのほうを向き、おだやかに尋ねた。「おまえがケニコット・ミュールであることを否定できるか？」


アラールの目が茫然と見まもるなか、高温計の目盛りの針がじりじりと上昇しはじめ、太陽黒点渦流へ落下するステーションの軌跡を記録した――四五六〇、四五八〇、四六〇〇。深ければ深いほど熱くなる。もちろん、ステーションが太陽の核へ達することはないだろう。渦流はおそらく千マイル前後で縮んで消えるだろう。その深さなら、温度は数百万度になっても不思議はない。ソラリオンの断熱冷却システムは、七千度までしか耐えられないのだ。

可能性はいくつかある。黒点渦流は太陽の核までのびていて、温度は二千万度ほどに達するかもしれない。だが、たとえ渦流ガスが中心までずっと七千度以下を保ったとしても――そんなことはありえないとわかっているが――ステーションは最後には途方もない密度の核に激突し、白熱光と化すだろう。

しかし、渦流がその信じられないほど熱い中心までのびていなくて、このほうがありそうだが、ほんの数千マイル下方で発生したのだとしたら？　彼は口に溜まった血を吐きだし、すばやく計算した。黒点の深さが一万六千マイルだとしたら、円錐の頂点の温度は七千度をわずかに下まわるだろう。

もしステーションがふんわりと舞いおりたら、重いプラントが深く沈み、耐えがたい温度に達するまで、数時間は生きられるかもしれない。だが、そういうことは起きないだろう。着地はふんわりとはいかない。ステーションはいま二十七Gという加速で落下しており、おそらく円錐の最下部にぶつかるときは、黒点ガスの粘性にもかかわらず、秒速数マイルということになるだろう。周囲のなにもかもが、一瞬にしてばらばらになるだろう。

椅子のクッションが背中に押しつけられるのに気づいた。肘掛けの金属チューブが、いまは触れるとかなり温かくなっているようだ。顔は汗まみれだが、口は渇いている。そう思ったとたん、アンドルーズ船長の秘蔵品が記憶によみがえった。

さしあたりすることがないので、彼はふと気まぐれを起こした。立ちあがり、のびをすると、冷蔵キャビネットの設置された壁まで歩く。ドアをあけると、冷気の波がいきなり汗だくの顔を洗った。ばかげた考えが頭に浮かんで、彼はクスクス笑った

――六立方フィートの箱に這いこんで、ドアを閉めたらいいじゃないか。

泡のボトルを引きだし、どろりとした液体を口に絞りだす。感じたのは途方もない愉悦だった。目を閉じ、アンドルーズ船長が隣にいるところを一瞬脳裏に浮かべる。船長はこういっている――

「こいつは冷えています。こういう場所では大いにありがたい」

彼は泡を飲みながらドアをさっと閉めなおした。無意味なジェスチャーだ、とひとりごちる。この状況はあまりにも現実離れしている。ケイリスが警告してくれたとおりだ……。

ケイリス。

いまこの瞬間、自分が直面しているものを彼女は感じとるだろうか？

彼は自分の考えに鼻を鳴らし、椅子にもどった。

正確なところ、自分はなにに直面しているのだろう？

たしかに、可能性はいくつかある。だが、その結論は同じだ――長い待機、それから瞬間的で苦痛のない忘却。シェイの拷問室とはちがい、時間軸にそって逃げだすきっかけとなりそうな、持続する耐えがたい痛みさえ期待できないのだ。

低い、うつろなブーンという音に気づき、たどっていくと元はこめかみの脈拍だった。心臓があまりにも速く打っているので、個々の動悸はもはや区別できない。心拍は前より低い可聴域へ移っていた。つまり、鼓動はすくなくとも毎分千二百を数えるのだ。

彼はもうすこしで笑みを浮かべそうになった。ヘイズ＝ゴーントが地球にもたらそうとしている破局を前にして、潜在意識が自己の保存を必死に気にかけていることが、急におかしく思えたのだ。

部屋がわずかにかたむいているのに気づいたのは、そのときだった。こんなふうになるはずがない。巨大な中央ジャイロが減速しているのでないかぎりは。ジャイロは、もっとも激しい白斑や竜巻状の紅炎《プロミネンス》のなかでもステーションを直立させておけるはずだ。制御盤をすばやくチェックすると、巨大な安定装置《スタビライザー》に不具合は生じていないとわかった。

だが、小型のコンパス・ジャイロはゆっくりと回転している。ひどく風変わりだが、奇妙に見憶えのあるまわり方で。彼はたちまちそれに気づいた。ステーションの軸が、垂直からある角度でしだいに傾斜しており、円錐状の軌跡を描いて以前の中心をめぐっているのだ。

ソラリオンは前進している。つまり、なにか未知の巨大な力がステーションを裏返そうとしており、巨大な中央ジャイロの雄々しい抵抗にあっているわけだ。

しかし、ジャイロは闘いに敗れつつある。

巨大なステーションが、ゆっくりと、堂々と転覆する幻景が脳裏をかすめた。いま太陽の二十七Gのうち二十六Gを相殺している頭上のミューリウム反重力エンジンが、まもなく下になり、その二十七Gを加えるだろう。五十三Gだと彼の体重は四トンほどになる。つぶれて、ぐしゃぐしゃになった体から血がにじみ出し、薄い層となってデッキに広がるだろう。

だが、ステーションを裏返そうとしているのは、いったいなんなのか？

高温計はステーションの側面、上面、下面でほぼ同一の対流温度を示している——およそ五千二百度だ。そしてプラントの側面と下面が受ける放射熱は、予想どおり、およそ六千九百度を示している。だが、ステーションの上面で受ける放射熱——それは二千度を超えるはずがない。ステーションの表面は、ふつう薄い表面光圏からの放射しか受けないからだ——を計測する高温計は、六千八百度という信じがたい数字を示している。

ステーションは完全に太陽に埋没しているにちがいない。四周で放射熱が一様になっているのがその証拠だ。それでも、あいかわらず太陽黒点渦流のなかにいる。はるかに低温の対流がステーションを洗っているのでそれがわかる。説明はひとつしかありえない。黒点渦流は巨大なU字型のチューブを通って太陽表面へもどっているにちがいない。

そのチューブの片側をくだったものは、当然ながら反対側を裏返しになって上昇する。U字型のチューブなら、すべての黒点がペアで生じ、磁極が反対になっている理由の説明がつく。もちろん、イオン化した渦流は、チューブのそれぞれの側で反対方向に回転するのだ。

もし中央ジャイロが激しい渦流に勝利をおさめれば、ステーションは後続する双子黒点の反対側チューブをさらいあげられるかもしれないし、半影のへりを越えて安全なところまで離脱できるかもしれない――そのありそうにないことが起きれば、穴のあいた彼の肺が保つかぎり、あるいは貯蔵室がミューリウムで満杯になり、合成機がその物質を太陽へもどしはじめ、大爆発を引き起こすまでは生きられるだろう。

だが、たとえそのあいだにステーションが見つかったとしても、救援が来ないのはまちがいない。その発見をするのは帝国の捜索船だ。そして帝国警察は、ミューリウムの倉庫が不可避的に満杯になるまで、ステーションを監視下に置くだけだろう。

彼は長いこと中央オペレーターの席にすわって沈思黙考していた。やがて床の傾斜が大きくなり、座席から落ちそうになった。のろのろと立ちあがり、ガイド・レールにしっかりとつかまりながら、壁板の端にある巨大な入力スイッチの列まで歩いていく。

ここで彼は中央ジャイロ・スイッチの安全機構を解除し、シューシューいいながら弧を描く炎の抵抗にあいながらも、スイッチを切った。すぐにデッキが足もとで震えはじめ、たちまち床のかたむきが増して、立っているのがやっとになった。

周囲で部屋が目のまわるほどぐるぐる回転するなか、アラールは頭上のミューリウム倉庫の外部ハッチを制御するマスター・スイッチにロープを縛りつけた。反対の端は自分の腰に巻きつけて結ぶ。

ステーションが裏返しになったら、彼は部屋の反対端まで落下し、墜落する体に結びつけられたロープがミューリウム・ハッチのスイッチを開くだろう。貯蔵されたミューリウムがすべて溶解し、本来のエネルギー量子へともどりはじめ、ステーションはいきなり平らで巨大な宇宙ロケットとなり、そして——すくなくとも理論上は——想像を絶する速度で上昇するU字型チューブを飛んでいくだろう。

自分が人間であれば、即死する。人間でなければ、その途方もない初期加速を生きのびて、ステーションとともに宇宙空間の黒い深みへ行けるかもしれない。

デッキはほぼ垂直の壁となっていた。おそらくジャイロが停止して、裏返りが止まったのだろう。一瞬、彼は自分の決断を後悔した。すくなくとも、もうすこしだけ長く生きられたかもしれない。

いつだってもうすこしだけ長くだ。彼はその方法で五年の人生を絞りだした。しかし、これでおしまいだ。汗を顔からはね散らしながら、彼は何度すべってもあきらめずに、いまや頭上にそびえ立ち、新たな天井となったデッキの、つるつるする鋼鉄タイルに必死に爪を立てた。それから数分前は天井だったものへまっしぐらに落下し、五十三Gの重力下でなすすべもなく横たわった。息をすることさえできずに、急速に意識を失いながら。

なんとなくわかったのは、ロープがミューリウム倉庫のスイッチを引いたかと思うと、一挙に膨大なものとなった彼の体重でちぎれてしまい――折れた肋骨のギザギザした破片が心臓をつらぬき――自分が死にかけていることだった。

その瞬間、ミューリウムに火がついた。人類の知る最高のエネルギー産出物質四千トンが、一ミリ秒のうちに、空間をたわませる放射線の巨大なシャワーに崩壊したのである。

苦痛も、動きも、時間も、体も、なにひとつ感じなかった。しかし、もはや気にならなかった。自分なりの流儀で、アラールはまだ生気にあふれていた。

アラールは死んでいた。

それでも、自分が何者で、自分の運命がどこにあるのかを知っていた。

20　ハルマゲドン

　核エネルギー大臣のゴダードが立ちあがり、目を見開いてマインドとヘイズ＝ゴーントを交互に凝視した。

「マインドが――ケニコット・ミュールだって？　ありえない！」

　航空路大臣のフェルプスが、わなわな震える白い手で椅子の側面をつかんでいた。その圧力で指の爪が割れて、めくれていた。

「ありえないとどうしてわかる？」彼は叫んだ。「マインドはその問いに答えねばならん！」

　ケイリスは悲嘆にわれを忘れて唾を飲みこんだ。彼女が投げた質問は、マインドの意表を突いたのかもしれない。あらためて考えれば、あの質問をした理由が直観以外に見つからないのだ。しかし、ヘイズ＝ゴーントはまちがっているにちがいない。マインドが彼女の夫でありえないことは歴然としている。ふたりは同じような体格だが、似ているのはそこまでだ。なにしろ、マインドは――ふた目と見られないご面相なのだ。そのとき彼女はヘイズ＝ゴーントに目をやり、確信をいくらか失った。

　集まった面々のなかで、くつろいでいるように見えるのは宰相だけだった。ビロード張りの椅子に静かにもたれ、長い脚を無造作に組んでいる。その自信満々な態度は明らかにこういっていた——「その答えなら自分はたしかに知っている。そして特別な予防措置を講じておいた」と。

エルドリッジにとって、その状況は耐えがたいものになりつつあった。

「答えろ、きさま!」と彼は叫び、ピストルを抜いた。

ヘイズ=ゴーントがいらだたしげに手をふって彼を下がらせた。

「彼がミュールなら、アーマーを着用した〈盗賊〉でもある。そのおもちゃをしまって、すわるがいい」マインドに向きなおり、「おまえがなかなか答えないという事実そのものが、じつに啓発的ではないか。だが、それでなにが得られるつもりだ? ほんのすこしの長生きか?」口がゆがんで、かすかなせせら笑いを形作る。「それとも、太陽系でもっとも博識な男は、自分が何者かも知らないのか?」

ヘイズ=ゴーントのメガネザルが、ブルブル震えながら、主人の肩章ごしにマインドをのぞき見た。マインドは姿勢を変えていなかった。休んでいるときの例にもれず、両腕を肘掛けに乗せている。ケイリスには、ふだんと変わらず落ちつき払っているように見えた。だが、だれよりも憎んでいる男との一世代の長きにおよぶ闘争に勝利して恍惚としているも同然のヘイズ=ゴーントは、別のなにかを見ているようだった。

「諸君、われわれの前にいるのは」と彼はいかめしい声でいった。「叡智《えいち》のオーラをまとっているにもかかわらず、怯えた動物だ」

「そう、わたしは怯えている」と力強く明瞭な声でマインドがいった。「われわれがここで身元をめぐって遊んでいるうちに、トインビー21は死の一撃を食らってよろめいている。おまえたちがこの会議の中断をいっさい禁じていなかったら、八十秒前に東方連邦がアメリカ帝国に宣戦布告したのを知っただろう！」

　なんて気宇壮大なはったり！　とケイリスは絶望と称賛のまじった思いに駆られた。

「諸君」と周囲を見まわしながらヘイズ＝ゴーント。「諸君なら、マインドの最新の策略のすばらしい点を正しく評価できるはずだ。彼の身元という謎は、巨大だが虚偽の推測の興奮のなかで突如として失われる。そろそろわたしの問いにもどってもいいのではないかな」

「隠している耳受信機についてフェルプスに訊け」とマインドが冷ややかにいった。

　フェルプスは居心地が悪そうだった。それからぼそりといった――

「マインドのいうとおりだ――彼が何者であるにしろ。わたしは補聴器をつけているが、それは無線機を兼ねている。彼のいったとおり、東方連邦が本当に宣戦を布告した」

　つづいて降りた奇妙な沈黙は、とうとうヘイズ＝ゴーントに破られた。

「これで明らかに事情が変わった。マインドを厳重に拘束し、われわれの都合がつきしだい、さらにとり調べるものとする。他方、評議会はここで時間を無駄にしている。この不測の事態に対する服務規定が全員にあるはずだ。いまからそれを厳密に遂行せよ。会議は延期する」

彼は立ちあがった。緊張の糸が切れて、ケイリスは倒れないでいるのがやっとだった。

閣僚たちが足早にぞろぞろと出ていき、彼らの足音と神経質なささやき声が列柱郭を遠ざかっていった。青銅のエレヴェーターのドアが音を立てて閉まりはじめた。

そのとき、ヘイズ＝ゴーントがだしぬけに向きを変え、椅子にすわり直した。その厳しい目は、ドームに覆われたくぼみのなかにいる男の、醜いがおだやかな顔にまたしても据えられた。

ケイリスの息づかいが速くなった。まだ終わっていない——はじまったばかりなのだ。

マインドは物思いにふけっているらしく、自分の命が風前の灯火《ともしび》であることにはまったくの無関心だった。

ヘイズ＝ゴーントが上着のポケットからピストルに似たものを抜きだした。

「これは毒矢を撃ちだすピストルだ」と彼は静かな声でいった。「矢はおまえのプラスチック・ドームをやすやすと貫通する。かすり傷をつけるだけで用は足りる。おまえには自分について語ってもらい、いろいろと教えてもらいたい。さあ、はじめてもいいぞ」

マインドは煮えきらない態度で椅子の肘掛けを指でトントンとたたいた。顔をあげたとき、それが向かった先は死刑執行人ではなく、ケイリスだった。彼が話しかけたのはケイリスだった。

「十年前、あなたの夫が失踪したとき、わたしを通して接触する、と彼はあなたに告げた。当時わたしは名もないサイドショーのフリークだった。近年になってようやく、膨大な文献に触れられるようになり、おかげで現在の地位まで昇りつめた」

「口をはさんでもいいか?」とヘイズ＝ゴーントがぼそりといった。「オリジナルのメガネット・マインド、名もない芸人は、おまえにうりふたつだった。しかし、あいにく彼は十年前にサーカスの火事で死んだ。ああ、たしかに、おまえの顔と手の火傷は本物だ。じつは、おまえがわざと顔と手を焼いたのだ。記録を改竄して、彼になりすました。つづけてくれ」

ケイリスが怖いもの見たさで見まもるなか、マインドは乾いた唇をなめた。

マインドがいった。

「では、変装はけっきょく見破られたのか。だが、いままで、わたしの正体を疑った者はいないはずだ。何年も前に露顕しなかったのが、不思議といえば不思議だ。しかし、話を進めよう——ケイリスを通して、わたしは重要な情報を〈盗賊結社〉に流した。それがおまえの腐敗した政府を転覆し、われわれの文明を救ってくれると思ったからだ。しかし、彼らの勇敢な努力はいまや断ち切られた。いかに才気縦横の少数集団であっても、十年足らずでは、崩壊する社会を改革できない」

「ならば認めるのだな、われわれがおまえとご自慢の〈結社〉を打ち負かしたのだ、と」ヘイズ＝ゴーントが冷ややかに尋ねた。

マインドは考えこんだ顔で彼を見た。

「三十分前わたしはほのめかした、アラールが半神の性質を獲得した、と。おまえがわたしや、『自慢の』〈結社〉を打ち負かしたかどうかは、われわれがアラールと呼んできた知性の正体にかかっている」

「言葉遊びはやめろ」とヘイズ＝ゴーントが嚙みつくようにいう。

「こういうふうにいえば、理解してもらえるかもしれない。航空路研究所の中央飛行場には完成したばかりのT－22があり、処女航宙に飛び立つのにそなえて待機している。おまえがよく知っているように、五年前、一隻の白熱した宇宙船がオハイオ川に墜落し、河川警察が驚くべきものをいくつか見つけた。その船の金属部分は、ゲインズとわたしがT－22のために開発した合金と組成が同一だった。

近隣の星に住む種族が、われわれの太陽に到達しようとしていたのだろうか？　われわれはさらなる証拠を探した。翌日、川岸をさまよっている男が見つかったとき、それは明らかになった。男は茫然として、ほぼ全裸で、革装の本をたずさえていた。その本には金の箔押しで題名が記されていた――『T－22航宙日誌』と。われわれのT－22の操縦室に、それとそっくりの日誌がある」

「おまえの紡ぐ話はじつに面白い」とヘイズ＝ゴーント。「だが、あいにく、はしょらねばならん。わたしがほしいのは本物の情報だ、支離滅裂なおとぎ話ではない」彼は毒矢を撃ちだすピストルをかかげた。メガネザルが悲鳴をあげて、彼の背中へと姿を消す。

「その男は〈盗賊〉アラールだった」とマインド。「話をつづけようか、それとも、いますぐわたしを殺したいか？」

ヘイズ＝ゴーントはためらい、やがてピストルを降ろした。

「つづけろ」と彼はいった。

「われわれは、いまは故人となった〈盗賊〉ふたりの住居でアラールを監視下に置いた。彼がおまえのスパイだという可能性は、つねにわれわれの念頭にあった。彼の本当の身元が、あくまでも徐々にだがわかってきた。ほかに説明がつかなかったからだ。

事実をおさらいしよう。T－22と同一の船が五年前、地球に着地した。それなのにT－22は、いまから十五分後まで、処女航宙に旅立つ予定はない。関連するほかのどんな事実や理論にもかかわらず、その船は発進するや否や時間をさかのぼりはじめ、さかのぼりつづけて、ついには墜落する——いや、『墜落した』というべきだろうか？——五年前に。

重力屈性か、あるいは別の作用でアラールに変容することになる男、ミスターXと呼んでもいい男は、数分以内に身元不詳の同行者とともにT－22に乗りこむ。そして船内の彼らは光よりも速い速度で運ばれていく。そのような速度を出せば時間遡行がはじまり、そのためミスターXがとうとうT－22を操縦して地球へもどるとき、出発したときより五年前に着地する。彼はアラールとして出現し、それ以後はミスターXとしては認知できなくなる」

ヘイズ＝ゴーントは口をへの字にしてマインドを見た。

「おまえがわたしに信じさせたがっているのは、こういうことか——今夜だれかがT－22に乗って旅立ち、時間をさかのぼって、五年前にオハイオ川に墜落し、アラールとして岸へ泳ぎ着く」

マインドはうなずいた。

「途方もない話だ——それでも可能性がないわけではない」宰相は考えこんだ。「とりあえずおまえを信じるとして、T－22に乗りこみ、アラールになる人物はだれだ？」

「判然としない」とマインドが冷ややかにいった。「メトロポリス地区にいるだれかであることはまちがいない。なぜなら、T‐22は十分以内に発進するからだ。彼は——おまえかもしれない」

ヘイズ＝ゴーントは厳しい、計算高い目つきで彼をちらっと見た。

ケイリスは頭がふらふらして、めまいに襲われた。ヘイズ＝ゴーントがアラールになるですって？　あの〈盗賊〉になんとなく見憶えがあったのは、そのせいだったのかしら？　直観的に彼女はその考えを退けた。

でも——

「アラールとおまえのこれまでの関係を吟味すると、その仮説はすこぶる興味深いものになる」とヘイズ＝ゴーント。「ほんの二、三週間前、ほかならぬおまえ自身が、謙遜もいいところだが、アラールは帝国政府にとってもっとも危険な男だと警告した。彼が何度か逃げおおせたあと、おまえは彼の見つかる場所を即座に教え、おまえのくれた情報を基にして、われわれは何度もやつを殺す一歩手前まで行った。

おまえがアラールを不倶戴天の敵とみなしていると結論づけるのは当然の成り行きだった。その敵にはおそらくわたしも——もちろん、アラールとして——含まれるが、ひとつ重大な難点がある。わたしにはT‐22に乗りこむつもりが毛頭ないからだ。それゆえ、わたしはおまえのミスターXではないし、アラールを窮地に追いこむおまえの動機は不明のままだ。はっきり答えろ、と警告せねばならんな」彼はまた毒矢を撃ちだすピストルをかまえた。

「子供に泳ぎを教える古来からの方法は、水に放りこむことだ」とマインド。

ヘイズ＝ゴーントは鋭い目つきで彼を見おろした。

「それがなんであるにしろ、アラールが驚くべき能力を発達させるよう、わざとそうしたといっているのか。つまり、その能力を発見するか、さもなくば死ぬという状況に追いこむことで。なんとも思いきった教育方法だな。しかし、彼がそういう可能性を秘めている、とそもそもなぜ勘づいたのだ？」

「長いこと確信はなかった。アラールはごく平凡な男に思えた。ただし、ひとつだけ例外があった——心臓の鼓動だ。ヘイヴン博士の報告によれば、アラールの鼓動は危険にさらされると毎分百五十以上という医学的に前代未聞の速度まであがるという。もしアラールが超人類《ホモ・スペリオール》であるならば、その超常能力は潜在しているのだ——そのときわたしはそう判断した。彼は野生動物の群れに養われる子供のようなものだ、と。

超人の生まれであることを無理にでも理解しないかぎり、彼は死ぬまで隠喩的《いんゆてき》な四つ足で走りまわる運命にあっただろう——動物であるわれわれといっしょに。それでも、彼を立ちあがらせることができれば、いまもわれわれを呑みこもうとしている破滅から抜けだす道をさし示してくれるかもしれない。

そういうわけで、六週間ほど前、おまえが〈最終計画〉の日取りを決めようとしていたとき、わたしは行動を余儀なくされた、おそらくは時期尚早だったのだろうが。苛烈きわまる迫害という手段によって、アラールが超常的な光学能力を発達するように仕向け、それによって彼はホロ映写機とほぼ同じ方法で情景を投影できるようになった。

その後、シェイにしかあたえられない、エクスタシーを引き起こす苦痛という刺激のもとで、彼は自分の四次元体の時間軸を熟知するようになった。あいにく、この刺激がなければ時間旅行はできない。とすれば、みずから進んでその経験を味わおうとしないといって彼を責めるわけにはいかない。それでも、われわれが言葉を習得するように、彼はその技を習得しなければならなかった――つまり、反復によって。ソラリオン９号でまさに死のうとしているとき、彼がついにその技をふたたび使ったのはまちがいない。

つぎにわたしは、アラールをまず月へ導き、自分自身とT－22の帰還飛行について知るように仕向けた。それから太陽ステーションへ行かせた、彼を追跡するシェイとターモンドとともに。彼は勝利をおさめ、みずからの超人性と任務を完全に自覚して生まれ変わらなければならなかった。そうでなければ死ぬだけだ。わたしは選択肢をあたえなかった」

ヘイズ＝ゴーントが立ちあがり、石畳を大股に行ったり来たりしはじめた。ペットは怯えてキャッキャッと鳴きながら、彼の右肩から左肩、そしてまた右肩へとうろうろした。しまいに彼は足を止めて、いった。

「おまえの言葉を信じよう。それなら、アラールを殺せなかったのも無理はない。そのいっぽうで、おまえも敗北を認めねばならん。おまえの秘蔵っ子は、おまえとおまえの大義の両方を見捨てたように思えるのだから」

「わかっていないな」とマインドがぶっきらぼうにいった。「アリストテレス主義の観点からすれば、アラールは死んでいるのだ」

愕然とした沈黙が部屋に降りたが、同時にあがったふたつの音にすぐさま破られた。ヘイズ＝ゴーント宰相が「朗報だ！」と吼えるいっぽう、マダム・ヘイズ＝ゴーントが「嘘よ！」と叫んだのだ。

ケイリスは椅子の肘掛けにゆっくりと倒れこんでいた。その肌は紙のように白くなり、恐ろしいほど黒い半円がふたつ、目の下にあらわれた。マインドはアラールの運命を予言していた。しかし、彼女はそれが現実になるのを認めずにいた。マインドが過ちを犯すという考えは、彼女の頭になかった。そう、それは真実なのだ。そうと悟って打ちひしがれているものの、彼が死んだというありのままの、反駁しようのない事実を把握しきれなかった。アラールが自分たちの人生から永久に消えるわけがない。そう、消えるわけがないし、消えたりはしない。そうでなければならない。マインドはたしかこういった、「アラールが半神の性質を獲得した」と。それなら、矛盾はない。アラールは死んでいるし、生きている。命を失っても、勝利をおさめたのだ。

ケイリスに理解しきれたわけではないが、その顔に赤みが徐々にもどりはじめた。

ヘイズ＝ゴーントはケイリスの叫びに注意を払わなかった。思わず満面に笑みを浮かべ、閉じたこぶしを開いた手のひらにパンと打ちつけた。それから、数秒で平静をとりもどし、身じろぎひとつせずにすわったまま、彼を見つめているマインドに渋面を向けた。

「ならば、おまえの秘蔵っ子は」とヘイズ＝ゴーント。いらだちがその声にまぎれこみはじめている。「おまえを見捨てはしなかった。死んでしまっただけだ。とすれば、おまえが自分の成功を確信するわけにはいくまい」

彼の背後のどこかでエレヴェーターが開閉した――つづいて、こけつまろびつ走ってくる足音。

国防大臣のエルドリッジだった。制服は乱れ、喉と腋の下が黒ずんでいる。血走った目が、死人のように白い顔でひときわ目立つ。

ヘイズ＝ゴーントは倒れかかった男を受け止めた。

「なにごとだ、ばか者！」彼は叫ぶと、ガタガタ震えている男を腕にかかえて揺さぶった。

しかし、エルドリッジの目は狂ったように白黒するだけで、顎がすこしだけ下がった。ヘイズ＝ゴーントは彼を床へ落とした。ヘイズ＝ゴーントが腹部を蹴ると、国防大臣は低い声でうめいた。

「彼が告げようとしていたのは」とマインドがいった。「人工衛星と沿岸レーダーが、西へ向かうミサイルの大群を探知したということだ。この地域は、五分以内に地下数マイルまで完膚なきまでに破壊されるだろう」

そのあと降りた長い沈黙のなかで、宰相は顔の筋一本動かさなかった。肩のメガネザルさえ麻痺したように思えた。

双子のように見える、とケイリスは思った。

21　永劫回帰

　とうとう、ヘイズ＝ゴーントが憂いに沈んだ声でいった。

「犠牲者が痺れを切らし、先制攻撃に打って出るというのは、侵略者にはつきもののリスクだ。しかし、この先制攻撃はとるに足りないし、じっさいは愚かしい。というのも、そのような事態において、われわれのミサイル発射基地は、本来の計画であった三分の一破壊のかわりに、全面破壊のパターンで報復するという服務規定のもとにあるからだ」

「ひとつよろしいかしら、閣下」とファアナ＝マリアの乾いた重々しい声が聞こえてきた。彼女はたったいま入室したところだった。「シマツはあなたの報復の規模を予見しておりましたよ。帝国に対する彼自身の破壊パターンは、同様に無制限です」

　ケイリスの顔が徐々に血の気を失うなか、その目に映るのは、微笑に似た恐ろしいものがヘイズ＝ゴーントの口もとをゆがめるところだった。だが、それは微笑ではありえなかった。この十年というもの、彼が微笑したことがないのをケイリスは知っていた。

　ヘイズ＝ゴーントがいった。

「それもまた計算ずみのリスクだった。それゆえ、文明は本当に姿を消すにちがいない。トインビー派がさも恐ろしげにいい触らしていたとおりに。しかし、わたしは居残って、それを嘆くつもりはない。そしてこの新しい展開で、ミスターXの、それゆえにアラールの正体がかならずや明らかになるだろう」

彼は獰猛な顔つきでマインドのほうを向き、

「なぜおまえとおまえの〈盗賊〉たちにT－22の建造を許したと思う？　研究のため？　探検のため？　ばかばかしい！　軟弱で、役立たずの人類は消え失せる。だが、わたしは逃げて生きるのだ！　そして夢にも思わなかったところへ逃げる。なぜなら、あの無敵を誇る時空の征服者、〈盗賊〉アラールになるのだから！」

彼はいま、マインドの傷だらけだがおだやかな顔にせせら笑いを向けていた。

「おまえはなんというお人好しだったことか！　おまえ自身がT－22に乗って逃げるつもりだったのはわかっている。だから、おまえはそれを作らせたのだ。自分では極秘のつもりの通路さえ、おまえのドームからT－22の格納庫まで作らせた。知らせておいてやるが、ペテン師よ、そのトンネルは封鎖されている」

「知っている」とマインドが笑みを浮かべた。「その『秘密』の通路は囮にすぎない。T－22には、はるかに効率的なルートで到達するつもりだった。おまえはいちばん有能な科学者たちを地下に潜らせ、〈盗賊〉のもとへ走らせた。それゆえ、おそらく

〈盗賊〉のアーマーを正しく理解できずにいるのだろう。そのアーマーは、じっさいは負の加速の場から成っており、当然の結果として、急速に近づいてくる物体、たとえば帝国警官の銃弾をいとも簡単にはね返すのだ。

加速が空間の湾曲と同義であることは、おそらくおまえも知っているだろう。そして抜け目ないヘイズ＝ゴーントの知性が、いまある事実を導きだしていることは疑問の余地がない。つまり、わたしの前にあるこの投影メカニズムが、じつは〈盗賊〉のアーマーを着用している者をとり巻く空間を制御できるということを。以前なら、そのような現象は瞬間移動《テレポーテーション》と呼ばれたとしても不思議はない。

ヘイズ＝ゴーント、おまえがT－22に乗らなければいいと思う――おまえがアラールにならなければ、と。二、三時間まえ、アラールは記憶をとりもどし、いまではわれわれの理解を絶する知性へと完全に統合されている。じつは、これ以上彼をアラールとして考えるのは、おそらく意味がない。おまえとしての過去を彼が思いだしたら、人類は最後の希望を失ってしまう。わたしとしての過去を思いだしたら、おまえが作った荒廃からまだなにかを救いだせるかもしれない」

投影像読みとり機《リーダー》のオレンジ色のランプが真っ黄色に変わり、一瞬にしてさらに煌々と輝いた。

「これまでに溜まった電位は、わたしをT－22の操縦室に送りこむにはじゅうぶんだ」とマインドがおだやかな声でいった。「しかし、あと三十秒待たなければならない。なぜなら、今回は妻を連れていくからだ」

彼はケイリスにほほえみかけた。彼女の唇は、「キム!」という言葉を音もなく何度も何度も形作っていた。

「あとひとつだけ、わからないことが残っている」とマインドが話をつづけた。「おまえのメガネザルの件だ、ヘイズ＝ゴーント――」

低い、きしむような轟音が部屋に鳴りひびいた。どこかで石組みが崩落しているのだ。

映写機の黄色いパイロット・ランプが明滅したかと思うと、すーっと消えた。ケイリスが濛々と舞いあがる粉塵のなかで立ちあがった。テレポーテーション装置を必死にいじっている夫が、その粉塵ごしに見てとれた。ファナ＝マリアはハンカチを口に当てており、目を激しくしばたたいている。ヘイズ＝ゴーントは咳きこんでから、ペッと唾を吐き、ケイリスを求めて周囲を見まわした。彼女はあえぎ声をもらし、よろよろと一歩あとじさった。

そのとき、いくつかのことが同時に起こった。ヘイズ＝ゴーントが彼女に飛びかかり、ふらふらしている彼女を肩にかつぎあげると、プラスチック・ドームのドアを突きぬけてきたケニコット・ミュール――メガネット・マインド――と向かいあったのだ。

大男は部屋をふさぐかに思えた。

右肩にケイリス、左肩にメガネザルを乗せたヘイズ＝ゴーントがひるんだ。

「動けば撃つぞ！」と彼はミュールに叫び、毒矢を撃ちだすピストルをふった。エレヴェーターに向かって後退をはじめる。

ケイリスは、ゲインズとヘイヴンの死を思いだして、やはり警告を声に出そうと必死に試みた。だが、彼女の喉は麻痺していた。彼女はなんとか右のサンダルをゆるめて、落とした。そして右足の長い指を腿の鞘におさまった長いナイフに巻きつけているとき、ミュールが答えた。

「わたしはその毒に免疫がある。わたしが開発したのだ。それゆえ、おまえといっしょに、おまえ専用のバッテリー駆動のエレヴェーターで降りることにする。いっておくが、助けは来ない――」

かん高い、怯えたキャッキャッという声がその言葉をさえぎった。メガネザルだった。あわてて宰相の脚を降りたそいつは、男の両脚をつかんで、むなしく止めようとしていた。

「行くな！　行くな！」そいつはか細い、人間離れした声で叫んだ。これほど恐ろしい音をケイリスは聞いたことがなかった。そのけだものは、一人前の役者としてこのドラマに参加していた。口に出す台詞《せりふ》もあれば、死ぬべき死もあった。小さな生きもの、と彼女は思った。おまえはだれなの？

　ヘイズ＝ゴーントが小声でなにかいった。脚をふり出す。小さな動物が宙を舞い、大理石の壁にたたきつけられた。そいつは落ちた場所にじっと横たわった。体が妙な具合にのけぞっていた。

　ミュールが彼らへ向かって疾走していたとき、ヘイズ＝ゴーントが叫んだ。

「おまえの妻は免疫があるのか？」

　ミュールがあわてて立ち止まった。ヘイズ＝ゴーントはにやにや笑いながら、エレヴェーターのドアへ向かって慎重に後退をつづけた。

　ケイリスは苦痛に満ちた、動きづらい位置から首をもたげ、夫に目をやった。その顔に浮かぶ苦悶が彼女の心臓を水に変えた。火傷による彼の変装が、その凍りついたように無表情なこわばりをゆるめたのは十年ぶりだったのだ。

　エレヴェーターのドアが開いた。ヘイズ＝ゴーントが彼女をかついだままなかへはいった。

「もうおしまいだ」とミュールがうめいた。「ならば、あいつがアラールなのだ。このために十年も苦しめてしまった——かわいそうな愛しい人を——かわいそうな人類を」蚊の鳴くような声だった。

この動きづらい姿勢では、ヘイズ＝ゴーントに致命傷をあたえることはできない。そのときケイリスは、自分のしなければならないことを悟った。

エレヴェーターのドアが閉じているとき、彼女は体を横へ投げだして、ヘイズ＝ゴーントの肩から離れた。彼女の体重でヘイズ＝ゴーントの腕がねじれ、彼女は出入口をまたぐ形で落下した。落ちながら、彼女は叫んだ。

「彼はアラールではありません！」

膝が尻の下で折れ、足の指ではさんだナイフが明かりを浴びてギラッと光った。彼女は上を向いた刃に体をかぶせ、ナイフを心臓に食いこませた。

彼女の体が閉まろうとするドアを妨げていた。ヘイズ＝ゴーントが死にもの狂いで亡骸をエレヴェーター内に引きずりこんだとき、かすむほど速く動くものが彼のほうへ向かってきた。

エレヴェーターのドアがガチャンと閉まり、ファナ＝マリアがひとり部屋にとり残された。

彼ら三人――ケニコット・ミュール、ヘイズ＝ゴーント、ケイリス、生きている者と死んだばかりの者――は、自分たちの奇怪な運命のなかで合流し、彼女の運命を彼女に残していったのだ。

長いこと、その美しい褐色の目は物思いに沈んでいた。その沈思黙考をとうとう破ったのは、かん高い、苦痛に満ちた鳴き声だった。

背骨が折れているにもかかわらず、メガネザルにはまだ虫の息があった。その雄弁な円盤のような目が、懇願するように彼女を見あげていた。その哀れをもよおすメッセージは見まちがいようがなかった。

ファナ＝マリアは椅子のサイド・ポケットに手を入れ、注射器と鎮痛薬のはいったガラス瓶を探りあてた。そこでためらった。小さなけだものを殺せば、鎮痛薬が危険なほど減るだろう。つぎの数分のうちに、自分もたっぷりと苦痛に見舞われるはずだ。とにかく、ヘイズ＝ゴーントの役立たずめ。いつだって殺しそこねるのだ。

彼女は手早く注射器を満たし、椅子をあやつって小さな生きもののところまで行くと、のろのろと身をかがめて、そいつを拾いあげた。

注射はすみやかに終わった。

針を抜くと、瀕死の動物はボロ切れのように彼女の膝に横たわり、早くも濁ってきた目で彼女の顔を見つめた。とそのとき、そいつが死んでいて、自分が疲れきっているのが彼女にはわかった。十五億人の上に立つ名目上の統治者は、自分の手さえ動かせないのだ。注射器がタイルに落ちて、砕けた。

永遠にさめない夢想にすべりこむのは、いまやなんと簡単なのだろう。では、ミュールがアラールになり、不死に類するものを獲得するわけだ。それだけのことだ。

その男が自然な発達をとげて、論理的な結論にいたったただけのように彼女には思えた。そして同じ理由で、ヘイズ＝ゴーントも変わらなければならない。

ミュール＝アラールは、〈最終計画〉を阻止するためになにができるだろう――彼女はそう思った。ひょっとしたら、時間をさかのぼり、ヘイズ＝ゴーントが生まれないようにするかもしれない。だが、それでは別の独裁者、彼に輪をかけて非情な独裁者があらわれ、文明を破壊するかもしれない。もちろん、神人はミュールがミューリウムを発見するのを妨げる、いや、それどころかハーン、マイトナー、フェルミ、オッペンハイマーをはじめとする古典的核物理学者たちが、ウラニウム原子を分裂させるのを阻止するかもしれない。

だが、その発見はいずれほかの者たちが成しとげるのではないだろうか。ひょっとしたらマイケルソン＝モーリーの実験――運動線上にある物体の収縮を証明し、アインシュタインが物質とエネルギーの等価という理論を編みだすきっかけとなった――が修正され、求めていた干渉画像をマイケルソンがじっさいに得るようになるかもしれない。

だが、それをいうなら、存在の疑わしい重電子に関するラザフォードの仕事や、関連する無数の研究がある。そして人間の性質からして、研究が息を吹き返すのは時間の問題にすぎない。

そう、困った点はもっぱら人間の精神のなかにある。人間は自分自身の種《スピーシーズ》を夢中になって絶滅させる唯一の哺乳類だ。

人類を人間らしくしたり、トインビー22の教母になる役目を課せられなくてよかった、と彼女は思った。

膝に載せた毛むくじゃらのかたまりをじっと見おろすと、ミュールはこの動物の正体を見抜いたのだろうか、と疑問が湧いた。ひょっとしたら、理解したのは自分だけかもしれない。

旅が終わったとき、二体の生きものが船から出てくることになる。ケニコット・ミュールはそのときにはアラールに進化しているだろう。もう片方はヘイズ＝ゴーント——変化したヘイズ＝ゴーントだ……。すべてはジョン・ヘイヴンの重力屈性計画の予言どおり。ふたつの実験対象が光よりも速い速度にさらされると、片方は進化し、もう片方は退化する。

暗くなった部屋が、ゆっくりとぐるぐるまわっていた。彼女はもはや唇を動かせなかったが、目を動かして、メガネザルのちっぽけな死骸を見つめることはできた。たいへんな苦労をして、彼女は最後の明晰な思考をまとめた——

「哀れなヘイズ＝ゴーント。哀れでちっぽけな動物のヘイズ＝ゴーント。考えてみれば、おまえはいつもわたくしを殺して決着をつけたがっていた」

一瞬後、その部屋は蒸発した。

22　トインビー22

白髪まじりで無情なリーダーは足を止め、谷を昇ってくる空気のにおいを嗅いだ。涸れ谷を数百ヤードくだったところにトナカイの血のにおいがあり、それとは別の知らないにおいもあった。彼自身の集団を特徴づける垢と汗と糞の入りまじった悪臭と似ているのに似ていないにおいだ。

老いたネアンデルタール人は自分の小さな集団に向きなおり、燧石の穂先をつけた槍をふって、臭跡を嗅ぎあてたことを知らせた。ほかの男たちは槍をかかげ、わかった、黙ってついて行くという意思を示した。女たちは谷間の斜面に散らばった灌木の茂みへ潜りこんだ。

男たちはトナカイのけもの道づたいに涸れ谷をくだり、数分以内に老いた雄のエオアントロプス一頭、さまざまな年齢の雌三頭、子供二頭を藪ごしにのぞき見た。枝のついた風倒木と涸れ谷の斜面に張りだした岩石の下で、全員が体を丸めて眠りこけていた。

老いたエオアントロプスの頭の下にある食べかけのトナカイの死骸から、血がまだじくじくとにじみ出ていた。

第六感めいたものがエオアントロプスに危険を知らせた。老いた雄は五百ポンドの体をゆすると、はじかれたようにトナカイをまたいでうずくまり、歯をむきだしながら、近視の目でむこうみずな闖入者を探し求めた。雌と子供たちは、恐怖と好奇心の入りまじった表情で彼の背後へと駆けよった。

「すべての人間は兄弟だ！」と齢《よわい》を重ねたネアンデルタール人が叫んだ。「争う気はない。おれたちは腹をすかせている」

彼は槍を落とし、手のひらを外に向けて両手をかかげた。

エオアントロプスは神経質にこぶしを握り、招かれざる客たちのほうに心もとなげに目をすがめた。彼は自分の小さな家族にうなり声で命令した。すると彼らは影のように涸れ谷の斜面に溶けこんだ。侵入者たちに最後の呪詛《じゅそ》を浴びせたあと、老いた雄自身も小走りに斜面を登っていった。

狩人たちはその集団が消えるのを見届けた。それから、彼らのうちふたりが燧石のナイフを抜いてトナカイの骸《むくろ》へ駆け寄った。無言のまま慣れた手つきで、ふたりは動物の後軀を切り離してから、もの問いたげに老いたリーダーを見あげた。

「それくらいにしておけ」とリーダーは警告した。「ここではトナカイはすくないのかもしれん。あいつらはもどって来ないと、腹をすかせるはめになるかもしれん」彼には知る由《よし》もなかったが、彼の父祖たちの遺伝子は、想像を絶するほど巨大な知性によって遺伝学的に再設計されており、その結果として、彼の前頭葉のなかのコロイド網が微妙に改変されていた。そして予見することも、脳裏に描くこともできなかったが、遠い未来に彼自身の子孫が、アフリカから北上し、シシリア＝イタリア陸橋を渡ってくる背の高い人々、いとこであるクロマニョン人と出会うはずだった。

動物のようなエアントロプスの命を救ったときでさえ知る由はなかったが、彼、ネアンデルタール人もクロマニョン人に命を救われることになる。やはり知る由はなかったが、槍を投げるかわりに開いた手のひらをかかげたことで、彼は将来の人類すべての運命を変えてしまった。あるいは、ことここにいたる一連の出来事が起こらないようにしたせいで、黎明期の精神にこの驚くべき変化をもたらした知性そのものを消滅させてしまったのだった。

というのも、ときにはミュール＝アラールとして知られる存在が、最後の永遠のなかでケイリスとふたたび相まみえたからだ。あのときネアンデルタール人のがさつな声帯が形作っていた叫びは、ついには宇宙にあまねく広がるトインビー22の先触れだったのである——

「すべての人間は兄弟だ！」

訳者あとがき――元祖ワイドスクリーン・バロック

ここにお届けするのは、アメリカの作家チャールズ・L・ハーネスの長編 *Flight into Yesterday* (1953) の全訳である。ただし、*The Paradox Men* という別題のほうがよく知られており、邦題もそちらにならった。

と書けば、こんな疑問が湧くかもしれない――そんな古い作品をなぜいまごろになって翻訳するのか、と。

その問いにはこう答えよう――本書は「幻の名作」として長らく邦訳が切望されてきたから。なにしろ、SF史上屈指の傑作という呼び声も高いのだから、と。

なにを大げさな、と思われる方もいるだろう。まずは識者の評価を紹介したい。犀利《さいり》な批評で知られるイギリスの作家・評論家のブライアン・オールディスは、その浩瀚《こうかん》なSF史『十億年の宴《うたげ》』(一九七三/東京創元社) のなかでつぎのように記している。ちなみに「十億年の宴」とは、SFの歴史的展開の比喩《ひゆ》である――

「この長編は、十億年の宴のクライマックスと見なしうるかもしれない。それは時間と空間を手玉に取り、気の狂ったスズメバチのようにブンブン飛びまわる。機知に富み、深遠であると同時に軽薄なこの小説は、模倣者の大軍がとうてい模倣できないほど手ごわい代物であることを実証した。この長編のイギリス版に寄せた序文で、私はそれを《ワイド・スクリーン・バロック》と呼んだ。これと同じカテゴリーに属する小説には、E・E・スミス、A・E・ヴァン・ヴォークト、そしておそらくはアルフレッド・ベスターの作品が挙げられよう。しかし、ハーネスの小説には、ネパールの君主の飲み物、ウィスキー・アンド・シャンパンのように、独特のぴりっとした味がある」（浅倉久志訳）

いっぽうウィリアム・アセリング・ジュニア名義で批評活動を行ったアメリカの作家ジェイムズ・ブリッシュは、ハーネスについてこう述べる――

「四〇年代後半から五〇年代前半にかけてのハーネスは、A・E・ヴァン・ヴォクトが、マイナー級の神様からそそっかしい手直しを受けたようで、うすきみわるいほどだった。読者が落着いて消化もできないほど、つぎつぎと投げこまれるアイデア（しかし馬鹿げたものは何もない）、さまざまな科学分野における知識の誇示（そして実際に、それらの分野での造詣が深いのだ）、頭がこんがらがるほど複雑なプロット（しかし破綻はすこしもない）、芸のない語り口（しかし、ときどき詩的な閃《ひらめ》きが見える）、誰もかれも同じような登場人物たちの口調（しかし、みんなそれぞれ考えかたや行動のしかたは違う）。もちろん、括弧《かっこ》でかこんだのが、手直しの部分である」（伊藤典夫訳）

ご覧のとおり、手放しの絶賛だ。「幻の名作」という評価が、けっして故なきものではないことがおわかりだろう。

ところで、オールディスの文章に「ワイドスクリーン・バロック」という言葉が出てきた。これはオールディスの造語で、「純粋なSF」、つまりSFのひとつの理想型をさす言葉だ。アルフレッド・ベスターやバリントン・J・ベイリーの作品を語るさい、かならずといっていいほど出てくるので、聞き憶《おぼ》えのある方も多いだろう。その特徴についてオールディス本人はつぎのようにいっている――

「ワイドスクリーン・バロックでは、空間的な設定に少なくとも全太陽系ぐらいは使われる――アクセサリーには、時間旅行が使われるのが望ましい――それに。自我の喪失などといった謎にみちた複雑なプロット。そして〝世界を身代金に〟というスケール。可能と不可能の透視画法がドラマチックに立体感をもって描き出されねばならない。偉大な希望は恐るべき破滅と結びあわされる。登場人物は、理想を言えば、名前が短く、寿命もまた短いことが望ましい」（安田均訳）

この特徴は本書にぴったり当てはまるわけだが、これは当然の話。というのも、オールディスは本書の作風を説明するためにワイドスクリーン・バロックという言葉を発明し、似た作風の作品を系譜化して、ひとつの概念を作りあげたのだから。したがって、本書の評価とワイドスクリーン・バロックという概念は切っても切り離せないのだ。そのあたりの事情について、順を追って説明しよう。

チャールズ・L・ハーネスは一九一五年十二月二十九日生まれ。九歳年上の兄の影響で、二〇年代なかばからSFやファンタシーに親しむようになった。当初は〈アメージング・ストーリーズ〉、〈ウィアード・テールズ〉、〈アーゴシー〉といったパルプ雑誌を愛読し、のちに〈アスタウンディング〉、〈アンノウン〉、〈スタートリング・ストーリーズ〉、〈スリリング・ワンダー・ストーリーズ〉、〈プラネット・ストーリーズ〉などのSF誌に夢中になった。そのいっぽう、化学実験やラジオの製作に熱中したというから、典型的な理科少年であったことがうかがえる。

創作に手を染めたのは一九四七年。第一子の出産費用を捻出するためだったという。デビュー作は当時の一流SF誌〈アスタウンディング〉一九四八年八月号に掲載された「時間の罠《わな》」。複雑怪奇なタイム・パラドックスをあつかった作品で、時空を手玉にとる作風はすでにできあがっていた。その後、五三年までに十数編を発表。そのうちSFならではの思考実験で現実概念の再考を迫る「現実創造」（一九五〇／河出文庫『20世紀SF①　1940年代　星ねずみ』所収）と、やはりタイム・パラドックスを題材にした「時の娘」（一九五三／創元SF文庫『時の娘』所収）は邦訳がある。だが、意欲作である長い中編《ノヴェラ》 *The Rose* が本国では買い手がつかず、イギリスの二流誌〈オーセンティック〉一九五三年三月号にひっそりと掲載されたことに気落ちしたのか、それとも、本職である特許弁理士の仕事が忙しくなったのか、この時点でいったん休筆する。

本書の原型 *Flight into Yesterday* は、〈スタートリング・ストーリーズ〉一九四九年五月号に発表された。ちなみに、この題名は編集者サム・マーウィン・ジュニアがつけたもの。作者自身がつけた題名は *Toynbee Twenty-two* であったという。一九四〇年代に絶大な人気を博したA・E・ヴァン・ヴォートの作品の影響がはっきりと見てとれるが、この点についてハーネスは、つぎのようにいっている――

「一九四八年までに、わたしは数編の短編を売っていた。長編に挑戦する時が来たのだ。それはA・E・ヴァン・ヴォートへのトリビュートになるはずだった。彼の比類なき『スラン』、『非《ナル》Aの世界』、『武器製造業者』に畏敬の念をいだいていたからだ。どれもアクション、謎、サスペンス、超人性があふれている。彼の世界が、多次元の明晰《めいせき》さをともなって読者の眼前に展開する。彼がどうやっているのか、わたしは突き止めようとした」

この作品は一九五三年にブーレギー&カールという出版社からハードカヴァーで刊行された。一部書き足しがあったものの、編集も校正もお粗末な本だったらしい。評判はけっして芳しいものではなかった。手堅い書評で定評のあったP・スカイラー・

ミラーは「アクション豊富な娯楽作」で片づけているし、ミステリ評論でも名を成したアンソニー・バウチャーは、いくつかの美点を認めながらも、ストーリーが複雑すぎるし、科学は混乱していて、おそらくは誤っていると評している。どうやらヴァン・ヴォートの亜流、時代錯誤の冒険活劇とみなされたようだ。

とはいえ、それも仕方なかったのかもしれない。時代は自然科学に重きを置いたSFから社会学や心理学に重きを置いたSFに舵《かじ》を切っていたのだから。たとえば、同じ一九五三年に刊行された著名作をあげれば、アルフレッド・ベスター『分解された男』（創元SF文庫）、レイ・ブラッドベリ『華氏451度』（ハヤカワ文庫SF）、アーサー・C・クラーク『幼年期の終り』（同前）、フレデリック・ポール&C・M・コーンブルース『宇宙商人』（同前）、シオドア・スタージョン『人間以上』（同前）などがある。こうした洗練された作品にくらべれば、ハーネスの小説は荒削りに見えたにちがいない。

一九五五年にはエース・ブックスからペーパーバック版が上梓された。このとき編集長ドナルド・A・ウォルハイムの判断で *The Paradox Men* と改題された。ちなみに、この版は別々の本を背中合わせに製本したダブル・ブックと呼ばれる形式であり、裏面はジャック・ウィリアムスンの長編 *Dome Around America* だった。

この版が出たとき、この小説の真価を見抜いた人物がひとりだけいた。辛辣《しんらつ》な批評で鳴らしたデーモン・ナイトである。〈インフィニティー・サイエンス・フィクション〉一九五六年二月号に寄せた書評でナイトはこう書いた──
「『昨日への飛行』はハーネスの作品のなかでも輝かしいピークとなるものである。あなたはここにけばけばしいヴァン・ヴォート的帝国を発見するかもしれない。愛と憎悪の緊張で火花の散るラブ・ストーリィ。暴力的なまでのスピーディなプロットの展開。自らの超能力に気づかず、敵とばかりか懐疑的な味方とまで争わねばならぬミュータントの超人。全てを支配するに至る哲学的（あるいは医学的、歴史的）システム……だが、これらはすべて、ヴォートの原型よりも緊密に構成され、均衡をもって配置されており、締りのない結末は避けられている。果てしないプロットのひねりも、科学的また論理的に完全に納得のいくものだ」（安田均訳）
ナイトの慧眼《けいがん》には畏《おそ》れ入るしかない。だが、ナイトの絶賛にもかかわらず、この版もさして評判にならず、作者がＳＦ界から遠のいたせいもあって、本書は三十年近くアメリカでは絶版状態となる。
風向きが変わったのは一九六四年。大西洋の対岸イギリスで、にわかにハーネス再評価の動きが起こったのだ。その担い手は、旧弊なＳＦの変革をめざした〈新《ニュー・》しい波《ウェーヴ》〉運動の推進者たちだった。本国では時代遅れと切り捨てられた作品が、彼らの目にはＳＦの可能性を拡大するものとして映ったのだ。

まずは本書がフェイバー&フェイバー社からハードカヴァーで再刊された。この復活にひと役買ったのが前記オールディスで、同書に寄せた序文において、「ワイドスクリーン・バロック」という言葉をはじめて公にした。歴史的な文章なので試訳してみよう——

「こうした純粋なSFは、ワイドスクリーン・バロックとしてカテゴライズできるかもしれない。プロットは精妙で、たいてい途方もない。登場人物は名前が短く、寿命も短い。可能なことと同じくらい易々と不可能なことをやってのける。それらはバロックの辞書的な定義にしたがう。つまり、すばらしい文体《スタイル》よりはむしろ大胆で生きとした文体をそなえ、風変わりで、ときにはやり過ぎなところまで爛熟《らんじゅく》する。ワイドスクリーンを好み、宇宙旅行と、できれば時間旅行を小道具としてそなえており、舞台として、すくなくとも太陽系ひとつくらいは丸ごと使う」

つづいて『パラドックス・メン』をその典型と位置づけたうえで、先行者としてE・E・スミスの《レンズマン》シリーズ(創元SF文庫)、ヴァン・ヴォートの『武器製造業者』(一九四七/創元SF文庫)と『非A《ナル》の世界』(一九四八/同前)をあげ、後継者としてベスターの『分解された男』と『虎よ、虎よ!』(一九五六/ハヤカワ文庫SF)、カート・ヴォネガットの『タイタンの妖女』(一九五九/同前)、自作『暗い光年』(一九六四/ハヤカワ・SF・シリーズ)をあげて系譜化を図ったのだ。ただし、オールディスによれば、後継の作品はパロディにかたむいており、作者がどこまで本気かわからないのに対し、ハーネスの作品は、「作者が自分のいっているいることを真剣に受けとっているからこそ、格別な喜びをもたらしてくれる」ということになる。

あくる六五年には、ニュー・ウェーヴの牙城だった雑誌〈ニュー・ワールズ〉五月号に前記「時間の罠」が再録された。J・G・バラード、オールディス、ジョン・ブラナーといった人気作家の新作を押しのけて、記念すべき百五十号の巻頭を飾ったのだから、その評価の高さがわかるというものだ。

六六年にはいわくつきの作品 *The Rose* がついに単行本化された。中編《ノヴエレット》「現実創造」と短編 "The Chessplayers" (1953) を併載したペーパーバックで、版元はコンパクト・ブックス。これは〈ニュー・ワールズ〉の編集長だったマイクル・ムアコックの尽力によるものだった。

同書は『パラドックス・メン』とは趣きが異なり、ミュータントたちの運命を通して「科学と芸術は両立しうるか?」というテーマに挑んだ静謐《せいひつ》な物語。ムアコックは同書に序文を寄せ、ハーネスの作品の多くは「夢幻的なシュルレアリスムの境界線上にあり、挿話のいくつかもほんの一部しか納得のいく説明を与えられない。だが、プロットはすばらしい速度で展開し、決して混乱せず、そして読みやすい」(安田均訳）と持ちあげた。同書は六八年にシドウィック&ジャクスンから（ふつうとは逆の順番で）ハードカヴァー版が出るほか、六九年にはアメリカのバークリーからペーパーバック版が上梓され、ハーネス再評価の動きを本国に波及させた。

いっぽう『パラドックス・メン』は、六六年にUKSFブック・クラブ版のハードカヴァー、六七年にフォー・スクエア版のペーパーバックが刊行され、イギリスでは読み継がれたが、アメリカ版が出ることはなかった。

この時期、イギリスでの再評価に応える形でハーネスは執筆を再開した。アメリカの雑誌やオリジナル・アンソロジーに短編を発表するかたわら、本書と並び称されるワイドスクリーン・バロックの雄編 *The Ring of Ritornel*（1968）をイギリスではゴランツからハードカヴァーで、アメリカではバークリーからペーパーバックで刊行したのだ。

この作品は、本書にもまして壮大なスケールと複雑精緻なプロットで語られる宇宙の死と再生の物語。ハーネスの文名を一躍高めたが、同書の刊行後、ハーネスは二度目の休眠期にはいってしまう。

それでも、ハーネスの名前が忘れられないようにと多くの者が声をあげつづけた。たとえば、目利きとして知られるアメリカの作家ロバート・シルヴァーバーグは、先鋭的な作品を中心にしたアンソロジー *Alpha One*（1970）にハーネスの短編「時間の罠」を収録し、解説で『パラドックス・メン』を激賞した。ハーネス再評価の立役者オールディスは、新旧の宇宙SFを集めたアンソロジー *Space Opera*（1974）に『パラドックス・メン』の抜粋を収録したほか、七六年には編集コンサルタントを務めていたニュー・イングリッシュ・ライブラリーの叢書《マスターSFシリーズ》の一環として『パラドックス・メン』をペーパーバックで再刊し、新たに序文を書きおろして、ワイドスクリーン・バロック概念の普及に努めた。本稿の頭のほうで紹介したオールディスの文章は、この序文から引いたものだ。

七〇年代のなかばになると、ハーネスは本業を引退して、執筆活動を再開した。まず小手調べとして短編"Araqnid Window"を〈アメージング・ストーリーズ〉一九七四年十二月号に発表。七七年には約十年ぶりとなる長編『ウルフヘッド』を〈F&SF〉十一月号と十二月号に分載して、ハーネス復活の狼煙《のろし》を大々的にあげた。わが国で一冊だけ出ているハーネスの訳書『ウルフヘッド』（邦訳一九七九／サンリオSF文庫）は、翌年に出たバークリー版ペーパーバックを底本にしている。ただし、作風が以前とは異なっており、ワイドスクリーン・バロックを期待すると、肩すかしを食うだろう。この後ハーネスはコンスタントに作品を発表するが、本国アメリカで『パラドックス・メン』はあいかわらず「幻の名作」でありつづけた。

だが、一九八四年になり、ようやくアメリカでも本書が復活した。今回の功労者は作家であり、ＳＦ界の世話役的な立場にあったジョージ・ゼブロウスキー。編集顧問を務めていたクラウン社の叢書《現代ＳＦの古典》全十巻の一冊としてハードカヴァー版を刊行したのだ。このとき作者とゼブロウスキーによって入念な校正がなされ、さらに三千五百語（四百字詰め原稿用紙にして三十枚弱）が書き足しされた。この加筆は全編にわたり数行単位で行われており、執筆当時の流儀にしたがって圧縮されていた部分が、本来あるべき長さにふくらまされている。もうひとつ特筆すれば、重要人物の名前がマイクロフィルム・マインドからメガネット・マインドに変更された。この版は自他ともに認める決定版といえるだろう。そのうえハーネスに心酔するゼブロウスキーが詳細な序文を書き、ハーネス自身が自伝的文章を寄せたほか、オールディスのニュー・イングリッシュ・ライブラリー版序文が再録されているのだ。まさにいたれりつくせりである。

一九九二年にはクラウン版を元にした革装の豪華版がイーストン・プレスから上梓された。残っていた誤植が訂正されたほか、ゼブロウスキーの序文とハーネスのあとがきに加筆訂正が加えられた。

そして一九九九年には、ハーネスの長編四作を合本にした *Rings* がＮＥＳＦＡプレスから刊行された。収録されたのは『パラドックス・メン』、*The Ring of Ritornel* 、*Firebird*（1981）、*Drunkard's Endgame*（1999）で、最後の作品は書き下ろしだった。

四作とも宇宙小説であり、永劫回帰《えいごう》、あるいは輪廻転生をテーマにしているという共通点がある。ここでもゼブロウスキーが序文を寄せ、ハーネスの魅力を語っている。この邦訳の底本にはこのヴァージョンを使用した。

ちなみに版元のＮＥＳＦＡプレスは、ＳＦファンが興した小出版社《スモール・プレス》であり、マニアライクな作品を美麗な造本で世に出すことで知られている。じつは前年にはハーネス傑作集 *An Ornament to His Profession* を上梓しており、主要短編十六編（うち書き下ろしが一編）に加え *The Rose* の三十年ぶりの改訂版を収録するという快挙をなしとげていた。

先述のとおり、七〇年代なかばにフルタイムの作家となったハーネスは、その後も旺盛に執筆活動をつづけた。長編だけでも『ウルフヘッド』のあとに九作出ており、雑誌に発表した中短編も三十作近い。だが、往年の輝きは失われており、高い評価は得られなかった。二〇〇五年九月二十日に死去。だが、『パラドックス・メン』の作者として、その名はＳＦ史に刻まれている。

以上、本書の出版史をたどってみた。おかしな訳者あとがきになったが、多くの先人の努力によって本書が何度も忘却の淵から救いだされたことを知ってほしかったのと、内容にあえて触れないようにしたからだ。この作品に関しては、下手な論評や分析をする気が起こらない。読者のみなさんにも、なるべくまっさらな状態で読んでもらいたい。

そのためハーネスの経歴や、わが国におけるハーネス受容史についてくわしく書けなかったのが心残りだが、つぎの機会を待ちたい。

なお「ヴァン・ヴォークト」「ヴァン・ヴォクト」「ヴァン・ヴォート」、あるいは「ワイド・スクリーン」「ワイドスクリーン」と表記の揺れが散見するが、これは原文を忠実に引用したため。誤解は起きないと思うので、了とされたい。

翻訳にあたっては多くの方々のお世話になった。とりわけフランス語関係のチェックをしてくださった林《はやし》哲矢《てつや》氏、科学関係の記述をチェックしてくださった上池《かみいけ》利文《としふみ》氏に深く感謝する。林氏によれば相対性理論関係で重大な誤りがあるそうだが、作者に問いあわせることもできないので、あえてそのままとした。この点をふくめ、すべてのまちがいは訳者の責任である。

二〇一九年八月

中村《なかむら》 融《とおる》

チャールズ・L・ハーネス著書リスト

1 Flight into Yesterday（1953）→改題 The Paradox Men（1955）本書。
2 The Rose（1966）作品集。
3 The Ring of Ritornel（1968）
4 Wolfhead（1978）『ウルフヘッド』秦新二訳、サンリオSF文庫（一九七九）。
5 The Catalyst（1980）
6 Firebird（1981）
7 The Venetian Court（1982）
8 Redworld（1986）
9 Krono（1988）
10 Lurid Dreams（1990）
11 Lunar Justice（1991）
12 An Ornament to His Profession（1998）作品集。
13 Rings（1999）1、3、6と新作長編 Drunkard's Endgame を収録した合本。
14 Cybele, with Bluebonnets（2002）

＊煩雑になるので、共著である小冊子とノンフィクションは省略した。

〈シグマフォース〉シリーズ⑤
ケルトの封印　上下
ジェームズ・ロリンズ／桑田 健［訳］

癒しか、呪いか？　その封印が解かれし時――人類は未来への扉を開くのか？　それとも破滅へ一歩を踏み出すのか……。

〈シグマフォース〉シリーズ⑥
ジェファーソンの密約　上下
ジェームズ・ロリンズ／桑田 健［訳］

光と闇の米建国史――。アメリカ建国の歴史の裏に隠された大いなる謎……人類を滅亡させるのは〈呪い〉か、それとも〈科学〉か？

〈シグマフォース〉シリーズ⑦
ギルドの系譜　上下
ジェームズ・ロリンズ／桑田 健［訳］

最大の秘密とされている〈真の血筋〉に、ついに辿り着く〈シグマフォース〉！　組織の黒幕は果たして誰か？

〈シグマフォース〉シリーズ⑧
チンギスの陵墓　上下
ジェームズ・ロリンズ／桑田 健［訳］

〈神の目〉が映し出した人類の未来、そこには崩壊するアメリカの姿が……「真実」とは何か？「現実」とは何か？

〈シグマフォース〉シリーズ⑨
ダーウィンの警告　上下
ジェームズ・ロリンズ／桑田 健［訳］

南極大陸から〈第六の絶滅〉が、今、始まる……。ダーウィンの過去からの警告が、明らかになるとき、人類絶滅の脅威が迫る！

Mystery & Adventure

〈シグマフォース〉シリーズ⑩
イヴの迷宮 上下
ジェームズ・ロリンズ／桑田 健［訳］

〈聖なる母の遺骨〉が示す、人類の叡智の根源とその未来――なぜ人類の知能は急速に発達したのか？ ΣVS中国軍科学技術集団！

〈シグマフォース〉外伝
タッカー＆ケイン 黙示録の種子 上下
ジェームズ・ロリンズ／桑田 健［訳］

〝人〟と〝犬〟の種を超えた深い絆で結ばれた元米軍大尉と軍用犬――タッカー＆ケイン。〈Σフォース〉の秘密兵器、遂に始動！

〈シグマフォース〉シリーズⓍ
Σ FILES〈シグマフォース〉機密ファイル
ジェームズ・ロリンズ／桑田 健［訳］

セイチャン、タッカー＆ケイン、コワルスキのこれまで明かされなかった物語＋Σをより理解できる〈分析ファイル〉を収録！

THE HUNTERS
ルーマニアの財宝列車を奪還せよ 上下
クリス・カズネスキ／桑田 健［訳］

ハンターズ――各分野のエキスパートたち。彼らに下されたミッションは、歴史の闇に消えた財宝列車を手に入れること。

THE HUNTERS
アレクサンダー大王の墓を発掘せよ 上下
クリス・カズネスキ／桑田 健［訳］

その墓に近づく者に禍あれ――今回の財宝探しは最高難易度。地下遺跡で未知なる敵が待ち受ける！ 歴史ミステリ×アクション!!

パラドックス・メン

2019年9月19日　初版第一刷発行

著　者　チャールズ・L・ハーネス
訳　者　中村《なかむら》 融《とおる》
コラージュアート　Q-TA
デザイン　坂野公一（welle design）

発行人　後藤明信
発行所　株式会社 竹書房
〒102-0072
東京都千代田区飯田橋2-7-3
電話03-3264-1576（代表）
03-3234-6383（編集）
http://www.takeshobo.co.jp
印刷所　凸版印刷株式会社

定価はカバーに表示してあります。
乱丁・落丁の場合には竹書房までお問い合わせください。

ISBN978-4-8019-2004-0　C0197
Printed in Japan